KB148528

구한나리

2009년 일본 문부과학성 연수생 시절 「신사의 밤(神社の夜)」으로 유학생문학상에 입선했고, 2012년 장편 『아홉 개의 붓』으로 조선일보 판타지 문학상을 수상했다. 단편집 『전쟁은 끝났어요』, 『교실 맨 앞줄』, 거울 중단편선 『누나 노릇』, 『그리고 문어가 나타났다』, 『하얀색 음모』 등에 참여했고 문구단편집 『올리브색이 없으면 민트색도 괜찮아』를 출간했다. 한국SF어워드에서 2020, 2021 중·단편소설 부문 심사위원, 2022년 심사위원장을 맡았다. 웹진 거울에서 독자우수단편 심사단을 맡으며 소설 필진으로 단편을 게재하고 있다.

판타지와 청소년 소설, SF를 쓴다. 읽는 건 빠른데 쓰는 건 빠르지 않고, 쓰고 고치고 버리는 게 많아 늘 쓰고 있는데 적게 쓴다는 소리를 듣는다. 사람과 사람 사이의 관계에 대해 관심이 많고, 희망도 절망도 늘 사람 안에 있다고 생각한다. 사람들이 두려워하고 기피하는 존재에 대해 이야기를 쓰고 싶다고 생각해서 「삼인상」이 태어났다.

신진오

한국공포문학단편선 1, 2, 3권에 「상자」, 「압박」, 「공포인자」를 수록했으며 장편 공포소설 『무녀굴』을 출간했다. 최근엔 리디북스 우주라이크소설에 「무엇이 소년을 이렇게 만들었나」, 「악의」, 「사육제의 밤」을 발표했다. 현재도 꾸준히 공포소설을 쓰고 있으며 영화 시나리오 작업도 병행하고 있다. 어릴 때부터 나는 괴물, 흡혈귀, 귀신, 외계인처럼 무섭지만 신비한 존재들을 좋아했다. 그런 존재들은 항상 내 상상력을 자극했고, 아마 그 경험이 나를 소설가의 길로 이끈 것 같다. 이번 텍스티의 중편 소설 콜라보 작업은 그 시절 내가 가장 사랑했던 것들을 다시 떠오르게 해 주었다. 소설 「매미가 울 때」는 그때의 감정이 잘 녹아 있는 작품이다.

매드앤미러 02

MAD AND MIRROR

사라진 아내가 차려 준 밥상

TXTY

잠을 자고 일어났더니

사라진 아내가

식사 준비를 하고 있다.

목차

삼인상

구한나리

상달고사

여덟 봉우리가 둘러싼 고장. 마을을 들고 나려면 바위 절벽이든 나무가 빼곡한 봉우리든 넘지 않으면 안 되는 곳, 내가 태어난 곳은 여덟 봉우리가 감싼 모양이 멀리서 보면 무덤 봉분처럼 보여서인지 고장을 나고 들려면 무덤 팔 각오로 해야 한다는 뜻이어서인지, 묘의 옆자리, 묏 맡골이라 불렸다. 봉우리 중 일곱 꼭대기 절반까지는 다랑논이 촘촘하지만, 한번 마을에 들어온 사람은 밖으로 나가는 법이 없어서 봉우리까지 이어지는 길도 없다. 봉우리 중 하나는 돌산, 누구도 오를 수 없는 절벽이고 그 아래에는 당산송과 이를 지키는 사당이 있다.

봉우리가 둘러싼 모양을 무덤이라 하면 마을은 무덤의 가장 가운데, 사각으로 땅을 파고 관을 묻을 법한 자리에 있다. 여기서 태어나 자란 나는 이 고장이 다른 곳보다 넓은지 좁은지 알 수 없지만, 사람들 머물 곳이 부족했던 적은 없고 먹거리가 풍족하지는 않아도 힘을 모으면 어떻게든 매서운 계절을 견뎌 낼 정도는 되는 곳이라, 하늘 무서워할 줄 알고 사람 귀한 줄 알며 살아온 곳이다. 나로서는 마을 어디를 가더라도 여덟 봉우리가 멀리서 벽을 이루는 풍경이 당연하게 여겨졌지만, 다른 데서 나고 자랐던 어머니는 가끔 '초여름인데도 해가 참 늦게 뜨지, 여긴.'이라거나, '평생 경험이 무섭네. 아직도 이 시간에 해가 뜨는 걸로 깜짝깜짝 놀라다니.'라고 중얼거리곤 했다.

"아무리 여름이라도 해가 그렇게 빨리 떠요?"

내가 물으면 어머니는 이마에 잔주름을 그리며 고개를 저었다.

"아니, 아니야. 이게 맞지. 윤사월이면 이게 맞지. 뫼맡골에서는."

"다른 덴 어떤데요?"

"몰라도 돼, 너는 여기 사람이니까. 윤사월엔 이 무렵에 해가 뜨는 게 맞아. 그와 같이 알고 사는 게 천운이다."

어머니는 내가 아직 어머니 배 속에 있을 때 뫼맡골로 들어왔다면서, 이 고장에 살게 된 것은 천운이라고 늘 말하곤 했다. 어머니가 자랐던 마을은 어땠느냐 물어도 이마에 잔주름을 살짝 그리며 고개를 저을 뿐이어서, 다른 곳은 어떤지 알 수 없었다. 어머니가 잔주름을 그리며 속으로 삼켰던 다른 동네 이야기를 들을 방법도 이제는 영영 없다.

당골이 계신 사당 앞은 돌벽, 뒤는 절벽으로 막혀 있어서 문이 닫혔을 때는 당산송 가지와 기와지붕만 보인다. 상달고사 날은 사당과 당산송으로 향하는 문이 활짝 열리며 시작한다.

시월상달 첫 말날(上午日), 한여름 매미 소리가 사라지고 바람이 차가워질 즈음, 여기 묏맡골에서는 연중 가장 중요한 제사를 올린다. 한여름 백중 고사, 초혼제(招魂祭)며 상례(喪禮)와 혼례가 중하다지만 상달고사에 비할 바가 아니다.

마을에서 햇곡식이 나는 계절, 처음으로 걷은 쌀과 과일 그리고 태어난 지 백일이 되지 않은 어린 짐승을 잡아 올리느라 다들 아침부터 분주하다. 어른들은 유달리 해가 짧은 곳이라 상달고사를 제대로 올리려면 딴 곳보다 부지런하게 준비해야 한다고 전날부터 유난이다. 딴 고장 풍습을 모르는 나는 상달고사는 원래 달포 전, 범날(寅日)부터 준비하는 거려니 할 뿐이었지만.

첫 범날이면 마을 사람들은 다른 집에 가지 않고 추수한 곡식을 다듬고 골라 고사에 올릴 제수를 고르고, 첫 토끼날(上卯日)에는 가장이 첫 문을 열고 아낙들은 베를 짜서 청년들이 두를 띠며 당골이 쓸 너울을 짓는다. 첫 용날(上辰日)에는 첫 우물물을 길어 해콩을 볶고, 머리를 감고 몸을 정갈히 한다. 첫 뱀날에는 물을 긷지 않으므로 고사 지낼 음식에 쓸 물은 모두 첫 용날에 길어 두며, 고사에 쓸 천과 옷도 첫 용날에 갈무리한다. 첫 뱀날은 모두 머리를 빗지 않고, 모아 둔 머리카락을 뱀 구멍 앞에서 태운다.

오늘은 새벽부터 고사 준비에 바쁘다. 당골 어른은 달이 저물고 동도 트기 전, 깜깜한 첫 말날 새벽녘부터 마을 곳곳을 살피기 시작한다. 아낙들이 음식 짓는 곳에서 혹 첫 용날 길어 둔 물 아닌 걸 쓰진 않는지, 청년들이 마을 한가운데 쌓아 둔 짚단은 흐트러짐 없이 잘 갈무리되어 단단하게 올려졌는지, 잡아 둔 어린 짐승 고기를 잘 손질하고 허투루 쓰진 않는지, 골골샅샅에 당골 어른 눈이 닿는다. 형들, 아재들과 함께 짚단을 갈무리하는 내내 나는 성년이 되어 처음 참여하는 상달고사에 손끝이 떨리고 있었다. 오늘은 대장간에 가지 않는 날. 모두와 함께 나도 흰옷을 입고 토끼날 지은 띠를 머리에 두른 채, 혹시 제를 지내는 동안 짚단이 무너지지 않도록 단단히, 빈틈없이 기름 먹인 짚단으로 제단을 꾸렸다.

어스름하던 동녘이 붉어지기 시작할 즈음 마을 사람들은 집집마다 모든 문을 다 열어젖히고, 제단을 살피고 난 당골 어른이 몸을 돌려 당산송 쪽으로 향했다. 준비한 수레를 나와 함께 성년이 된 세 명이 끌며 당골 어른 뒤를 따랐다. 제단 짓기보다 훨씬 중한, 성년이 되고 4년까지만 할 수 있는 일이 삼인의 구(球)를 모시고 오는 것이다.
3년째 형들이 앞서고, 갓 성년이 된 셋이 맨 뒤로 가서 구 앞에 섰다. 사람 두셋이 들어 있다고 해도 믿을 정도로 크다. 오래전 어린 시절 '주발 되돌리기' 때 처음 구를 가까이에서 보았을 적에도 그랬지만, 다시 보아도 여전히 놀란다. 멀리서 볼 때는 빛나는 구가 매끈하게 보이지만, 좌대(臺座) 위에 놓인 구는 셀 수 없이 많은 실금으로 빼곡하게 덮여 있다. 사람이 일부러 그렇게 만들 수는 없을 것 같은 모양새다. 당골 어른은 사당에서 제례복으로 갈아입고 나와 구 앞에서 크게 절을 올리셨다. 우리는 그 뒤에서 따라 절을 하고, 제단을 수레로 옮겼다. 구를 좌대째, 짚단으로 만든 제단 위에 올린다. 이미 성대하게 차려진 고사상은, 흰 보에 덮인 채 첫 순서가 시작되기를 기다리며 조금 떨어진 곳에 놓여 있었다.

"시월상달 첫 말의 날, 삼인의 구 앞에서 미욱한 이들이 하늘에 축원 올리옵니다."

당골은 말을 맺기가 무섭게 횃불을 켜고, 짚단에 불을 붙였다. 아랫단에 먹인 기름에 불을 붙이자, 불길은 금방 거세져서 제단을 태우며 연기를 피우기 시작했다. 당골 어르신은 연방 허리를 조아리며 알 수 없는 말로 기도를 올리고, 제단을 둘러싼 마을 사람들도 역시 속으로 소원을 빌며 기도를 드렸다. 연기가 피어오르며 좌대 위의 구를 감싸기 시작했다. 연기가 저렇게 움직이는 건, 고사에 부정한 기운이 없다는 뜻이라고 했다. 사람들이 안도의 한숨을 쉬었다. 불이 붙은 제단이 조금씩 내려앉으면서 좌대도 점차 가라앉으며 연기가 구를 돌고 마을로 퍼져 나간다. 열어 둔 문을 넘어 연기가 온 마을에 퍼질 때쯤, 짚단으로 꾸린 제단은 거의 다 내려앉아 구의 좌대가 바닥에 닿는다. 좌대는 나무로 만들어졌지만, 해마다 상달 고사를 지내며 불길을 받고 연기를 먹어도 무너지는 법이 없다. 좌대가 마지막으로 불탄 해에, 전대 당골 어른이 세상을 떴다고 한다. 이전도, 그 전대도 그처럼 새로 당골이 세워졌다고 했다. 아직 좌대는 무사하고, 당골 어른도 강건하시다. 마을은 올해도 안온할 것이다.

"수확 올리옵니다."

당골 어른이 선창하고, 상 근처에 있던 아낙 중 혼인한 지 얼마 안 된 이들부터 여섯이 후창하고, 상을 옮겨 구 앞에 두고 덮어 둔 보를 걷었다. 당골 어른이 다시 절을 올렸다. 북소리가 울리기 시작했다. 올해 스물세 살, 마지막으로 구를 옮긴 형들이 먼저 태어난 순서대로 북을 치며 훠어이 훠어이 소리쳤다. 스물둘, 스물하나 된 형을 거쳐 내가 북소리와 함성을 더했다. 내 뒤로 아직 구를 옮길 수는 없지만 북은 칠 수 있는 소년들이 소리를 더했다. 북을 치는 사람은 열셋부터 스물셋까지, 십이지신이 한 바퀴를 돌고 두 바퀴를 시작하는 나이부터 두 바퀴의 마지막 나이까지이다. 나는 내년이면 성인이 되는 동생들이 나를 바라보는 눈빛을 보았다. 나도 작년에는 저런 눈으로 형들을 보았을 것이다. 나는 짐짓 어른스러운 표정을 지으며 눈으로 당골 어른을 따라갔다. 첫 북소리부터 시작된 당골 어른의 춤사위가 이제 절정을 향해 가고 있었다. 훠어이 훠어이, 우리의 목소리가 높아진다. 당골 어른의 새하얀 너울이 하늘 위에, 이제는 옅어진 연기의 자리를 채울 듯 너울댄다. 열세 살 막내 소리가 더해지고 한마디가 지났다.

"훠어이, 훠이!"

우리 목소리가 북소리와 함께 멈춘다. 당골 어른의 춤사위도 멈췄다. 연기가 사라지고 재 위쪽 나무 좌대 위에서 그을린 구를 향해 당골 어른이 걸어간다. 당골 어른은 소녀처럼 새초롬한 얼굴로, 연기였고 너울이었던 것으로 검게 그을린 구를 닦는다. 해는 중천이고 서서히 구에 빛이 돌아오기 시작한다. 하나였던 태양이 둘이 되었다. 하나는 하늘에 있고 하나는 좌대 위에 있다.

"거센 불도 태양을 상하게 하지 못하였으니, 우리 정성을 하늘께서 받아 주심이라. 이제 삼인의 구를 다시 모시겠습니다."

북을 내려 두고 우리는 다시 수레에 구와 좌대를 실어다가 사당과 당산송 사이 원래 좌대가 있던 곳에 돌려놓았다. 당골 어른이 마지막 기도를 올리는 것을 보고 돌아 나오자, 마을 중앙에는 사람들이 모여 음식을 나누고 있었다.

"너도 이제 정말 묏맡골 사람이구나."

어른들이 웃으며 내게 말을 건네는 뒤쪽으로, 뚱한 얼굴의 나루 아재가 나를 힐긋 쳐다봤다. 나루 아재는 마을에 들어왔을 때 스물넷을 훌쩍 넘긴 나이라, 상달고사에 참가한 적이 없었다. 삼인의 구를 올릴 짚 제단에는 혼인하지 않은 사내들이면 누구나 힘을 보태지만, 묏맡골 사내라면 모름지기 태어나 첫 십이지를 보내고 다음 십이지를 보내기 전까지 북을 치고, 성인이 되면 삼인의 구를 모시는 수레를 끌며 어른의 입구를 통과하는 법이라고, 사람들은 그렇게 말했다. 그렇다고 나루 아재가 만든 솥이며 그릇을 쓰고, 아재가 만든 도구로 밭을 매는 이들이 아재를 외지인으로 여기는 것은 아닐 터이다.

"소리는 좀 더 크게 질러야겠더만. 내가 북 쥐었을 땐 그 소리가 십 리 밖까지 들렸다니까."

"아이고 허풍 보소. 그게 자네 소리 때문이겠소, 자네가 북 잡았을 때면 북 쥔 사람이 서른이 넘었으니 그 소리가 그리 컸던 게지."

"다들 자기가 북 잡았을 적 소리가 젤 컸다고들 하지. 삼인의 구가 무탈하면 되었지, 소리가 크고 작은 게 뭐 중하겠소."

음식을 부지런히 나르던 아낙들이 고개를 주억거렸다. 짚단이 남김없이 다 타들어 가고, 연기가 곳곳마다 구석구석 퍼지고, 나무 좌대가 불에 타지 않고, 삼인의 구에

흠집이 남지 않고, 그 모든 게 다 순조로웠으니 올 한 해
도 무탈할 것이다. 나는 당골 어른의 사당 쪽을 쳐다보았
다. 열린 문으로 흰옷을 입은 인영(人影)이 걸어와 가까
워졌다.

"현 아기씨 나오십니까?"

현이 가볍게 고개를 숙였다.

"어머니께서는 주무십니다. 넋들께서는 무사히 돌아가
셨으니, 편히들 음식 자셔도 된답니다."

"마님과 아기씨 드실 상은 그럼 언제쯤 올릴까요?"

"지금 막 잠드셨으니, 유시(酉時)는 되어야 기침하시겠
지요. 저도 어머님 일어나실 때까지 기도 올리고 있을 테
니, 유시에 맞춰 주십시오."

"예에, 그렇게 합지요."

현이 몸을 돌려 사당으로 돌아갔다. 내게 시선 한 번 주
지 않고 돌아서는 것을 야속하게 여겨서는 안 된다. 오늘
은 상달고사, 늘 '현아, 현아' 부르던 마을 어른들도 아기
씨라고 공손하게 대하는 날이다. 넋을 보고 넋의 목소리
를 들을, 다음 당골 현 역시 오늘은 사사로이 누군가를 대
하면 안 되기 때문이다. 현이 들어간 다음 문이 닫히고,
돌담은 처음처럼 지붕과 당산송만 드러낸 채 그 안의 모
습을 완벽하게 감췄다. 저 돌담 안에는 마을이 생겨나기
도 전부터 있었다는 당산송이 있고, 매일 올리는 제를 준
비하는 사당이 있고, 좌대 위에 삼인의 구를 모시고 있다.

그리고 사당 너머 절벽 사이에, 사당에 가려 보이지 않는 작은 너와집이 있다. 당골 어른과 현이 사는 곳이다. 당골 어른의 어머니와 할머니와 할머니의 어머니와 할머니의 할머니, 까마득하게 거슬러 올라가는 당골의 핏줄이 이어지며 머물렀던 작은 집은 꼭 필요한 만큼만 흙을 대서 수선하고, 꼭 필요한 만큼만 지붕을 갈아 가며 그 형태를 이어 왔다고 했다.

"그만 쳐다봐라. 닳겠다."

목소리에 돌아보니 수철 형이 빙긋 웃으며 서 있었다. 연은 보이지 않았다. 하긴, 고사 준비하랴, 음식 나누랴, 아낙들은 하루 종일 정신이 없으니 수철 형과 함께 있을 리 없었다.

"내가 뭘 쳐다봤다고."

"안 쳐다봤으면 다행이지. 아서라, 횡요(橫夭)하고 싶지 않으면."

'횡요할까 무서워서 도망친 주제에…….'

나는 속으로 목소리를 삼켰다.

"참 아깝지, 저 고운 얼굴이 평생 사당에 묶이다니. 평생 같이할 반려도 못 가지고, 후계를 낳으면 반려를 잃는다니 그런 박복한 팔자가 어딨어. 그 팔자를 아는데 누가 그 옆에 서려 하겠냐."

"후계를 낳는 게 정해진 운명이라면, 누군가는 그 반려가 되겠지. 처제 일이라 마음이 쓰이면 형이 배필감이라도 찾아 주시든가."

"내가? 무슨 욕을 먹으려고. 내 처도 그 집 안으로는 발
길도 안 들이는 판에."

상달고사 날은 현이 아기씨로, 당골 어른이 마님으로
불리는 날이었다. 이날만큼은, 이런 말을 듣고 싶지 않았
다. 나는 수철 형에게 뭐라고 쏘아붙이려다 그냥 자리를
옮겼다. 수철 형이 나를 노려보는 게 느껴졌지만 아무래
도 좋았다. 태양이 중천에 걸렸다. 상이 점차 비워지며 구
석구석에서 술 냄새가 퍼지기 시작했다. 해가 저물 때까
지 마을 사람 전체가 집으로 돌아가지 않는 날, 모두가 서
로서로 좋은 말을 건네고, 누구도 논과 밭으로 일하러 가
지 않고, 새로 물건을 만들지 않는 날, 마을 전체가 또 한
해를 무탈하게 마무리했음을 기뻐하는 날이었다.

묏맡골의 삼인상

기억나는 가장 오래된 일은, 엄마 등에 업혀 산속을 걷던 순간이다. 짐승 소리가 산을 울리고 있었다. 한 번도 들어 본 적 없는 소리였다고 생각했다. 범 우는 소리를 들어 본 적은 없어도, 그보다 무섭진 않았을 것이다. 조금 사이를 두고 동물이 움직이는지, 땅이 울리는 소리와 함께 짐승 소리가 계속 이어졌다. 차츰 가깝게 다가오는지, 점점 커지는 소리에 어머니는 몸을 낮게 숙이며 멈췄다.

"착하지, 우리 아가, 조용히 있으렴."

목소리를 낮추며 속삭이는 소리에, 나는 얼굴을 어머니 등에 파묻었다. 어머니가 다시 걷기 시작했고, 나는 숨죽여서 몸을 찰싹 붙인 채로 산을 넘었다. 땅을 울리던 소리가 멎었는데, 어머니는 점점 더 높은 산 끝으로 올랐다.

"연기 냄새가 나, 아가야. 분명히 마을이 있을 거야. 있어야 해."

무엇으로부터 도망친 길인지, 나는 여전히 알지 못한다. 처음 떠난 길부터가 어머니와 나뿐이었는지, 처음엔 여럿이던 무리에서 둘만 남은 것인지도. 어머니는 그때 일에 관해 전혀 들려주지 않았다. 사실 이 기억은 어머니의 기억과는 맞지 않기도 했다. 어머니가 숨소리까지 조심하며 산길을 헤매던, 산속에 있을지 없을지도 모르는 마을을 찾던 때라면 나는 태어나기 전이었던 까닭이다.

어머니가 산을 넘어 묏맡골에 들어온 것은, 그해 상달고사 날이었다. 그때 짐승 소리로 들렸던 것은 청년들의 북소리와 함성이었고, 어머니가 맡은 냄새도 제단을 태워서 나는 연기에서 비롯한 거였다. 산꼭대기에 발을 디뎠을 때, 다랑논과 다랑밭으로 둘러싸인 묏맡골이 눈에 들어와 어머니는 무슨 힘이 남았는지 내달려 마을까지 내려왔다. 상달고사를 마치고 음식을 나눠 먹던 사람들은, 피골이 상접한 임부가 얼굴이며 손발에 온통 긁힌 상처로 뒤덮인 채 마을 중앙에 갑자기 나타나자, 일순 침묵하고 서로 눈치만 살폈다.

"길한 날에 무슨 일이라. 이 길한 날에 외지인이."

마을 가장 어른이 고개를 저었다. 어머니는 배를 붙든 채로 주저앉아서 처분만을 기다리며 고개를 숙였다.

"살려 주세요, 여기서 내치시면 저는 정말 갈 데가 없어요. 산속을 헤맨 게 사흘입니다. 여기서 쫓겨나면 짐승 밥이 되는 길밖에 없습니다."

"암만 그래도, 부정 탈까 밭일도 삼가는 날에 외지인을 어떻게……."

"새끼 밴 짐승은 흉작 때도 안 잡는데, 애 밴 아낙을 어떻게 내칩니까."

사람들이 웅성웅성 말을 나눌 때, 닫혔던 사당 문이 열렸다. 태중에 현이 있을 때라, 바깥어른이 제례를 마친 당골을 보살피고 있었다. 그리 소란스럽지도 않았는데, 당골 어른이 갑자기 몸을 일으켜 밖으로 나섰다. 당골 어른이 사람들 모인 곳으로 향하자, 당황한 바깥어른이 그 뒤를 따라 뛰어왔다.

"성진네 애 낳고 새로 지은 집으로 옮겼으니 헌 집이 남아 있지 않나?"

사람들이 무슨 일인지 설명하기도 전에 당골 어른이 말했다.

"있긴 한데, 당골 마님. 그 집은 불을 안 땐 지 오래라."

"첫 말날에 집안일 하지 말란 말은 없지. 상달고사 날도 다르지 않고."

"암만, 지금이라도 집 치우고 손질해서 불 때면 그만이지. 그 집 기와 한 장도 상한 게 없으니, 금방이라도 몸을 풀 수 있을 거요."

당골 어른의 말을 거든 건, 삼 년 후에 돌아가신 마을

큰할머님인 은매 할머니였다. 아낙들이 모두 고개를 끄덕이며 말을 보탰다. 누가 먼저랄 것 없이 집을 치우고, 제집에 모아 두었던 장작을 옮겼다. 쓰지 않던 무쇠솥이 아궁이에 놓였다. 사흘을 헤매며 찾아온 묏맡골에서 어머니는, 그렇게 마련된 집에 몸을 누이자마자 잠들었다고 한다. 그간 쌓인 노독을 풀려는 듯이 이틀을 꼬박 잠에 빠졌는데, 아낙들은 약속이라도 한 듯 돌아가며 아궁이에 불이 꺼지지 않도록 살폈다고 한다.

사흘 후 어머니가 잠에서 깼을 때는 갓 차린 상이 놓여 있었다. 어머니가 몸을 일으키자, 아궁이를 지키던 아지매가 방문을 열고 들어와 빙긋 웃으며 앞에 앉았다.

"제가 얼마나 잤나요?"

"사흘을 꼬박 잤지. 얼마나 노곤했으면 그랬을까. 고생 많았네."

어머니는 김이 모락모락 올라오는 밥상을 빤히 내려다보았다. 상 위에 올라와 있는 건 곱게 쑨 죽이었는데, 사람은 하나인데 그릇이 셋이었다. 어머니는 채소에 버섯을 곱게 다져 넣은 죽을 한 술 넘겼다. 입안에 걸리는 게 없고, 향긋한 버섯 향에 웃음이 났댔다. 어머니는 그날 먹은 그 죽 맛을 평생 잊지 못한다고 하시곤 했다. 어머니가 두 그릇을 다 비우자, 아지매는 한 술도 뜨지 않은 죽 상을 그대로 물렸다.

"제가 언제 깰 줄 아시고 이렇게 따뜻한 죽을 차려 두셨어요."

"그게 다섯 번째 죽이던가, 여섯 번째 죽이던가. 내가 끓인 건 두 번째네. 이번에도 못 먹일까 봐 맘을 졸였지. 점점 맛나게 되더니 이번 죽이 딱 맘에 들게 되었거든."

"저만 두 그릇을 다 비우고, 입에도 안 대셔서 어째요, 그 맛난 죽을. 이 은혜를 다 어떻게 갚으면 좋나요. 이처럼 좋은 집에, 이리 보살핌을 받아서."

"괜찮네, 저 죽은 내 몫도 아니고. 애초에 두 그릇이 자네 몫이고 내 몫은 없네."

어머니는 그때 아직은 삼인상(三人床)에 대해서 알지 못했기 때문에, 저 상을 물려서 누군가가 받을 이가 있나 보다, 내가 눈치 없이 둘을 비워서 저분이 죽을 못 드시나 보다 생각했다고 한다. 한 사람을 위한 상은 차릴 수 없고, 두 사람이 있는 곳에 꼭 세 사람의 상을 차리되 하나는 손을 대지 않는다는 풍습을 외지인이 알 리 없었다. 어머니 앞에 있던 사발까지 둘은 도기인데 하나는 놋쇠로 잘 만든 주발이어서 이 마을은 저리 귀한 데다 죽을 담는구나, 허겁지겁 먹으면서도 어머니는 귀한 주발에 담긴 죽에는 손을 대지 못했다고 한다.

어머니가 아지매 말을 모두 다 이해하지는 못한 채 그저 송구해만 하고 있는데, 아지매가 손을 꼬옥 잡고 어머니를 보았다.

"우리 마을은 본래 야박한 곳이 아니라네. 보다시피 이렇게 숨은 듯이 있는 고장이라, 원체 환란을 피해서 숨어든 사람들이 많아. 나도 내 할아버지, 내 어머니 할아버지가 모두 외지인이셨다 하대. 그렇게 다, 뭔가를 피해서 온 사람들이라, 유독 삼가는 게 많은 거라. 첫 쥐날에는 모든 일을 쉬어라, 첫 범날에 여자는 밖으로 나서지 말아라, 첫 토끼날에는 그릇을 새로 들이지 말아라. 그래서 자네가 온 날, 사람을 들여도 될지 몰라 다들 겁이 난 게야."

"제가 온 날이, 며칠이었나요?"

"첫 말날이야. 말날은 장을 담는 날이고 제를 올리는 날이니 길한 날이지 않나. 그런 날에 왔으니, 자네도 태중의 아이도 다 좋은 일만 있을 걸세. 오늘은 첫 닭날이라 바느질을 삼가는 날이니, 자네는 일어났다고 움직일 생각 하도 말고 푹 쉬소."

어머니는 내가 태어나고도 아주 오래 후에야, 첫 닭날은 바느질뿐 아니라 아낙들이 되도록 쉬는 날이라는 걸 알았다. 삼가는 것 많은 고장에서 외지인 하나를 보살피느라 그들은 금기를 되도록 좁게 해석했다. 오늘은 물을 길면 안 되는 날이니 어제 길어온 물을 써서 음식을 하세, 오늘은 도끼를 쓰면 안 되는 날이니 묵은 장작을 쓰세, 내일은 바느질하지 못하는 날이니 새 옷을 오늘 마무리하세. 그렇게 사람들은 치마저고리며 속바지 속속곳을 만들어 어머니 머리맡에 잘 개켜 두고, 아궁이 가까이에 장작을 모아 놓고, 매 끼니를 준비하며 어머니를 살폈다.

산길을 헤매며 걸어온 것만 사흘인데, 어머니는 마을에 도착하자마자 다리에 힘이 풀렸는지 정신을 차리고 난 뒤에도 한동안 걸음을 걷지 못했다. 어머니는 밖으로 거의 나가지 못하고 그 집에 머물며, 당골 어른과 마을 어른들의 방문을 받았다. 몇 달 뒤, 마을 사람들의 도움을 받아 내가 태어나고, 삼칠일이 되어서야 어머니는 다시 걸을 수 있었다. 어머니는 당골께, 사람들에게 매번 받아 온 상에 대해 물었다. 현을 잉태한 당골 어른이, 내가 태어나 삼칠일이 지난 다음 날, 금줄을 풀러 오신 날이었다.

"삼인을 모시는 상이오. 우리 마을, 여기 이 묏맡골을 살피시는 넋들이시지."

묏맡골이 지금의 마을을 이루기 전에, 살던 고장 수령의 수탈에 견디지 못하고 산으로 숨어 들어온 이들이 있었다고 했다. 누군가는 수탈 때문이 아니라, 전쟁을 피해서 온 것이라고도 한다. 신국과 월국의 영토 싸움은 몇백 년도 넘게 이어졌으니, 전쟁 때문일 수도 수탈 때문일 수도 그 둘 모두에 말미암은 것이었을 수도 있다. 살던 곳에 머물다가는 죽을 일밖에 남지 않아서 산속으로 숨어든 이들은, 그저 산꼭대기로, 사람들에게서 먼 곳을 찾아 헤매며 달리다 여덟 봉우리가 감싼 이곳을 만났다. 그들이 시작이었다. 처음에는 분지에 밭을 일구고 집을 지어 살았다. 다른 곳에서 흘러 들어온 사람들이, 한두 집만 살던 마을을 찾아와 살며 그들끼리 혼인하고 무리를 이루면서 동네가 점점 커졌다. 어디에도 알려지지 않은, 지도에도 없는 고장이었다. 묏맡골, 산도 무덤도 가까운 마을이라는 이름이 언제부터 사람들 입에서 오르내렸는지는 당골 어른 역시도 알지 못했다. 다만 외부에서 아무것도 받을 수 없는, 외따로 떨어진 마을에서 살아남는 일은 말 그대로 무덤을 가까이 두는 일이니, 그 이름이 이 마을에 딱 맞다고 말할 뿐이었다.

"세상을 떠난 이들이 이 고장을 두루 살펴 주십사, 집마다 한 분씩의 어른을 모시기로 했소. 그게 삼인이시지. 누구의 후손이고 누구의 핏줄인지 내세우지 않고 모두 도와 가며 살지 않으면 안 되는 곳이라, 두 사람이 모이면 한 분을 모시기 시작하는 거라오. 원래는 저 애가 제 밥그릇을 받기 시작할 때부터 할 일이지만, 그대 몸도 아기 몸도 각별하게 살피는 게 좋겠어서."

당골 어른은 정지에서 주발을 가지고 들어와 어머니 앞에 놓았다. 어머니가 처음 상을 받았을 때부터 줄곧 상 위에 놓여 있던 놋그릇이었다. 다 옹기 사발인데 하나만 주발이어서 의아했던 그 그릇은, 어머니가 받는 상이 밥으로 바뀌어도 계속 자리했으며 수저도 대지 않은 채로 물려졌었다.

"자식이 커서 혼인하여 분가하면 새 삼인을 모시오. 없는 집은 도기를 쓰기도 하지만, 늘 식구들의 그릇보다는 좋은 걸로 마련해서 따로 올리지. 그대는 이 마을에 들어

올 때부터 둘이라, 마을에서 쇠붙이를 다루는 나루가 주발을 만들고 주발 내리기를 해서 보낸 거라오. 몸이 회복하거든 고맙다고 인사라도 하시오."

"주발에 있었던 밥은 어찌합니까? 수저를 대지 않고 늘 물리는 것을 봤어요."

"다음 끼니를 차릴 때 그릇에서 내어, 다음 끼니에 더하오. 제사 음식 나누는 것과 같지. 이제 이곳 사람이 되었으니 잘 지켜 주시오."

원래대로라면 어머니는 상을 받을 수 없었다는 말도 당골 어른은 덧붙였다. 이곳에서 혼자 먹는 밥은 상에 올리는 법이 없었다. 두 사람이 되어야만 비로소 삼인을 모실 수 있었다. 홑몸으로 조상 한 분을 모시기는 버거운 까닭이다. 그런데 어머니처럼 자리에 누운 사람이나 삼인의 가호가 특히 필요한 경우에는, 밥을 먹지 않을 사람이 제 그릇을 더해 두 사람을 채운 다음 삼인의 몫을 따로 차린다고 했다. 수저를 들지 않으면서도 계속 다른 사람이 어머니와 함께 상 앞에 앉은 건 그래서였다.

그날 어머니는 삼칠일을 넘긴 나를 데리고 처음 집 밖으로 나섰다. 어머니도 새로 지은 옷을 입고 내게도 새 배냇저고리를 입혀 품에 안은 채였다. 어머니는 당골 어른의 사당 뒤 삼인의 구와 좌대를 그날 처음 보았다. 거대한 놋쇠 색 구였다. 표면에 계속 땜질을 해서 더한 흔적이 남

아 있는 구에, 순간 햇빛이 내리쬐며 태양처럼 빛났다고
했다. 당골 어른은 어머니를 그 앞에 세우고, 품에 있던
나를 옆에 눕힌 다음, 어머니와 함께 절을 올렸다.

　"삼인님의 구 앞에 인사 올립니다. 이 여인은 비록 여기
서 태어나지는 않았으나 이곳에서 태어난 아이의 어미이
니, 삼인을 섬기며 이 마을 사람으로 살다 죽고자 합니다.
삼인님의 살피심으로 무사히 태중에서 세상 빛을 보았으
니 함께 살펴 주십시오."

　어머니는 돌아가시기 전까지 종종 그날의 이야기를 했
다. 어머니가 구 앞에 선 순간, 수백이 넘는 그릇으로 만
들어진 구에 햇살이 닿아 빛나던 이야기. 거대하며 기괴
한 구가 그 순간 태양이 되어서 자신을 보고, 그 빛이 누
운 내게 닿았다고. 그게 꼭 당신에게 여기서 살아도 괜찮
다고, 이 아이와 잘 살라고 말해 주는 듯싶었다고 했다.

　그 뒤로 그릇을 만들어 준 나루 아재에게 찾아가 인사
하고 돌아왔을 때, 집에는 처음 마을에 왔을 때부터 번갈
아 어머니를 보살펴 준 아지매들이 나를 보려고 와 있었
다. 몸을 풀자마자 여러 사람이 오가는 것은 좋지 않아서,
어머니의 해산과 몸조리를 도운 꽃네 아지매 말고는 모
두 삼칠일이 지나기만을 기다리고 있었다.

　"아이고, 정말 걸을 수 있네. 다행이네, 다행이야."

　"아기 눈 부리부리한 것 보소. 갓난애가 벌써 어깨가 바
른 것이, 어매 잘 모시겠다."

어머니에게 반갑게 말을 건네고 나를 살핀 아지매들은, 그날부터 계속 틈틈이 집에 들러 상태를 살폈다. 기운을 차리고 길쌈을 시작하자, 작은 일거리라도 어머니에게 돌려서 두 사람이 먹고사는 데 지장이 없게끔 거들었다. 끼니때마다 자리를 채워 앉음으로써 삼인상을 차리게 해 준 것도 아지매들이었다. 아지매들이 모두 못 오는 날이면, 당골 어른이나 수가 집으로 와서 함께했다. 그 덕분인지, 나는 잔병치레 한 번 없이 자랐다.

아재들이 우리 집에 오는 일은 없었다. 마을에 상처한 사람이 몇 있었지만, 어머니에게 혼담이 오가지는 않았다. 몸이 약하고, 한때 걷지도 못했던 어머니를 마음에 두는 이는 없었던 듯싶다. 누군가를 보살필 수 있는 사람으로 보이지 않았고, 그런 어머니에게는 나 하나로도 충분히 버거워 보였을지 모른다. 새로 낭군이 생겼다면, 어머니는 그 사람에게는 과거 이야기를 했을까. 어머니는 세상을 뜨실 때까지 어떻게 이 마을로 흘러 들어오게 됐는지, 내 아버지는 어떤 사람인지 말하지 않았다. 그저 어딘가에서 도망쳐 온 사람, 사흘 내내 산을 헤매다 온 사람, 상달고사 날 들어와 마을에 받아들여진 사람, 묏맡골 안에서 어머니는 그런 사람으로만 남았다.

소년과 소녀

언제부터 나는 현을 마음에 품기 시작했을까. 사내아이 계집아이 할 것 없이 한데 섞여 또래끼리 몰려다니던 시절부터, 나는 여섯 달 차이인 현을 계속 쳐다보는 아이였다고 어머니는 말했다. 수, 연, 현, 당골 어른의 세 딸 모두 어렸을 때는 마을의 다른 아이들과 섞여서 놀았다. 아버지 없는 아이가 마을에서 세 자매와 나뿐인 까닭에, 더 가깝게 느껴졌을 수도 있겠다. 내가 처음 아버지에 관해 묻자, 현은 아무 일도 아닌 것처럼 거리낌 없이 안 계신다고 말했다. 현이 태어나고 채 1년이 지나지 않아서 당골 어른의 바깥어른이 돌아가셨다는 건 알았지만, 현이 왜 그걸 당연하다는 듯 말했는지 알게 된 건 그보다 뒤의 일이다.

가시버시 놀이를 하며 서로가 사내고 계집이라는 걸 의식하기 시작했을 때, 마을에서 가장 인기가 있던 건 미희였다. 이름처럼, 어릴 때부터 붉은 입술도 동그란 눈동자도 모두가 한 번 더 쳐다보게 만드는 얼굴이었다. 미희 어머니 역시 마을에서 제일 고운 아낙으로 꼽히곤 해서, 미희 아버지가 농사일에 조금이라도 게으름을 부릴라치면 사람들이 마을에서 제일 운 좋은 사내가 운을 내버릴 일을 하면 안 된다며 꾸짖곤 했다. 미희와 한 살 터울인 동생 채우는 아버지를 닮았는지 어깨도 넓고 우락부락한 데다 작달막했는데, 미희는 어머니 피만 물려받은 듯이 뒷모습도 앞모습도 입 댈 게 없이 곱기만 했다.

하지만 모두가 미희와 가시버시를 하려고 했을 때도 나는 관심이 없었다. 서로 별로 닮지 않은 세 자매 수, 연, 현, 그중에서도 현만 내 눈에 들어왔다. 삼인상 때문에 우리 집에 먼저 드나든 건 수였지만, 나와 동갑인 현을 데리고 우리 집에 올 때가 많아서였을까. 아니, 그러지 않았어도 나는 현을 처음 볼 때부터 알아봤을 것이다. 허리가 호리호리하고 걸을 때 물고기처럼 팔랑거리는 미희와 달리, 현은 구름이 옮아가듯 가볍게 걸었다. 삼단 같은 머리카락을 곱게 땋은 미희와 달리, 현은 세 자매 중에도 머리색이 옅은 편이어서 햇빛을 받으면 잘 익은 벼 색깔처럼 빛났다. 미희의 음성은 구슬 굴러가는 소리처럼 맑고 영롱했는데, 현의 목소리는 바람 소리처럼 부드럽게 공기에 녹아들었다. 아주 멀리서도 나는 현의 목소리가 들리는 곳을 이내 알 수 있었다. 그러나 현에게 내 각시가 되라는 말을 먼저 하지 못했다. 놀이에서라도 그런 말을 하는 것은 너무 무거웠다.

사람들은 현이 당골 어른 딸답게 모든 사람에게 다정하다고 말했지만, 나는 현이 내게 각별히 다정하다고 믿었다. 당골 어른 심부름으로 우리 집에 올 때면 현은 꼭 내가 밥은 잘 먹는지, 혹시 당골 어른께 부탁할 게 있는지 따로 물었다. 내가 현의 키를 넘긴 걸 가장 먼저 안 것도 현이었다. 하지만 현에게 앞서 다가간 건 수철 형이었다. 수철 형이 현을 각별히 여긴다는 걸 알아차렸을 때, 나는 현을 생각하는 내 마음이 작지 않다는 걸 깨달았다. 세 자매 모두 표정이 크게 드러나지 않아서, 현이 수철 형을 싫어하는지 좋아하는지 가늠할 수 없었지만, 혹여 현이 수철 형을 보고 웃기라도 하면 나는 한참을 끙끙 앓았다.

바느질 솜씨가 마을에서 으뜸인 어머니는, 내가 철이 들 무렵부터 당골 마님이 제례 때 입을 옷을 지었다. 특히 불길 앞에서 춤사위가 격렬하기 마련인 상달고사를 지내고 나면 옷 군데군데가 터지거나 상하곤 했는데, 어머니는 늘 깔끔하게 수선해서 돌려드리곤 했다. 그래서 나는 일찍부터 당골 마님의 집에 들락거릴 수 있었다.

"참 곱네요. 내달 즈음에 상사(喪事)가 있을 텐데, 걱정을 하나 덜었어요."

어머니가 수선한 제례복을 보면, 당골 마님은 부드럽게 웃으셨다. 제사나 삼인의 구에 대한 말을 할 때, 당골로서 사람을 대할 때는 한없이 엄한 당골 어른이었지만, 평소의 당골 어른은 누구에게든 조심스럽고 다정한 사람이었다. 그런 엄한 말투로 당골 어른은 종종 아직 일어나지 않은 마을의 대소사를 입에 올리곤 했는데, 늘 일어날 일이었지만 누구에게 일어날 것인지는 실제 일어나기 전까지 결코 말해 주지 않으셨다. 어머니도 나도 당골 마님이 한 말을 밖으로 옮기지 않았다.

"어머니, 좌대 다 닦았어요."

방문을 조금 열고 현이 말했다.

"그래, 내가 한번 보마. 수고했다."

아이들과 노는 시간이 가장 적었던 현은 거의 당골 어른과 함께 있었다. 사당 안을 정리하거나, 당골 어른의 옷을 빨아 너는 것을 왜 늘 첫째나 둘째가 아닌 현이 하는지 알 수 없었다. 아이들과 놀 때 현이는 어째 안 왔느냐고 물으면 수와 연의 표정이 왜 어두워지는지, 그런 이유를 깊이 생각하기엔 나는 너무 어렸다.

당골 어른 댁에서 돌아오자마자 다시 밖으로 나가 아이들과 한참 놀고 들어오는 내 표정을 보고, 어머니가 불렀다.

"무슨 일이 있었니? 요즘은 놀고 와도 표정이 어두운데."

"아무 일도 없었어요."

"얼굴이 그렇지 않은데. 엄마가 내 새끼 얼굴을 못 읽을까."

"다들 가시버시 놀이만 해. 상대를 안 바꾸고, 맨날 신랑이랑 각시가 정해진 것처럼만 하니까 재미없어."

한참 만에 중얼거리자, 어머니는 바느질을 멈추고 나를 물끄러미 쳐다보셨다.

"너는, 누구랑 가시버시를 하면 좋겠는데?"

내가 대답하지 않자, 어머니는 계속 내 눈을 쳐다보더니 다시 물었다.

"응? 네 눈엔 누가 제일 좋은데?"

나는 할 수 없이 입을 열었다.

"현이랑 놀고 싶은데, 현이 난 제일 곱거든. 근데 수철 형이 맨날 현이랑 가시버시 하려고 해."

어머니의 얼굴이 조금 어두워졌다.

"마을에서 제일 고운 건 미희라고 하던데, 그 눈에는 현이 제일 곱구나. 어쩌니."

"어머니 눈에는 현이 안 고와요?"

"아니, 곱지, 참 곱지. 하지만 현이 아기씨는, 아유, 어쩌면 좋니. 그 자리는 웬만한 이는 감당 못 할 자리인데."

어머니는 마을 사람들에게, 당골 어른에게 들은 이야기를 어린 내가 알기 쉽도록 조금 풀어서 전했다.

"현이 아기씨는 다음 대 당골이 될 거란다. 그 짝이 된다는 건 다음다음 대 당골의 아버지가 된다는 거야. 그건 아무나 할 수 있는 일이 아니야."

어머니가 처음 들려준 이야기는 그 정도였다. 다음 대당골의 아버지가 된다는 것의 의미를 어머니는 말해 주지 않았다. 그건 어린아이가 듣기에 너무 무서운 말이어서였을 것이다. 하지만 나는 그 의미를 짐작할 수 있는 나이가 아직 아니었으므로, 어머니의 말을 훨씬 가벼운 일로 이해해 버렸다.

"그럼 내가 웬만하지 않은 이가 되면 되지."

"애야, 그건 아마 안 될 거야. 언젠가는 엄마 말을 이해하게 될 거야. 아직 먼일이니까, 지금은 세 자매 모두와 친하게 지내도 괜찮지만. 현이가 네 각시가 되지는 않을 거란다."

하지만 그랬다간 수철 형이 현을 데리고 갈 텐데. 아니, 현이가 다음 당골이 된다면 수철 형이 당골 어른의 집에서 살게 되는 것일까. 어느 쪽이든 내게는 너무 끔찍한 일이었다. 나는 그 뒤로 오히려 더 현에게 가까이 가려고 노력했다. 어머니가 당골 어른께 가는 날이면 꼭 따라가서 현을 만났다. 어머니가 말리던 말랑한 곶감을 몰래 빼서 가져가기도 하고, 예쁘고 매끄러운 돌을 챙겼다가 조용히 건네기도 했다. 현은 조금 웃을 때도 있고, 이런 건 어머니께 드리는 게 좋겠다며 사양하기도 했다. 웃을 때가 더 많았지만, 수철 형과 가시버시 놀이를 할 때도 그처럼 웃었으므로 나는 늘 안심할 수 없었다.

열세 살이 되자, 나는 마을 소년들이 대개 그렇듯이 이런저런 일을 배우기 시작했다. 농사일을 거들기도 하고, 짚을 꼬아 노끈을 만들고 신발을 만들기도 했다. 칼을 잡은 손에 힘이 들어가기 시작하자 나무 깎는 일을 배웠고, 날을 갈거나 못을 박기도 했다. 어른들이 도끼로 찍어 온 나무를 톱으로 잘라 두면, 사포질과 끌질로 표면을 다듬었다. 소년이 자라 마을에서 어떤 일을 할 것인지, 묏맡골에서는 그렇게 정했다. 누가 무엇을 잘하고 즐거워할지 알 수 없으므로 우리는 모든 일을 골고루 다 해 봤다. 해보기 전에는 무슨 일을 누가 잘할지 가늠할 수 없어서, 십이지를 한 번 지나 북을 잡을 수 있는 나이가 되면 평생할 일을 정할 수 있도록 하는 거였다. 수십 가지 일을 해보고, 베틀 만들기와 나무 깎는 일까지 거쳐서 처음으로 쇠를 다루는 나루 아재의 일터로 갔다. 아재는 내게 솥 모양 다듬는 일을 시켰다. 아직 덜 식은 쇠에 망치질을 고루 더해서 아궁이에 맞게끔 높이를 맞추는 일이었다.

"힘이 세진 않은데 힘을 고루 주는 건 잘하는구나."

내가 일하는 걸 지켜보던 아재는 덤덤한 얼굴로 그렇게 말했다. 다음 날은 두꺼운 장갑을 끼게 하고선, 날 다듬는 일을 시켰다. 나중에 알았지만, 그 나이에 맡길 일은 아니었다. 나는 그런 줄도 모르고 잔뜩 긴장해서는, 날이 고르게 서지 않거나 행여 가르치는 걸 잘못 따라 할까 봐 신경을 곤두세웠다.

"어떠냐, 이 일이 맞는 것 같으냐? 아니면, 다른 일을 더 해 보고 싶으냐?"

이레째 되는 날, 다음 날부터 다른 일을 하러 가야 하는 저녁 무렵에 아재가 물었다.

"네가 괜찮으면 다른 데 갈 것 없이 내일부터 계속 여기 와도 된다. 그릇 빚는 자리에서 널 탐내긴 했는데, 작년에 수철이가 거기 갔으니, 올해는 다른 곳이 우선이지. 내가 너 흙 빚는 건 못 봤다만, 너한테는 이 일이 더 맞긴 할 게다."

싫은 일은 아니었다. 마을에는 반드시 대장장이가, 놋 그릇 만드는 사람이 있어야 했다. 삼인상의 그릇으로 잠시 도기를 쓰다가도 언젠가는 주발로 바꿔야 했다. 집안 어른이 돌아가 홀로 남거나 누구도 남지 않게 되면, 당골 어른은 그 집의 삼인상이 끝난 것을 알리고 그릇을 거두어 삼인의 구에 더했다. 삼인상의 주발은 이어지지 않고, 자손이 분가할 때마다 새로 장만하므로 마을에는 꾸준히 새로운 주발 만들 사람이 필요했다. 호미와 낫과 곡괭이와 도끼를 만들고 수리할 사람 역시 그러했다. 날을 손보거나 자루에 날을 이을 수 있는 사람은 나루 아재 말고도 있었지만, 쇳물을 다룰 줄 아는 사람은 나루 아재뿐이었다. 다른 일을 생각해 본 적도 없지만, 이 일을 평생 하며 산대도 나쁘진 않을 것 같다는 생각이 들었다.

"제가 잘할 수 있을까요?"

내 물음에 아재는 무심히 고개를 끄덕였다.

"일을 해 보려는 사람은 전에도 있긴 했지만, 눈에 차는 사람은 없었다. 슬슬 후계가 걱정이던 참인데, 네가 와서 다행이구나. 딴 사람도 아니고 너라는 게 인연인 것 같기도 하다."

어머니가 처음 받았던 삼인상, 어머니와 내가 살아온 집에 처음으로 '우리 것'이라며 온 물건이 삼인상의 주발이었으니, 인연이라고 할 만도 했다.

아재의 대장간에서 일을 시작하고 달포쯤 지나자, 작은 도구들은 만들 수 있게 되었다. 처음으로 만든 호미와 낫을 집에 가져간 다음 날, 갑자기 어머니가 앓아누웠다. 대장간에서 해가 지자마자 집으로 돌아왔더니 어머니가 문 앞에 기대듯이 앉아 있었는데, 날 보고 일어나질 않아서 다가가 보니 열이 펄펄 끓었다. 급히 의원님을 모시고 와서, 어머니를 방 안으로 옮겼다. 의원님은 어머니의 맥을 짚고 열을 살피시더니, 날 애잔한 눈으로 바라보았다.

"언제부터 이러셨냐."

"어제까지 아무렇지도 않으셨어요."

"그럴 리가 없는데. 하루 만에 이렇게 기력이 쇠할 리가 없잖냐. 아니면……. 네 어머니, 계속 참았던 모양이지. 그래, 여기 처음 왔을 때부터 약했던 사람인데 뭘 물어봐도 하나도 안 아프다고만 하는 걸 내가 알아들었어야 했는데.”

“계속 아프셨다고요?”

“처음 들어왔을 때도, 걷지도 못할 다릴 하고 사흘을 걸어왔던 사람이야. 여기서 살아도 된다고 하자마자 기운이 빠져서는, 너 태어나고 한참 동안 걷질 못했어. 그 뒤로는 안색이 좀 좋아지기도 하고, 손도 안 떨리는지 바느질도 그렇게 잘한다니 괜찮은 줄 알았지.”

“그 얘긴 들었어요, 다들 말씀하셔서. 그렇지만 요즘은 진짜 괜찮으셨는데.”

“일단 몸을 보하는 약을 좀 지을 테니 드시게 해라. 그보다 밥 좀 잘 챙겨 드리고. 삼인상을 꼬박꼬박 차려야 하는 건 말 안 해도 알지?”

의원은 잠깐 일터로 갔다가, 약 묶음을 들고 다시 돌아왔다. 나는 어머니 이마에 차가운 천을 올려 두고, 밥을 하고 약을 달였다. 어머니가 아프다고 하지 않아도 의원을 찾아갔어야 하는 걸까. 어머니는 내가 열만 올라도 안절부절못하고 의원님을 모시러 갔었는데. 하지만 아무 내색도 안 하고 늘 한결같은 사람을 의원에게 보여야 한다는 걸 내가 알 리 없었다.

나루 아재는 어머니가 회복하실 때까지 대장간에 오지 않아도 된다고 했다. 나는 며칠 동안 삼인상을 차리고 삼인의 주발을 잘 챙겨 두었다가 다음 끼니에 어머니가 드실 죽에 섞어 끓였다. 삼인의 가호든 의원님의 약이든 어머니를 다시 일으킬 수 있다면 뭐든 좋았다. 어머니는 간신히 몸을 일으켜 죽과 약만 겨우 삼키고, 한참 거친 숨을 몰아쉬다가 다시 잠들기를 반복했다. 며칠 전까지 조용히 앉아 바느질하고 옷을 짓던 사람이 한순간에 이렇게 모든 기운을 잃어버릴 수 있는 걸까. 의원님의 말대로 어머니는 계속 이 상태였는데, 억지로 기를 쓰며 정신을 붙들고 있었던 것은 아닐까.

그렇게 나흘째 되던 날, 아침상과 약을 챙겨 방에 들어갔더니 어머니는 벌써 앉아서 문 쪽을 빤히 보고 있었다. 어머니가 나를 보고 환하게 웃었다.

"어머니!"

"내 아가."

어머니가 내게 양팔을 뻗었다. 어머니가 가끔 나를 아가라 부를 때는 내게 뭔가 당부할 때였다. 나는 상을 들여다 놓고 어머니를 끌어안았다. 아주 어렸을 때 이후로는 안아본 적이 없었다. 어머니는 너무 마르고 힘이 없어서, 의원님 말대로 정말 아무 기운도 없는 사람처럼 느껴졌다.

"빨리 기운 차리고 일어나셔야죠. 밥부터 드세요."

"밥은 괜찮아. 아가, 엄마 말 좀 들어 줄래?"

나는 팔을 풀고 어머니 앞에 앉았다.

"너는, 현 아기씨가 좋아?"

"네, 좋아요."

현은 여전히 나한테 별말을 하지 않지만, 수철 형은 여전히 현을 제 각시라고 부르고 다니지만, 그래도 나는 현이 좌대를 닦다가 나와 눈이 마주쳤을 때 보여 주는 그 얼굴을 좋아했다. 등 뒤에 숨겨 온 곶감이며 작고 예쁜 돌멩이를 내밀었을 때, 매번 눈이 동그래지는 그 표정도 좋았다. 먹을 것이면 늘 어머니를 드리라며 거절하고, 예쁘기만 한 돌멩이는 받아서 잘 갈무리하는 그 마음도 좋았다. 상달고사 때, 백중고사, 상례, 혼례, 제례, 모든 제사에서 당골 어른이 기도 올리는 모습을 보며 나는 현이 그 자리에 있는 자태를 상상했다. 흰옷을 입고 너울을 날리면 얼마나 눈부실지, 춤사위는 또 얼마나 아름다울지, 현의 기도 소리는 얼마나 듣기 좋을지를 상상했다. 나는 그 모습을 바로 가까이에서 지켜보는 반려가 될 생각이었다.

"당골의 피는, 어머니에게서 딸로 이어진단다. 당골에게선 아들이 태어나지 않고, 후계가 될 사람만 넋을 보고 그 목소리를 듣지. 현 아기씨는 그런 사람이야. 우리가 못 보는 걸 보고, 못 듣는 소리를 듣는 거야."

"상관없어요."

"현 아기씨 아버지는, 아기씨가 걷기 전에 급사했어. 나이는 겨우 스물넷이었다. 열아홉에 혼인해서 수와 연과 현 아기씨를 해마다 낳을 때까지 세상 더할 나위 없이 건장한 사내였다고 하더라."

어머니는 수와 연은 늘 이름으로 불렀고, 현은 아기씨라고 칭했다. 수가 우리 집에 오지 않게 된 지 오래라 어머니가 수와 연을 만날 일은 거의 없고, 현은 늘 당골 어른의 집에 갔을 때 만나는 까닭에 그러는 거라 생각했다. 수와 연과 현 아기씨라고 부르면, 세 사람 모두를 지칭하는 말이라고 여겼다. 하지만, 나는 문득 깨달았다. 어머니는 마을의 다른 아이들은 물론이고, 수와 연도 아기씨라고 부른 적이 없었다.

"흉사가 순서 가려서 오는 거 아니라면서요. 형석네 할아버지도 내내 정정하시다가 이레 만에 돌아가셨잖아요. 현이 아버지가 그리 죽은 게 뭐가 문젠데."

"그건, 현이 아기씨가 다음 대 당골이시기 때문이야. 다음 대 당골의 아버지는, 그 당골이 걷는 걸 못 보고 세상을 뜬단다. 몇 명을 낳을지는 몰라. 몇째가 다음 대 당골이 되실지 태어나기 전까지는 모르지. 하지만, 언젠가 후계를 잉태하면, 그러면 2년이다. 한두 해 안에, 다음 당골이 될 따님이 태어나 걷기 전에, 목숨을 잃는다는 말이야."

당골에겐 아들이 태어나지 않는다. 어머니와 딸로 이어지는 핏줄이 너무나 강해서, 당골이 낳는 자손은 모두 딸이었다. 그중 하나가 다음 대 당골이 된다. 당골이 되지 않을 딸에게는 그 피가 이어지지 않는지, 혼인하면 아들을 낳는 경우도 많았지만. 그러니까 당골과 혼인한다는 것은 아들을 결코 얻을 수 없다는 것이고, 후계가 태어나면 한두 해 안에 목숨을 잃는다는 뜻이었다. 어머니가 어렸을 때부터 날 걱정했던 게 바로 이것이었다.

"아이를 낳지 않고 살 수는 없지 않니. 이 마을에 당골이 안 계시면 삼인은 어떻게 모시고, 경사 흉사 고사는 어떻게 지내. 그러니까, 현 아기씨는 제발 마음으로만 생각해 다오. 응?"

해마다 하나씩 세 딸을 낳고 나자, 현의 아버지는 생기를 잃고 시름시름 앓다 세상을 떠났다고 한다. 당골의 배우자는 태어난 후계가 걷는 걸 보지 못하기 때문에, 현의 맏언니 수와 둘째 언니 연이 걷기 시작했을 때도 그 아버지가 살아 있어서 두 딸이 넋을 보지 못하리라 짐작했다고 한다. 현이 태어나고 아버지가 갑자기 이유 없이 앓기 시작하자, 당골은 후계가 태어났다며 그제야 안심했다고도 한다. 그 말이 퍽 섬뜩했다. 아이 아버지가 앓기 시작했는데 안심하다니. 남 말하기 좋아하는 이들이 하는 소리라 하더라도, 끔찍하기 짝이 없었다.

"걱정하지 마세요. 어머니 속상하실 일 안 할게요."

나는 그렇게만 말했다. 처음 들은 말을 받아들이는 것만으로도 버거웠기 때문에, 그 순간 어떻게 현과 함께할 수 있을 것인지 생각할 겨를은 없었다. 그저 당골 어른과 세 자매 이야기가 내게는 너무나 섬뜩하게 다가와, 파리한 얼굴로 나를 염려하는 어머니를 어떻게든 안심시켜야겠다는 생각 외에는 할 수 없었다.

"꼭, 이 마을 사람과 함께 가시버시 맺어서 예쁜 딸 아들 낳고, 묏맡골 사람으로 살아야 한다. 네가 내 배에 있어서 내가 살았다. 너는 이곳에서 태어났으니 오래오래 여기 살아 다오. 알겠지?"

　내게 좀처럼 잔소리를 하지 않는 어머니였다. 소소한 말썽을 부려서 다른 집으로 사죄를 드리러 갈 때도 어머니는 나를 길게 꾸짖지 않았다. 어머니가 내쉬는 한숨이 백 마디 꾸중보다 더 무서워서, 말수 적은 어머니의 표정을 살피며 조심하는 법을 배웠다. 내가 잘못하면 어머니가 외지인이라 그렇다는 말을 들을까 봐, 누구보다도 더 마을 일을 열심히 했다. 또래 가운데 네가 제일이라는 말을 듣는 게 기뻤던 건, 다른 벗들보다 내가 잘났다고 인정받고 싶어서가 아니라, 그 말을 들으며 웃으실 어머니의 표정이 떠올라서였다. 그런 어머니가, 이렇게 내 손을 붙들고 부탁하시는데, 평생 가장 간곡한 표정으로 말씀하시는데, 다른 말은 할 수가 없었다.

　"그렇게 할게요. 어머니, 그러니까 이거 드시고 쉬세요."

　어머니는 안심한 듯 내가 올리는 죽을 달게 드시고, 약을 다 넘기시고는 부드럽게 웃으셨다. 나는 덤으로 둔 내 몫의 죽을 비우고 삼인상의 그릇과 함께 상을 물렸다. 정지에서 주발을 잘 올려 두고 그릇을 부신 다음 방에 들어오자, 어머니는 앉아서 기도하는 자세로 고개를 숙이고 계셨다. 어머니는 늘 그렇게 하셨으므로 나는 방해가 되지 않도록 조금 떨어져서 어머니의 기도가 끝나기를 기다렸다.

그때 급히 달려오는 걸음 소리가 들렸다. 방문이 열리더니 현이 문밖에서 허망한 얼굴로 서 있는 게 보였다. 현의 눈에서 눈물이 주룩주룩 흘러내리고 있었다. 현을 보고 놀라, 어머니를 돌아보았다. 현이 문을 열었는데도 어머니는 꼼짝도 하지 않고 앉아 있었다. 아니, 어머니의 몸이 한쪽으로 조금 기울어지더니 스르륵, 무너져 내렸다.

어머니의 숨이 언제 멎었는지, 나는 모른다. 방문이 열리고 현이 있는 걸 봤을 때 내가 느낀 게 무엇이었는지, 나는 그 뒤로 한 번도 말한 적 없다. 어머니에게 그토록 안심하시라고, 걱정하실 일은 하지 않겠다 말씀드리고 채 한 식경이 지나지 않았는데, 현의 얼굴을 보는 순간 나는 기도하는 어머니보다도 울고 있는 현의 얼굴에 더 마음이 쓰였다. 나는 처음이자 마지막으로 어머니의 뜻을 어길 것이었다. 그건, 정해져 있는 거였다.

주발 되돌리기,
주발 내리기

상달고사가 마을의 가장 큰 행사이고, 다음으로 큰 행사는 혼례가 아니라 장례다. 흉을 길로 바꾸고, 마을을 떠난 혼령이 무사히 삼인에 올라 마을 사람들을 살피는 존재가 될 수 있도록, 아쉬움 없이 대접하고 보내 드려야 한다. 혼례는 다음 대를 태어나게 하는 일이므로 산 자들이 살필 수 있지만, 밖에서는 그 무엇도 받아 올 수 없어 마을 안 것으로만 살아남아야 하는 험한 산속 묏맡골에서는 모든 일에 삼인의 가호가 필요하다고 여겼다. 그만큼, 삼인이 되실 망자를 잘 보내 드리는 일은 중요했다.

가장 먼저 해야 할 일은 우리 집 주발을 되돌리는 것이었다. 가장이 떠나더라도 남은 가족이 둘 이상이면 주발을 섬길 사람이 있으므로 문제가 없다. 하지만 우리 집처럼 어머니가 떠나고 나 혼자 남으면 경우가 다르다. 삼인 상을 챙기는 것은 보살핌을 구하는 일인 동시에 삼인을 섬기는 일이었으므로, 혼자서 그 역할을 다하기 어렵다고 여기는 까닭이다. 세 끼를 꼬박 세 사람의 상을 차려, 혼자서 두 그릇을 비우고 한 그릇 남기기를 계속하는 건 쉽지 않은 일이었다. 그래서 집안에 사람이 혼자 남게 되면, 삼인상의 주발을 나무로 짠 상자에 넣어 당골 어른께 가져간다.

어머니가 돌아가신 날, 나는 새로 나무를 베고 다듬어 주발 넣을 상자를 만들고, 주발에 있는 죽을 솥에 부어 두고 잘 씻어서 닦은 뒤 상자에 넣어 당골 마님의 집으로 왔다. 현은 내 쪽을 보지 않고 돌아서서 삼인의 구를 보고 있었다. 당골 마님이 기다린 듯 서서 붉어진 눈으로 나를, 상자를 보았다.

"이제 어떻게 살 게냐?"

"나루 아재 대장간에서 일하기로 했는데, 아재는 삼인 상의 가호를 받을 수 있는 몸이 아니라고 극구 사양하셔서, 함께 살지는 못할 듯합니다."

"나루 그 사람은, 남의 주발은 수십 벌 빚었으면서도 제 집 주발은 만들지 않는 사람이지."

혼자 사는 사람은 상을 따로 차리지 않는다. 나루 아재는 평생을 사발에 밥과 반찬을 함께 넣고 먹는 혼 사발로 살았다. 나도 그럴 것이다. 긴 시간은 아닐 테지만.

"따라오너라, 장례 준비하려면 바쁠 테니 바로 하는 게 좋겠구나. 현아, 좌대를 살펴 다오."

"네, 어머니."

현은 몸을 돌리지 않은 채로 사당 안으로 들어가 홍색 청색 백색 천을 가지고 오더니, 구의 좌대 앞에 삼색 천이 서로 교차하도록 펼쳤다. 그 위에 당골 어른이 무릎을 꿇으며 앉고, 좌대 가까이에 주발이 든 상자를 놓았다.

"여기 앉아라. 공손하게."

나는 당골 어른이 가리키는 옆자리에 당골 어른이 하신 것처럼 무릎을 꿇으며 앉아 손을 모았다. 어머니가 당산송 앞에서 그렇게 기도하는 것을 몇 번이나 보았지만, 상달고사 때 말고는 구를 유심히 본 적이 없었다. 고사 때라 해도 북을 두드리고 소리치는 역할은 할 수 있으나 구 나르는 일은 하지 못할 때였으므로, 내게는 삼인의 구가 멀고 아득한 태양이었다. 처음으로 가까이에서 바라본 삼인의 구는, 상달고사 때 멀리서 본 것처럼 매끈한 구라기보다는 수많은 실금이 빼곡하게 덮여 있는 모양이었다. 계속해서 덧붙이고 덧붙여서 만들더라도, 그렇게나 실금이 생기도록 가공할 리는 없을 터였는데도.

"삼인상을 섬기는 주인이 떠났으니, 처분을 태양께 맡기겠습니다."

당골 어른은 상자를 열고 꺼낸 주발을 상자 위에 놓았다.

"주인이 떠났으니 삼인님, 조상님, 하늘님, 뜻대로 하소서."

현의 목소리가 등 뒤에서 들렸다. 평소 현의 목소리보다 굵고 낮은 목소리였다. 당골 어른의 목소리를 직전에 듣지 않았다면 당골 어른의 목소리라고 생각했을 것이다. 그리고 현이 뭔가 알 수 없는 말을 중얼거리기 시작했다. 노래처럼 높낮이를 가지며 커졌다 작아졌다 반복하는, 그러나 내용은 알아들을 수 없는, 동굴 속 목소리처럼 뒤울림이 깊은 소리였다.

누군가 불을 켰다. 아니, 그런 줄 알았다. 훤한 대낮에 일부러 횃불을 더할 필요가 없을 텐데 생각할 만큼 삽시간에 밝아진 빛에 눈이 부셔서 순간 찌푸렸다가, 그게 횃불도 거울도 아니라는 걸 알았다. 삼인의 구가 빛나고 있었다. 볕이 들지 않는 절벽 바로 앞 당산송 그늘 아래 구가 완전히 가려져 있는 시간에, 있을 리 없는 볕이 모두 모여드는 것처럼 구가 빛났다. 노래하는 듯한 현의 목소리에 맞춘 듯이 상자 위 그릇이 떠오르더니 거대한 구에 천천히 가깝게 다가갔다. 뚜껑이 열리지 않도록 누가 잡고 있기라도 한 것처럼 한 몸처럼 떠오른 주발은 대장간 화로 속에서 지금 막 나온 쇠붙이처럼 빛나더니, 서서히 형태를 바꾸어 한 덩어리로 합해지고 펴져서 거대한 구에 덧붙었다. 우우웅 하는 소리가 구에서 나는 것인지 현에게서 나오는 소리인지 알 수 없었다. 빛이 멈추었다. 그릇이 더해진 자리에서 실금처럼 빛이 반짝이더니 이내 사라졌다. 동시에 현의 소리가 멎었다.

"삼인께서는 소임을 다하셨다고 하시는구나. 네가 새로 식구를 맞이하여 삼인상을 차릴 수 있게 되면, 너와 네 식솔을 살피시는 삼인이 새로 오실 것이다. 그때까지 너는 삼인을 모실 수 있는 사람이 될 수 있도록 최선을 다하거라."

나중에야 나는 모든 삼인상의 주발이 그렇게 주발 되돌리기가 되는 것은 아님을 알았다. 혼인을 앞둔 경우처럼 곧 식구가 늘어날 집의 주발은, 기도를 올리면 상자 위에서 빙글빙글 돌기만 할 뿐 삼인의 구가 빛나지도, 주발이 빛나며 늘어나지도 않는다고 했다. 그건 아직 돌아갈 때가 아니라거나 곧 다시 쓰임이 있을 거라는 뜻이므로, 당골 어른은 그릇의 움직임이 멈추면 상자 안에 주발을 다시 넣고 사당 안 제단에 올려서 당산송과 함께 섬긴다고 했다. 주발 되돌리기가 됐다는 건 내가 삼인상을 올릴 수 있을 때까지 시일이 제법 걸릴 거라는 뜻이었다. 그야 나는 이제 갓 일을 배웠을 뿐이고, 나루 아재도 나를 식구로 거두지는 않겠다고 하셨으므로 내가 한 집안의 가장이 되는 것은 아직 먼일이기는 했다. 새로운 일을 배우며 나 하나 건사하는 것도 쉽지 않을 테고, 마을 어른들이 얼마간 살펴 준다고 하더라도 어머니가 계실 때의 반이나마 제대로 해낼 수 있을지도 몰랐다.

마을에서 어머니의 관을 짜 주시고, 나는 사흘간 곡기를 끊은 채 장례용 가마니를 짜고, 새로 장작을 패고, 손님을 맞았다. 마을 사람들은 피붙이가 떠나기라도 한 것처럼 어머니의 죽음을 안타까워하며 나를 염려했다. 사흘 만에 겨우 장례에 필요한 용품을 다 만들 수 있었다. 절벽에서 멀리 떨어진 마을의 끝, 다랑밭이 시작되는 빈 땅에서 나는 사흘간 준비한 깨끗한 장작과 좋은 날 구운 숯을 번갈아 쌓고, 장례용 가마니를 올렸다. 거기까지는 누구의 도움도 받아서는 안 된다. 장작과 숯 제단 위에 가마니가 펼쳐지자, 당골 어른이 앞장서고 마을 어른들이 나서서 어머니가 잠든 관을 옮겼다. 상엿소리는 당골 어른이 선창하고 현이 따라 불렀다. 사람들은 전혀 닮지 않은 목소리인 현과 당골 어른이 부르는 노랫소리가 똑같다며 수군댔다. 당골의 피란 그런 거라고, 아직 어린데도 벌써 당골 소리를 내니, 현이 성인이 되면 그 영험함이 지금의 당골을 뛰어넘을지도 모른다고 말하기도 했다. 나는 그런 소리를 들으면서 제일 후미에 있는 현의 얼굴을 보고 있었다.

　어머니의 관이 놓였다. 당골 어른의 노랫소리가 높아지고, 마을에서 가장 큰 어른인 막혜 어르신이 장작에 불을 붙였다. 기름도 먹이지 않고, 사흘 전부터 만들어서 잘 마르지도 않았을 장작이 타닥타닥 서서히 타들어 가다가 숯을 만나 불길이 조금 강해졌다. 상달고사 때는 불길이 아무리 높아져도 삼인의 구도 구의 좌대도 태우지 못했지만, 어머니를 닮아서 작고 가냘픈 관은 가마니 위에 아무런 흠집도 남기지 않을 것이다.

"불이야, 불이야, 어서 나오시오!"

"집에 불이 났소, 어서 나오시게, 아들은 나왔으니 안심하고 나오시게!"

마을 어른들이 앞다퉈 외쳤다. 죽음을 알고 육신에서 나오시라는 외침이었다. 대답처럼 관 위로 화르륵 불길이 번졌다. 나는 어머니의 마지막 집이 타닥 소리를 내며 타다가, 장작과 숯과 함께 천천히 바스러지며 내려오는 것을 보고 있었다.

"저, 혼자 남은 것을 어쩔꼬. 천지에 기댈 곳 하나 없는 저것이 사람 구실을 하겠나."

누군가가 낮게 중얼거리는 소리가 들렸다. 어른들이 어머니의 뼈를 수습하는 걸 보기 힘겨워서 나는 고개를 숙여 버렸다. 쿵쿵, 돌절구 소리가 들렸다. 어머니의 뼈를 빻는 소리였다. 상례 때마다 보아서 알고 있음에도, 그 소리가 꼭 내 머리를, 가슴을, 어깨를, 심장을 때리는 것처럼 들렸다. 나는 소리가 끝날 때까지 고개를 들지 못한 채 그대로 서 있었다. 한참 후에 소리가 멎고, 숙인 내 눈앞에 새하얀, 종이로 만든 유골함이 보였다. 당골 어른이 미리 마을 어른들에게 준비시킨 유골함이었다. 고개를 들었다. 나루 아재가 어머니의 유골함을 들고 서 있었다.

"어머님께서 원하신 장소가 있으면 거기 뿌려 드려라. 이건 네가 해야 할 일이다."

"어머니는…… 특별히……."

갑자기 목이 꽉 막히며 소리가 나오지 않았다. 누군가가 내 손을 잡는 게 느껴졌다. 옆을 보니 현이 눈물을 계속 흘리면서 나를 보고 서 있었다. 사흘 전, 어머니가 숨을 거두시고도 기도하듯 앉아 계셨을 때, 집으로 달려온 현은 이런 표정으로 날 보고 있었다.

"좋아하신, 곳에, 어머님이 오래오래, 계셨던 곳에, 어딘지, 알아? 마지막에, 뭐라고 하셨어?"

현이 힘겹게 말했다. 나는 유골함을 받아 들며 생각했다. 어머니가 좋아하셨던 곳. 어머니는 당골 어른네 집 말고는 거의 나다니지 않는 사람이었다. 내가 말썽을 부려서 그 집에 사과하러 갈 일이 생길 때가 아니면 일거리를 맡기는 사람이 우리 집으로 오고 끝나면 되찾아 갔다. 그런 어머니가 좋아하셨던 곳은 어디였을까. 감이 열리면 깎아서 곶감을 만들고, 다른 분들이 길쌈 값으로 채소나 곡식을 가져다주면 마루에 앉아서 그걸 다듬었다. 어머니는 집 마루에 앉아서 멍하니 하늘을 보거나, 내가 밖에서 뛰노는 걸 바라보시곤 했다.

"너는 여기서 태어났으니 여기서 오래오래 살아라, 그러셨어요."

"아이고."

누군가가 탄식하는 소리가 들렸다.

"우리 집에 묻어도 될까요? 감나무, 어머니가, 좋아하시던 감나무 밑에."

감나무 밑을 파서 유골함을 묻고 다시 덮는 건 나루 아재가 도와주었다. 쇠붙이를 다듬는 건 겁도 없이 해내며 손아귀 힘도 좋다고 했는데, 내가 하는 삽질은 어설퍼서 단단한 땅은 흠집도 나지 않아서였다. 상례가 있을 때마다 당골 어른은 마을 사람 한 명을 지목해서 유골함을 만들게 하는데, 화장한 후 산이나 시내 등에 뿌리는 산골의 경우가 가장 많고, 빈 유골함은 빻아서 산에 묻는다. 나무 밑에 모실 경우에도 보통 유골함을 같이 묻을 수 없어서 산골처럼 흙에 섞어 묻는데, 당골 어른이 이번에는 유달리 종이로 유골함을 만들게 했다고 한다. 종이로 유골함을 만드는 일이 없지는 않지만, 도기보다 시간도 오래 걸리는 데다 부수기도 번거로워서, 속으로도 왜 이번엔 전에 없이 지함을 만들게 하실까 했었다고. 아무래도 당골 어른이 내가 어떻게 장례를 마무리할지 미리 아셨던 걸 거라고들 했다.

장례를 마치고도 통 음식을 먹을 수 없고 죽을 쑤려니 자꾸만 어머니 얼굴이 떠올라서, 나는 한동안 어머니가 묻어 둔 토란이나 옥수수 같은 걸 굽거나 삶아서 대충 먹고 말았다. 혼자서 삼인상을 차릴 수 없다는 게 어떤 의미인지 충분히 깨달을 수 있는 시간이었다. 열흘쯤 그렇게 넋 나간 사람처럼 나루 아재에게 일을 배우러 다니고, 끼니때가 되면 집에 와서 대충 때우고는 다시 일하러 가고, 해가 저물면 집으로 돌아와 정신없이 잠들어 버리는 날이 이어졌다.

한 해가 지나가는 건 찰나 같았다. 사흘에 한 끼 정도는 밥을 지을 정신이 생겼다가, 마을 어른들이 너무 많이 만들었다며 가져다주시는 음식을 버리지 않고 나눠 먹을 수 있게 됐다. 고작해야 개울에서 잡은 물고기를 손질해서 굽는 정도만 해내다가, 내가 만든 어설픈 칼로 채소를 다듬을 수는 있게 됐다. 그릇 굽는 곳에서 일하는 수철 형은 그동안 자기가 만든 시작품을 가마에 구워 볼 수 있는 단계가 됐다. 내가 만든 날붙이는 아직 누구에게 내놓을 수는 없는 물건이었지만, 수철 형은 한 사람 몫을 할 수 있는 위치에 점점 더 가까이 가고 있었다. 수철 형은 가마에서 작은 찻잔이나 인형 같은 걸 빚고 구워서 현에게 건넸다. 현은 한 번도 그걸 받지 않았지만, 수철 형은 지치지도 않았다. 다른 곳에서 일하는 내가 수철 형의 움직임을 매번 아는 건, 현이 그걸 번번이 내게 알려 주는 까닭이었다.

"왜, 만든 게 마음에 안 들었어? 뒀다가 쓰지 그래."

조금 심통이 나서 현에게 그렇게 말하자, 현이 나를 빤히 쳐다보며 입을 열었다.

"문 안으로는 안 들어오고 꼭 날 불러."

"몇 걸음 된다고 안 들어오고 그러는데, 그 형은. 그래서, 나오기 귀찮아서 안 받아? 귀찮게 나온 거, 아까워서 받겠다."

"어머니 안 계시고 혼자 있을 때만 오기도 하고."

현이 밖으로 나오는 시간이 점점 줄고 있기는 했다. 현은 수와 연과 함께 밭일도 했고, 물을 길러 나오기도 했다. 가끔 당골 어른의 심부름으로 우리 집에 오기도 했으니 꼭 현이 밖에 나오지 않는 날을 골라서 갈 필요는 없을 거였다. 당골 어른이 계실 때야, 어른이 무서워서 못 간다고 해도 그러려니 하겠지만.

"당골 어른께는 말씀드렸어?"

"알고 계셔. 내 인연은 하늘께서 정해 두셨을 테니 걱정 말라고 하셔."

하늘이 정해 둔 인연. 나는 대장간 일 따라가는 걸로 한창 힘들 때였지만, 현은 당골 어른 심부름으로 날 찾아왔다. 사소한 일들이었다. 나는 아직 수레를 잡을 나이도 아닌데 한참 남은 상달고사 준비가 잘 되어 가는지 물으신다거나, 그냥은 먹을 수도 없는 감이 잘 익었는지 알아보신다거나 하는 일로.

"일이 빨리 손에 붙으면 좋겠다. 그러면 상처도 덜 생기고, 잠도 좀 더 잘 텐데."

"잠은 잘 자. 상처는, 뭐, 나루 아재도 다칠 때가 있는걸."

"잠 잘 자는 사람 볼이 그렇게 쑥 들어갔나."

"키 클려고 그러나 보지."

나는 애써 웃었다. 현의 키를 넘긴 지는 한참. 처음 내가 현의 키를 넘겼을 때도 알아차린 만큼, 지금 내 키가 크고 있는지 아닌지도 알 테지만 나는 그렇게 얼버무렸다.

현은 심부름이 아니래도 사흘에 한 번은 꼭 날 찾아와 밥은 잘 먹는지, 어디 다친 데는 없는지 묻곤 했다. 모든 사람을 살펴야 하는 게 당골의 일이라지만 누구에게나 이럴 리는 없을 텐데, 일부러 날 찾아와서 수철 형 이야기를 하는 건, 현 역시 내 마음을 안다는 뜻일 텐데. 나는 아직 어설프기만 한, 내가 만든 날붙이들을 보여 주거나 하며 시간을 붙들었다.

"날이 이런 모양이면 뿌리채소 깎기 좋겠지?"

"나 하나 만들어 줄려나?"

"아직 날을 못 세우니까, 누구 줄 건 못 만들어. 쇳물로 다시 들어가야지."

"그럼 날붙이 말고 거울 만들어 주지."

"거울이 날붙이보다 더 어려운데?"

수철 형의 인형은 돌려주면서도 내가 만든 건 받으려고 거울을 만들어 달라느냐고 차마 나는 묻지 못했다. 거울은 거푸집을 만들어 형체를 잡는 것이 문제가 아니라, 얼굴이 비치도록 표면을 잘 갈아 내는 게 더 어려웠다. 아재에게 배우긴 했어도, 쓸 만한 물건을 만드는 건 내가 얼마나 연습하느냐에 달려 있었다. 날 세우기 연습 틈틈이 거울 가는 연습까지 하는 게 쉽지 않아서, 나는 끝내 현에게 거울이든 뭐든 선물을 하지 못했다.

어머니가 돌아가신 다음 해부터 백중날, 망혼제에는 어머니 이름도 함께 올랐다. 나처럼 남은 식구가 한 사람밖에 없거나, 아예 아무도 남지 않은 사람이 망혼제 대상이 됐다. 상달고사가 삼인들께서 계속 마을을 살피고 계시는 걸 확인하는 제사라면 백중 망혼제는 조상 모두를 섬기는 제사인 셈이었다. 다만 상례나 혼례와는 달리 당골 어른이 망혼제에는 나서지 않으셨다. 상차림이 모자라지 않는지 살피긴 했지만, 진행은 마을 어른들 중심이었다. 제사가 끝나면 나는 술을 나눠 받아다가, 어머니 유골을 묻은 감나무 밑에 뿌렸다. 술이 흙 속으로 스며드는 걸 보면서 언제쯤 어머니 제사를 올릴 수 있을지, 언제쯤 삼인상을 차릴 수 있을지 생각했다. 아니 사실은, 내가 아무것도 하지 않는 사이에 현이 어딘가로 가 버리지 않을지 두려워했다.

수철 형 집에서 당골 어른 댁으로 사주단자가 간 건 내가 열아홉 살, 연이 스무 살이 된 해였다. 현의 큰언니 수가 마을에서 사라지고 몇 달 뒤였다. 수가 사라지기 석 달 전 짐승에게 쫓겨 피투성이가 된 외지인을 마을 안으로 들여 기운 차릴 때까지 보살폈는데, 상달고사도 홍일도 아닌 때라 건장한 그 청년이 마을에 뿌리를 잘 내리면 좋겠다고 내심 바라기도 했던 모양이다. 환자가 누운 집에 수가 오가는 걸 본 사람은 아무도 없었는데, 어느 날 갑자기 청년과 수가 사라졌다. 안개가 유난히 짙은 날 아침이었고, 당골 어른은 수를 찾지 말라고 선언했다. 마을에선 모든 소년의 누이 같았던 수에게 청년도 첫눈에 반한 게 아니겠냐고, 그 유순하고 착한 수가 어떻게 잘 알지도 못하는 사내와 마을 떠날 결심을 한 건지 모르겠다고들 했다. 당골 어른은 그 뒤로 말수가 더 적어졌는데, 계절이 두 번 바뀌기도 전에 그 집으로 중매인이 들어선 거였다. 사람들은 외아들인 수철 형네 집에서 용케 당골 집에 혼례 청할 생각을 했다고 수군댔지만, 사주단자를 건네며 중매인을 맡은 민석 형 어머니가 입에 올린 건 둘째인 연이었다.

"이 집 둘째 딸을 배필로 맞으시겠다고 하네. 재주 많은 청년일세. 딸아이 평생 배곯을 일 없을 걸세."

"막내가 아니라 둘째를 말씀하시는 게 맞지요? 올해 스물이 된."

"그 집에서 언감생심 다음 대 당골을 넘보겠나."

중매인은 그렇게 답했지만, 당골 어른의 그 말이 무슨 뜻인지 모르지 않았다. 마을 어른들 대부분이, 당골 어른의 바깥어른이 세상 뜨는 것을 보았다. 마을에서 둘째가라면 서러울 정도로 강건했던 이가 일순에 무너지듯이 쓰러져서 결국 일어나지 못하는 것을 보았다. 그런 이들이, 당골의 사내가 되겠다고 할 리가 없었다. 혹여 수철 형이 그렇게 원했더라도, 수철 형의 어머니는 곡기를 끊고서라도 아들의 뜻을 꺾고야 말았을 터였다.

"저희 연이가 또래보다 작고, 몸도 약합니다. 그건 알고 계시지요."

"수철이 건장하니 무슨 걱정인가. 혼인 전에 약하던 사람도 제 낭군 생겨 살다 보면 단단하고 건강해지는 법일세."

중매인의 말에 당골 어른은, 중매인도 수철 형네 부모도 연에 대해 잘 모른다는 걸 알았다. 연은 또래보다 키는 작았지만 뭘 하든 다부지게 해냈다. 몸이 약하다는 소리는 한 번도 들어 본 적이 없었다. 그런데 연이 몸이 약하다는 말에도 괜찮다고 하는 건, 수철네가 아들을 빨리 혼인시키려고 서두르는 게 분명했다. 수철이 다시 현의 이름을 올리기 전에 서둘러 짝을 지어 주기 위해서. 수철 형이 현에게 어떻게 해 왔는지 아는 이 고장 또래들이, 그 혼사를 넙죽 받기는 쉽지 않을 거였으므로. 당골 어른은 중매인을 돌려보낸 뒤에 연과 한참 이야기를 나눴다. 현도 당골 어른도 연이 혼담을 거절할 거로 여겼는데, 연은 이야기를 곰곰이 듣더니 거기 가겠다고 대답했다.

"보니까 그릇 빚고 굽는 솜씨가 스승보다 낫데요. 거기 가면 배부르고 등 따숩게는 살지 싶어요."

연이 말했다. 연에게서 수철 형의 이름을 한 번도 들어 본 적이 없었지만, 당골 어른은 그 말을 듣고 혼례를 준비하기 시작했다. 연은 혼자서 제 혼례복을 지었다. 중매인이 두 집을 몇 번 오가고, 첫눈이 내리려는지 하늘이 잔뜩 찌푸린 날, 연과 수철 형은 혼례를 올렸다. 중매인은 단단히 여문 밤톨 같은 연의 모습을 보고도 제 말을 물리지 않았다.

혼례의 마지막 절차는, '주발 내리기'였다. 혼사가 결정된 뒤에 수철 형의 집에서는 곧바로 수철 형을 데리고 나루 아재와 내가 있는 대장간으로 와서, 삼인상의 주발을 만들어 달라고 청했다. 혼인하고 한동안 함께 기거하다가 분가하는 경우도 적지 않았는데, 수철 형은 혼인하자마자 새로 지은 집에서 둘이 살기로 했다고 했다. 분가라고는 해도, 걸어서 백 걸음도 안 되는 지척이긴 하지만. 두 사람이 새로 차릴 삼인상의 그릇을 처음부터 주발로 준비하는 건, 어쩌면 마을에서 사라진 수의 일이 마음에 걸려서였을지도 모른다. 나루 아재가 새로 빚은 매끈한 주발이 담긴 나무상자를 만든 건 수철 어른이었다. 수철 형이 주발 상자를 공손하게 받쳐 들고, 연이 그 뒤를 따라서 삼인의 구 앞으로 갔다. 당골 어른이 손수 깐 청색 백색 천 위에, 당골 어른이 이르는 대로 두 사람이 나란히 앉아 구 바로 앞에 주발이 든 상자를 놓고 뚜껑을 열었다. 내가 주발 내리기를 본 건 그때가 처음이었다. 구는 주발 되돌리기 때처럼 빛나는 대신 우웅, 바람을 먹기라도 한

듯이 낮게 울었다. 구 주변으로 바람이 감도는 것 같기도
했다. 상자 속으로 바람이 빨려 들어가더니, 주발 뚜껑이
달그락 소리를 내기 시작했다. 그동안 당골 어른은 계속
고개를 조아리고 입을 달싹이며 기도를 올렸다. 바람 소
리가 멎을 때 당골 어른의 기도도 멎었다. 당골 어른이 손
짓하자, 수철 형과 연이 크게 절하고 상자를 다시 닫아 품
에 안고 집으로 향했다.

　유난히 흐린 날이더니, 혼례가 끝나 마을 사람들이 잔칫
상을 나눠 먹고 집으로 돌아갈 즈음에 눈이 쏟아지기 시작
했다. 바닥에 깔아 놓은 청포 홍포 위로 새하얀 눈이 덮였
다. 연이 탄 가마 위에도 소복하게 쌓였다. 현은 혼례 내내
아무 관계도 없는 사람처럼 멀찌감치 떨어져서 연을 바라
보다가, 가마가 수철 형네 집으로 출발하자 돌아서서 집으
로 들어가 다음 날까지 나오지 않았다. 현은 집 밖으로 나
오는 일이 줄었고, 연은 혼인 후 현이 있는 집을 찾는 일이
없었으므로 연과 현은 거의 만나지 않았다. 연과 수철 형
의 사이가 어땠는지 나는 들은 적이 없다. 다음 해 연이 아
이를 가졌다는 말이 있었지만, 정작 아이를 낳았다는 소식
은 들려오지 않았다. 나는 스무 살이 되었다. 상달고사에
서 삼인의 구를 나를 수 있는 첫 나이였다.

전운

 상달고사가 무사히 끝나고 가을을 맞으면, 마을 사람들은 유난히 긴 겨울을 이겨 낼 준비로 바빠진다. 날씨가 궂어서 수확을 망치거나 영문 모를 질병이 도는 더운 계절을 넘기고 가을을 맞이하면 한시름 넘긴 거나 마찬가지였다. 마을의 늦가을과 겨울은 눈과 추위만 조심하면, 여름을 잘 지내오기만 했다면 그리 두려운 계절이 아니었다. 심하게 눈이 내려서 길이 막히거나 밭과 논 터가 무너지지 않도록 감시하는 당번이 있고, 눈이 많이 쌓이기 전에 지붕과 마당 그리고 밭을 쓸어 내는 데 힘을 쏟는 것은 마을에서 익숙한 일인 까닭이다.

 첫눈이 내리고 겨울이 아직은 깊어지지 않았을 무렵, 쇳물 불길을 보고 있는데 쿵쿵, 쿠르릉, 거대한 소리가 땅을 울렸다. 누가 먼저랄 것도 없이 일거리를 내버려 두고 소리가 나는 방향으로 달렸다. 나는 직접 겪어 본 적이 없지만, 어른들이 이따금 말하던 산사태 소리가 꼭 저럴 거라는 생각이 들었다. 집안일을 하던 아지매들과 할머니들까지 웅성대며 밖으로 뛰쳐나왔다. 소리가 들리는 쪽, 다랑논이 이어진 세 번째 산으로 모두들 뛰어갔다. 눈도 다 녹았고 산사태가 일어날 일은 없을 텐데, 멀리 산 너머에서 뭔가가 쿵 쿵 바닥으로 떨어지는 소리와 흙과 자갈이 굴러 내려가는 소리가 들렸다. 소리는 더 커지지도 가까워지지도 않으며 한참을 이어졌다.

"가까이 가서 봐야 하는 거 아니에요?"

"아서, 그러다가 산사태에 휩쓸리면 어쩌려고!"

겨울이라 다랑논에 사람이 없어서 다행이라며 안도하는 차에 소리가 멎더니, 이전과 다른 소리가 들려오기 시작했다. 멀리서 들으면 처음 듣는 짐승 소리 같기도 했지만, 자세히 들으니 상달고사 날 입 모아 외치던 함성과 닮은 듯도 했다.

"저기 저쪽, 나무가 다 없어졌어!"

눈 밝은 아재가 세 번째 산꼭대기를 가리켰다. 겨울 태양 빛은 정오를 지나면 한풀 꺾여서 서쪽 산으로 넘어가고 금방이라도 노을이 덮일 것 같은 약한 햇빛도 나무 그림자에 가려서 이즈음의 마을은 어둑어둑하곤 했는데, 오후가 되었는데도 산꼭대기의 햇빛이 아직 저물지 않았다. 처음 소리를 듣고 뛰어왔을 때보다 더 기울어졌을 태양이, 나무 뒤로 모습을 감추지 않은 채 그대로 빛을 내리쬐고 있었다. 그 자리에 있어야 할 수십 그루의 나무가 모두 베어져 없어졌기 때문이었다. 수령을 알 수 없는 아름드리나무들이 모두 다 사라진 자리에는 크고 작은 형태의 그림자가 낮게 서 있었다. 곰 무리처럼 보이기도 했지만, 여덟 산에 사는 곰들은 무리를 짓는 법이 없다.

알 수 없는 소리를 지르는 그림자들이 가까워지기 시작했다. 다랑논 이랑을 성큼성큼 걸어, 스무 명의 무장한 남자가 마을로 내려왔다.

"여기가 묏맡골이 맞느냐?"

가장 앞에 선, 다른 사람들과는 상이한 차림의 사내가 말했다. 허리에 찬 칼도 다른 이들보다 커 보이고, 몸에 걸친 갑옷도 훨씬 단단해 보이는 모양새였다. 바로 옆에 사람들이 서 있는데도 쩌렁쩌렁 울리는 소리였다. 마을 사람들 몇 명이 헉, 숨을 삼켰다. 남자들의 옷차림을 보자마자 부들부들 떠는 사람도 있고, 손에 들고나온 도구를 힘없이 떨어뜨리는 이도 있었다.

"나라님 허락을 받지 않은 채 마을을 짓고 사는 이들이 있다는 신고가 들어왔다. 지도에 없는 곳에 나라님 허락 없이 땅을 일구어 이익을 취한 것도 죄려니와, 16세가 넘은 사내라면 마땅히 역을 다해야 함에도 그러지 않았으니 그 죄가 더욱 크다."

뒷맡골은 신국과 월국 경계 가까이 있었으나, 정확하게는 신국에 속했다. 하지만, 마을을 일구고 몇 대가 지나는 동안 뒷맡골을 아는 이는 아무도 없을 터였다. 마을 안으로 들어오는 이는 있어도 나간 이가 없으니, 마을의 일을 밖으로 흘린 사람이 있을 리 없었다. 그랬는데.

"외지인……, 그 사람, 수와 사라진……."

누가 숨죽여 이야기하는 소리가 내 귀에 들렸다. 거창한 옷을 입은 남자에게는 들리지 않은 모양이었다. 그래, 마을에서 나간 이가 있다. 흉일도 길일도 아닌 날에 피투성이가 된 채 마을로 들어와 어른들이 힘써서 살폈던 이, 수가 사라진 날 함께 자취를 감췄던 이가. 그가, 사람들 무리 안에 있었다. 분명 몸이 다 나아서 마을을 떠났을 텐데 다리를 절뚝이며 창백하고 여윈 얼굴로, 화가 난 것인지 겁에 질린 것인지 알 수 없는 표정으로 마을 사람들을 보고 있었다.

"제 말이 맞지 않습니까, 장군님. 제가 군역을 피해 도망간 것이 아닙니다. 저는 명령에 따라 월국으로 잠입하던 참이었는데, 길을 잘못 들었을 뿐입니다. 이 자들이 저를 마을 밖으로 못 나가게 막는 바람에 늦어졌을 뿐입니다."

"그게 무슨 소린가? 우리는 부상이 심한 사람을 거두고 치료한 것밖에 없네. 우리가 왜 자네를 못 나가게 했다는 건가? 말린 적도 없지만, 우리한테 한마디 말도 안 하고 나가지 않았어!"

민석 형의 아버지, 올해 환갑을 맞은 아재가 분을 못 이기고 외쳤다. 순간, 장군이라 불린 사내 뒤에 있던 세 사람이 순식간에 나와, 아재 목에 칼을 겨눴다. 칼 셋이 아재의 목 끝에서 한 뼘도 안 되는 자리를 둘러쌌다.

　"나는 너희에게 말해도 좋다고 하지 않았다. 나라에 죄를 지은 것들이 무슨 자격으로 입을 놀리는 게야."

　"소, 송구합니다⋯⋯."

　아재가 말을 삼켰다.

　"사내들은 하나도 빠짐없이 나오라! 샅샅이 수색해 남은 이들은 그 자리에서 벨 것이다!"

　남자들이 모두 마을 한가운데 공터로 모이자, 장군은 품에서 책자 한 권을 꺼내 마을에서 목숨을 건졌던 외지인에게 던졌다.

　"근처 고장에서 역(役: 의무)을 피해 달아난 이의 명단이다. 읽거라. 이 마을에서 태어난 이들은 호적에도 오르지 않았겠으나, 그 부와 조부들은 거기 이름이 있을 것이다. 너희는 부와 조부의 이름을 듣거든, 한 치도 거짓 없이 앞으로 나와 고하라."

　귀 뒤에 큰 점이 있고 눈썹 사이가 먼 계미년 사월생 서리골 함월, 콧등이 얽은 자국으로 덮인 오 척 키 정해년 유월생 서리골 심시, 생김새와 키 그리고 생년월일을 외치자, 사람들이 하나씩 앞으로 나갔다. 생김새를 듣고 떠오른 얼굴들 중에 내 기억에도 어렴풋이 남아 있는 이미 돌아가신 어른도 있고, 평생 마을에서 살아온 것 같은 아재도 있었다. 서리골, 이월읍, 평생 들어 본 적도 없는 고장 이름들이 줄줄이 이어질 때마다 사람들은 피할 생각도 하지 않고 고개를 숙이며 앞으로 나갔다.

"이상입니다, 장군님."

외지인이 서책을 든 채로 장군을 보았다. 장군은 이름에 응해 나온 이들을 보며 말했다.

"거룩한 우리 신국의 군역을 피해 달아난 이들이, 이 추적에서 빠지지는 못했을 것이다. 너희는 호적에 제대로 올리고 곧 위대한 전쟁에 역을 다하라."

그리고 장군이, 이름에 나서지 않고 남은 두 사람, 나와 나루 아재를 보았다.

"사방 몇십 리의 마을에서 몇 대간 행방이 묘연한 이들을 모두 모았다. 너희는 어찌하여 그 조상의 이름조차 없느냐?"

"저는 아버지가 누군지 평생 듣지 못하여, 호적에 올릴 방법이 없습니다. 이 아이는 들짐승에 쫓겨 이 마을에 온 여인의 태중에 있었는데, 그 어머니가 몇 해 전 세상을 떴습니다. 이 아이 역시도 아비에 대해 들은 바가 없습니다."

나루 아재가 말했다. 장군은 잠시 생각하더니 고개를 끄덕였다.

"양인이 아니면 군역을 다할 이유도 없지. 네게서는 쇳내가 지독하니, 화척(禾尺) 핏줄일지도 모를 일이고."

　장군은 둘에게서 돌아서서, 함께 온 사람들을 이끌고 가장 가까운 집으로 들어갔다. 제 집인 듯이 안방에 장군이 자리 잡고, 그 옆에 열의 후미에 있던 사람이 등에 멘 봇짐을 내려놓고 앉더니 지필묵을 꺼냈다. 몇 대간 기록되지 않았던 호적이 새 책자에 새로 빼곡하게 메꿔지기 시작했다.

　장군이 흘리던 말은 기정사실이 되어, 새로 만든 호적에 이름을 올린 사람들 대부분은 아재와 나를 화척 핏줄로 여기기 시작했다. 양인이니 화척이니 역이니 하는 말을 나는 처음 들어서, 그 말을 알아들은 듯 얼굴이 붉어졌던 아재에게 물었다.

　"양인은 농사를 짓거나 물건을 만들거나 하는 이들이지. 장사를 하는 사람도 있고. 전쟁이 있건 없건 칼을 쥐고 있는 군인들도 있고. 높으신 분들 말고 대부분이 양인이라고 보면 될 거다. 우리 마을에는 높으신 분이 없었으니 잘 모르겠지만, 장군 같은 사람들이 그런 이들이지. 역은……, 양인들이 나라를 위해서 해야 하는 일이라고 하면 될까. 전쟁에 대비해서 군사 훈련을 하거나 전쟁이 나면 군사로 나서거나 큰 성을 쌓거나 하는 걸 말해. 성인이 되는 건 스물이지만 역의 의무는 열여섯부터 진다."

　"그럼, 화척은요?"

나루 아재는 어떻게 이런 걸 다 알까 물어보고도 싶었지만, 더 궁금한 걸 먼저 물었다.

"화척은……, 북쪽 땅에서 들판을 달리고 사냥하던 이들의 후예라, 칼을 잘 쥐는 이들이지. 그래서 짐승을 잡고, 죄지은 사람의 목을 베는 일을 했다. 원래는 양인이었지만 언제부턴가 낮추어 보기 시작해서 이제는 양인 아래로 취급을 받지."

"칼을 잡은 군인들은 양인인데, 짐승을 잡으면 양인이 아니라고요?"

"이 고장 밖의 일이다. 너는 신경 쓸 것 없다. 네 아버지가 누군지는 모르지만, 네 어머니 생전 모습을 보면 아마 화척은 아니셨을 게다."

"아재는요?"

"나는, 글쎄다. 화척일지도 모르지. 말했잖느냐. 이 마을 밖의 일이라고."

그러나 아재의 말처럼 마을 밖의 일로 끝나지 않았다. 마을 사람들에게는 모두 갑자기 신국 호적이 생겼고, 16세부터는 군역을 다해야 한다는 말을 들었다. 뫼맡골에 계속 살 수 있게 된 것만 해도 다행인 줄 알라고, 장군은 엄포를 놓았다. 나무가 베어진 세 번째 산을 통해서 마을 청년들이 하나둘씩 군인으로 불려 갔다. 원래 군역은 한 해에 몇 필씩 베를 내거나 군인으로 나가는 것 중에 고르면 된다는데, 군역에서 피해 있던 시기가 길어 뫼맡골 사람들은 누구도 군인으로 나가는 걸 피할 수 없다고 했다. 처음 나간 건 다섯 명이었다. 한 번에 한 고장에서 청년을 많이 데려가지 않는 게 원칙이라고 했다. 전쟁을 모르는 내 또래들은 멋모른 채 마을 밖으로 나갔고, 윗대의 말을 들은 적이 있거나 직접 달아난 사람들은 눈물을 흘리거나 가슴을 부여잡으며 아들이 군역 나가는 걸 보았다.

몇 달 후, 다섯 명은 부상병이 되어서 하나둘 마을로 돌아왔다. 그러고 다른 다섯이 산을 넘어 밖으로 나갔다.

"다쳐서 돌아온 게 다행인 거야, 아버지. 월국이 어떤 걸 쓰는지 알아요? 저 멀리서 불이 번쩍 했는데, 난데없이 우리 군인들이 픽픽 쓰러지는 거야. 내 바로 옆에 있던 아재는 갑옷 사이에서 불이 튀더니 그대로 쓰러져선 헉헉대다가 바로 숨이 끊어졌다니까."

"우리 부대에서 그날 죽은 게 여섯이고 살아남은 건 우리 다섯뿐이라, 진짜 어머니 아버지 얼굴 다시 못 볼 줄 알았소."

"월국에 동격진이라는 장수가 있는데, 그 사람 부대가 마을 셋을 하룻밤에 몰살시켰대요. 그런 부대와 맞싸울 수 있겠냐고요."

돌아온 다섯 청년들은 상처가 회복되자, 하나같이 구사일생으로 살아났다면서 월국이 얼마나 무시무시한 나라인지에 관해 말했다. 의원 어른 역시, 다섯 명 모두 평생 전처럼 회복될 수는 없지만 제 밥벌이를 못 할 만큼

심한 부상이 없는 게 다행이라고 했다.

"다쳐 돌아온 게 천운이고, 삼인의 보살피심이에요. 그 몸이 다시 나아 싸울 수 있게 되면, 또 역을 마저 치르라 하지 않겠어요."

당골 어른의 말에 사람들은 과연 그렇다며 고개를 끄덕였다. 다쳐 돌아온 이들은 모두 하나씩 성치 못한 부분을 안고 살게 되었지만, 그건 다시는 군인으로 불려 갈 일이 없다는 뜻이기도 했다. 사람들은 더욱더 삼인상 올리는 데 정성을 다했다. 청년들은 혼인을 서둘렀다. 혹시라도 군역에 나가서 무슨 일을 당하면, 마음에 품은 사람과 영영 같이 지낼 수 없을지도 모른다는 불안감이 마을 청년들 사이에 퍼졌다. 군역에 나갔다가 무슨 일이 생기면 어떻게 할 거냐며 혼인을 미루자는 이도 있었고, 날 생각해서 무사히 돌아올 테니 혼인을 서두르자는 이도 있었다. 아들이 가정도 못 꾸리고 비명횡사할까 봐 혼인을 서두르려는 부모들이 있었고, 딸이 혼자 남을까 봐 혼인을 미루려는 부모들도 있었다. 군역에 나갔다 돌아오지 못하거나 중상을 입으면 어떻게 하냐며, 혼인하고 싶다는 딸아이를 어르고 달래느라 고역이라고 당골 어른에게 하소연하는 이들이 많다는 걸 나는 현을 통해서 전해 들었다.

아이가 태어나면 세 살이 될 때까지 군역을 면해 준다는 걸, 군역을 나갔다 다녀온 이들이 일러 준 뒤로는 서둘러 혼인해서 아이를 보려는 분위기가 퍼졌다. 동갑인 수철 형이 혼인한 뒤에도 농사짓는 데만 관심 있고 제 집 꾸릴 생각은 하지 않는다던 민석 형이, 뒷맡골에서 가장 미인인 미희와 혼인했다. 나무를 깎는 형석 형과, 나보다도 어린 미희 동생 채우까지 서둘러 날을 잡았다. 나는 성년이 되고 첫 상달고사를 치른 뒤, 이제는 정말 마을 사람이 되었다는 말을 들었지만, 화척 소리를 들은 뒤로 사람들은 이전처럼 나와 말을 나누지는 않게 되었다.

군역을 피해 온 사람들이 대부분인 뒷맡골 사람들은 높은 사람도 낮은 사람도 없는 걸 당연한 일로 여겼고, 입 밖으로 내진 않아도 다들 비슷한 이유로 뒷맡골에 있는 거라고 믿었다. 나와 아재가 화척이라는 건 처음부터 군역에서 벗어나 있다는 뜻이어서, 마을 사람들은 우리 둘과 다르다는 걸 의식할 수밖에 없었을 것이다. 아들이, 형제가, 손자가, 장래의 사위가 군역으로 생사를 보장하지 못하는 길로 떠날 때 우리 둘만 벗어나 있었으므로. 아재는 신경 쓰지 말라고 했지만, 마을 사람들이 나를 보는 눈이 바뀌었다는 걸 감지하고는 잔뜩 주눅이 든 채로 대장간과 집만을 오갔다. 당골 어른은 좀처럼 마을로 나오지 않았고, 현도 마찬가지였다. 가끔 현이 있는 돌담 너머 기와지붕이나 당산송 가지를 올려다보곤 했는데, 새로 삼인상을 차리게 된 이들이 주발 내리기를 하는 날이 아니면 현의 목소리를 들을 일도 거의 없었다. 나는 당산송 가지를 올려다보며 속으로만 현에게 말을 건넸다. 마을 사람들이 대장간에 와도 나와 눈을 맞추지 않는다고, 길에서 나를 보면 슬며시 걸음을 피한다고, 그래도 가장 힘든 건 이 문을 열고 들어가서 너를 만나지 못하는 거라고. 막상 문을 열고 들어갔는데 네가 나를 꺼릴까 봐, 너도 화척인 내겐 웃어 주지 않을까 봐 두려워서 이 담을 넘을 수가 없다고.

　전쟁으로 사람들이 떠나 있어도 상달고사는 변함없이 차렸다. 나를 꺼리는 사람들이 내가 다시 삼인의 구 수레 잡는 걸 뭐라 하지 않을까 걱정했지만, 장정 다섯이 전쟁에 나가고 열다섯은 부상으로 돌아온 까닭에 스물이 넘고 십이지가 두 바퀴 돌기 전까지의 사지 멀쩡한 장정이 몇 남지 않아서인지 별말 없이 넘어갔다. 제단을 둘러싸고 북을 치는 사람도 훨씬 적어졌다. 다리를 다치고 돌아와 뭔가 짚지 않으면 설 수 없는 이들과, 팔을 다치고 돌아와 북을 칠 수 없는 사람도 있어서였다. 어른들은 마을이 전쟁터가 되지 않은 것만도 다행이라고 했지만, 전쟁터가 되면 무슨 일이 일어날지 모르는 세대들에겐 지난해와 전혀 다른 상달고사 풍경이 서글프게 느껴졌다.

　지난해와 다른 게 그것만이 아니었다. 당골 어른은 음식을 준비할 때부터 현과 함께 살피더니, 마지막으로 불을 붙인 제단 앞에서 춤을 출 때도 현과 함께였다. 두 사람의 너울은 금방이라도 닿을 듯 가까웠지만 서로의 움직임을 전혀 거스르지 않고 연기와 함께 하늘 위를 휘날리는 것이, 마치 너울이 살아서 춤을 추는 것 같았다. 처음 제례복을 입은 모습이 제법 낯설었지만, 현이 정말로 다음 대의 당골이 될 사람이라는 게 느껴졌다. 아무리 일찍부터 배웠다고는 해도, 수십 년 춤을 춘 당골 어른과 다를 바 없이 어쩌면 저렇게 구름처럼 바람처럼 춤을 출 수 있을까. 걸음걸음이 사람 발걸음이 아니라 솜털이 흘러가는 것처럼 가볍고, 금방이라도 흩어질 듯이 아련했다.

상달고사 다음 날, 나는 내 사주를 적어서 당골 어른께로 갔다. 내가 당골 어른네 집 앞에 닿자마자 문이 열리고, 현이 그 너머에 서서 나를 보고 있었다. 마치 나를 기다리고 있었다는 듯, 하나도 놀라지 않은 표정이었다.

"현아, 여기 나는 못 보고 너만 듣고 보는 분이 계셔?"

현이 조용히 고개를 끄덕였다.

"그럼 내가 왜 왔는지 말씀해 주셨겠네."

"늘, 그러셨어."

당골 어른이 방문을 열고 나오시더니 나를 물끄러미 보았다. 평소 어른들을 대할 때의 조용한 표정이 아니라, 상달고사나 상례 때처럼, 흰 너울이 달린 제례복을 입으셨을 때와 같은 얼굴을 하고 있었다.

"나루는 뭐라 하든."

"당골 어른, 나루 아재가 절 줄곧 말리신 걸 이미 아시잖아요."

넋이 현에게 일러 주었을 테니, 당골 어른께도 그랬을 거였다.

"나루도, 네 어머니 유언도 너를 말리는데 왜 여기에 온 거야."

"어머니가 돌아가시던 날에 현이 왔었어요, 당골 어른. 저는 어머니가 돌아가신 것도 모르고 있었는데, 현이 울면서 저한테 왔어요. 그래서 알았어요. 어머니 유언을 못 지킬 거라는 걸요."

"그런데 왜 이제야 왔어? 아니, 아니야, 왜 왔어? 오지 말지. 어머니가 그렇게 말씀하셨는데. 어머니께서 그러셨는데, 내 아가 붙잡지 말라고, 그러셨는데."

현이 흐느꼈다. 연이 혼인한 뒤로, 사람들 앞에 좀처럼 나서지 않았던 현이었다. 당골 일을 배우느라 그런 줄 알았다. 사실은, 현이 계속해서 날 피하고 있던 거였다. 어머니가 돌아가시던 날 무슨 말씀을 하셨는지, 현은 누구보다 먼저 들었다. 내가 들은 말은 물론이고, 내가 듣지 못한 말까지도 현은 모두 들었다. 하지만 현은 몰랐을 것이다. 현을 아무리 못 보아도 난, 바람에 떠가는 구름에서 현의 너울을 떠올렸고, 바람이 문풍지를 울리면 그 소리를 닮은 현의 음성을 들었다. 수철 형이 현을 마음에 품고 있다는 건 아는데 현이 어떤 마음일지는 몰라서, 다들 핏줄을 알 수 없는 나를 화척이라 꺼리는 만큼 현도 그렇지 않을까 두려워서 망설여 왔지만, 상달고사 때 현을 보는 순간 깨달았다. 아무리 오랜 시간이 지나고 현이 내 눈앞에 보이지 않는 세월이 아무리 길어져도 내 마음은 변하지 않을 거라는 걸. 아주 작은 것으로도 나는 현을 떠올리고, 현을 그리워할 거라는 걸.

"사람들이, 내가 화척이래. 화척은 양인이랑 혼인하는 게 아니래. 그래서 널 잡으면 안 되겠다 생각했는데. 그래도, 말조차 안 해 보면 내가 견디지 못할 것만 같아. 현아, 몇 년이든 괜찮아. 네가 딸을 낳고 그 아이가 후계자라서 내가 그 아이 걷는 걸 못 보게 돼도, 딱 한 해라도 괜찮아. 너랑 같이 살게 해 줘, 현아. 당골 어른, 허락해 주세요."

그 자리에 무릎을 꿇었다. 당골 어른이 나를 보았다.

"너는 한결같이 나를 어른이라 불렀지. 엄마 소리도 제대로 못 하는 어린아이가 나한테는 땅골 얼른, 서툰 대로 열심히 부르는 게 신기했다. 넋들이 그러셨지. 얘가 너와 인연이 있네, 하고. 넋들께서 그렇게 말씀하셔서 내가 널 놓질 못했다."

당골 어른이 앞에 앉아 내 손을 잡았다.

"현이랑 네 연은, 짧고 길다. 나는 이게 무언지 모르겠다. 짧다면 그런 줄 알겠고, 길다면 안심하겠는데, 당산송께도 삼인들께도 여쭈고 기도했는데 어딜 보아도 짧고 길다 하는구나. 당골의 피는 제 운명은 못 본다. 그래서 나는 내 낭군이 그렇게 갈 줄 몰랐지. 현이도 제 운을 못 본다. 이 운이 뭔지, 이 연이 무엇인지 몰라서 나는 불안하다."

"길다는 말을 믿으시고, 절 놓지 못한 마음 그대로 절 받아 주세요. 당골 어른."

내가 말했다. 현이 당골 어른과 내 손 위로 제 손을 겹쳤다.

"그래, 현이 옆에 있으면 괜찮을 거다. 그럴 거야. 아무렴."

당골 어른이 떨리는 목소리로 말했다. 현이 당골 어른을 조금 쳐다보다가 고개를 숙여 맞잡은 손을 내려다보았다. 두 사람은 내가 보지 못하는 것을 보고 듣지 못하는 것을 들으며 나를 보고 있었다. 나는 그것이 두렵지도 무섭지도 않았다.

소식을 들은 나루 아재는 의외로 별말을 하지 않았다. 계속 말리면서도 어쩌면 내심 내가 결국은 현과 혼인하게 되리라고 생각한 것은 아니었을까. 나루 아재는 어머니와 살던 집 대신, 대장간 옆에 새로 집을 짓는 게 어떻겠느냐고 했다. 어머니가 처음 발을 들였을 때 이미 낡은 집이기도 했고, 대장간 일이 더욱 바빠지기도 해서 나루 아재도 당골 어른도 그 집을 고쳐 살기는 어려울 거라고 했다. 새로 지은 집의 방문이나 대문 방향까지도 당골 어른이 직접 정했다. 화척이든 아니든 무슨 상관이냐고 굳이 말하지는 않아도, 묵묵히 집 짓기를 도와주시는 이들이 많았다. 현과 살 집을 짓는다는 말에 굳은 얼굴로 어깨를 툭툭 쳐 주는 분들도 있었다. 길에서 만나면 보일 듯

말 듯 얼굴을 찌푸리거나 길을 비키던 사람들이, 새 집 짓는 일에는 힘을 보태 주었다. 터를 다지고 디딤돌과 구들을 놓고, 기둥과 서까래를 올렸다. 방과 정지만 있는 작은 집이었지만 지붕에는 제대로 기와를 올렸다.

　새 집이 완성된 날에 현과 나는 혼례를 올렸다. 피붙이가 없는 내 쪽에는 나루 아재만 섰고, 현 쪽에는 당골 어른만 섰다. 마지막 주발 내리기가 끝나고 먹을 것을 나눌 때도 수철 형네는 혼례 자리에 나오지 않았다. 혼인 후, 당골 어른 집에는 아예 발길을 끊은 연은, 요즈음 집 밖에 나서는 일도 거의 없었다. 수철 형은 아직 역에 나가지 않았지만, 언제 먼저 군역을 떠난 사람들이 돌아오고 다음 차례 사람들이 나서야 할지 알 수 없는 일이었다. 수철 형이 붉어진 얼굴로 집 밖에 나서는 것을 본 사람이 한둘 아니었다. 마을에는 군역에 나갈 이름이 어떤 순서로 불릴지 아는 사람도 없었으므로, 그만큼 수철 형의 불안도 컸을 거라 짐작할 따름이다.

월국에서 온 사람

　전쟁이 길어지면서 군역에 나간 이들이 돌아오는 데 걸리는 시간도 길어졌다. 부상병으로 돌아오는 이들이 전쟁 소식을 들려주곤 했는데, 한동안 돌아오는 사람이 없어서 전쟁이 어떻게 흘러가고 있는지 마을에선 전혀 알 수 없었다. 돌아오지 않은 이가 있는 집에서는 정성을 다해 소원을 비는 마음으로 계속해서 삼인상을 차렸다. 당산송에 기도를 올리는 사람도 늘었다. 군역에 아직 불려 가지 않은 이들이 있는 집에서는 부디 떠난 이들이 무탈하게 전쟁에서 살아남아 있기를 빌었다. 전쟁이 계속되는 동안 그들이 계속 싸울 수 있는 군사로 있는 이상, 자기 가족이 불려 나갈 일이 없기 때문이었다.

　그해 여름에는 묏맡골에 갑자기 매미 떼가 들끓었다.

여름에 매미 소리 들리는 거야 당연한 일이지만, 삼인상 차리던 사람이 귀를 때리듯 갑작스럽게 울리는 매미 소리에 놀라 주발을 떨어뜨렸다거나, 매미 소리에 밤새 잠을 못 자고 해 뜨자마자 나왔더니 처마 밑에 죽은 매미 수십 마리가 까맣게 깔려 있었다는 등의 말이 사람들 사이에 퍼졌다. 날씨도 예전과 달라서, 여물어야 할 곡식들이 반도 채 알을 맺지 못했다. 백중 망혼제를 지내는 동안에도 매미 울음이 계속 초혼 소리를 덮었다.

과일이 너무 빨리 익어서 손쓰기도 전에 떨어지거나, 익을 때가 지났는데도 풋 맛이 사라지지 않기도 했다. 여느 해만 못 한 수확 때문에 산 아래로 내려가는 게 좋지 않겠냐고도 했지만, 뒷맡골에 호적이 올라간 사람들은 혹여 장군과 병사가 전처럼 쫓아와 벌을 내릴까 두려워 떨 뿐 마을을 떠나지 못했다.

전쟁 중에 차린 두 번째 상달고사는 당골 어른이 나서지 않고 처음부터 현이 주관했다. 예전과 달리 어수선한 탓에, 며칠 동안 고사에 쓸 제물 등을 준비하는 의욕도 노력도 전 같지 않았다. 일을 할 수 있는 사람이 줄어든 뒷맡골에는, 전쟁으로 청년들이 나가기 시작한 뒤로 새 생명도 태어나지 않았다. 일손이 줄었으니 저마다 해야 할 일이 늘어날 수밖에 없었으므로, 제 몸 살피기도 쉽지 않은 시절이었다.

그가 마을에 온 건, 상달고사 다음 날이었다. 세 번째 산이 아니라 여섯 번째 산 동쪽 정상을 넘어, 군역에 나갔던 다섯 명이 어정쩡한 걸음걸이로 돌아오는 뒤편에 붉은빛 도는 갈색 말을 탄 사람이 따라 내려왔다. 이어서 십여 명의 무장 병사들이 창과 활을 든 채로 그를 엄호하며 마을로 내려왔다. 세 번째 산의 나무를 베며 문을 열고 들어온 장군과는 다르게 동쪽 산의 나뭇가지를 조금 쳐 냈을 뿐, 길이 보이지 않는 산속에 길을 만들지도 않고 내려왔다. 무기와 함께 들어오는 사람들을 보는 게 처음이 아닌 마을 사람들은 잔뜩 경계하며 집 안으로 숨어들었다.

83

"영사 무영삭께서 그대들에게 고하오. 가장들은 모두 중앙으로 모이시오! 2각[1] 안에 모이지 않으면 자식들이 하나씩 목숨을 잃을 것이오!"

말을 탄 병사 몇 명이 같은 말을 외치면서 마을 구석구석을 누볐다. 말을 처음 보는 사람들은 말발굽 소리에 놀라 밖으로 나오기도 하고, 무서운 엄포에 질겁하여 광장으로 달리기도 했다. 멀어서 소리가 들리지 않는 집으로 달려가 소식을 전하는 사람도 있었다. 영사가 무엇인지 아는 사람은 없었지만, 말과 옷차림 그리고 무장한 병사들을 보아 영사라는 사람의 말을 거슬러서는 안 될 것 같다고 생각할 수는 있었다. 1각이 조금 지났는데, 집집의 가장이 상달고사를 올리는 터에 모였다. 이들을 기다리

---

1) 각(刻) - 1각은 15분.

는 건, 날렵한 말에서 내려설 생각도 하지 않고 내려다보고 있는 새파란 포의 남자였다. 엷은 광택이나 고운 옷선이 비단처럼 보였는데, 그 위에 걸친 갑옷은 지난번 장군 것과는 다른 빛깔이었다. 그리 넓지 않은 어깨도, 흰빛의 얼굴도, 전쟁터를 누빌 사람으로는 보이지 않았다. 외지 사람들은 모두 말 위에 앉았는데, 군역을 떠났던 다섯 청년들은 손이 뒤로 묶인 채로 바닥에 서 있었다. 그들은 맨발에 짚신만 신고 있었다.

"들으라, 묏맡골은 어제 자시를 기해 월국 영토가 되었다. 신국의 위왕[2]은 이 마을을 넘기는 조건으로 왕손을 돌려받고, 이 고장 청년 다섯을 우리에게 제물로 바쳤다. 왕께서는 내게 이 제물들의 생살여탈권을 하사하셨다."

장군처럼 건장한 체격도 아니고, 비단으로 된 포 때문인지 멀리서 보면 유약해 보이기까지 하는 남자였다. 다만 흰 얼굴에 유독 굵고 선명한 눈썹 때문에 고집스럽고 강인해 보였으며, 목소리도 체격에 비해서 굵고 울림이 있어서 사람을 압도하는 힘이 있었다.

"묏맡골을 이끄는 수장은 없다고, 이들에게 들었다. 하여 가장인 너희들을 모아서 묻는다. 내가 이 다섯 포로를 이대로 처형해도 좋겠는가?"

"마을까지 안내하면 목숨만은 살려 주겠다고 하셨지 않았습니까, 영사 나리."

---

2) 위왕(僞王) - 가짜 왕. 타국 왕을 낮춰 부르는 말.

팔을 뒤로 묶인 채우가 말했다. 영사가 채우를 노려보았다.

"나리, 영사 나리, 그리 말씀 마시고, 저희가 어찌하길 바라는지 일러 주십시오."

"채우는 저희 집 삼대독자이고, 혼인은 하였으나 아직 아이가 없습니다. 불쌍히 여기시고 부디 제 아들만은……."

"채우만이 아닙니다. 다섯 모두 귀한 목숨입니다. 부디."

채우와 미희 아버지뿐 아니라 형석 아버지에다 또 몇 명이 무릎을 꿇으며 읍소했다. 나도 주변 사람들과 함께 몸을 숙였다. 사람들 목소리가 뒤섞여 무슨 말을 하는지 온전하게 들리지는 않았지만, 거의 같은 맥락의 말들이었다. 몇 년을 기다려 왔다가 겨우, 큰 부상 없이 돌아온 다섯 명의 목숨을 눈앞에서 잃는 것은 누구도 바라지 않았다.

"신국의 병사로 월국에 칼을 겨눈 이들을, 살려 두라?"

영사 무영삭의 목소리에 주변이 조용해졌다. 채우 아버지가 급히 외쳤다.

"영사 나리, 저희 중에 신국의 백성으로 살고자 한 이가 한 명이라도 있으면, 이렇게 산속에 숨어 살았겠습니까."

"그렇습니다, 나리. 신국의 장수가 저들을 끌어간 것입니다. 저희의 뜻이 아닙니다."

"군역에 끌려갔다가 다리를, 팔을 잃고 돌아온 이가 저희 마을에 열이 넘습니다. 신국에 충성을 다할 사람은 이 마을에 하나도 없습니다!"

하나씩 목소리가 더해졌다. 무영삭은 무표정한 얼굴로 사람들의 목소리를 듣고 있었다. 짧은 햇살이 무영삭의 머리 뒤로 비쳤다. 그 옆을 둘러싼 병사들은 흔들림 없이 창을, 활을 사람들에게 겨눈 채였다. 주발 되돌리기를, 주발 내리기를, 상달고사를 올릴 때 삼인의 구를 내리쬐던 햇살이 무영삭을 비췄다. 부디 마을을 살펴 달라고 기도를 올리던 사람들이, 저 푸른 옷의 남자 무영삭을 향해 기도를 올린다. 다섯을 죽일 수 있는 이가 마을 사람 모두를 죽이지 못할 리가 없다, 저 창이, 저 활이, 어쩌면 겉으로 보이지 않는 다른 무기가, 마을 전체에 죽음을 가져오지 말란 법도 없다, 마을 사람들은 하나같이 느끼고 있었다.

"이 마을의 열여섯부터 서른여섯까지 모든 계집을 이리 데려오라. 혼인을 했든 하지 않았든, 아이 낳은 적 없는 계집이면 모두. 하나라도 빠지면 다섯 명 심장에서 피가 솟구치고, 이 마을에 목숨 부지할 이가 없을 것이다."

무영삭이 품에서 책자 하나를 꺼냈다. 사람들은 그 책이 무엇인지 바로 알아차렸다. 이전에 왔던 장군이 모두를 불러 모아 근원을 찾고 새로 이름을 올렸던 이 마을 호적이었다. 나와 아재, 당골 어른과 현과 연은 올라가지 않았던.

"전쟁에 여자를 데려가는 법은 없습니다!"

누군가가 외쳤다. 목소리가 들리는 쪽으로 고개를 돌리는데, 쌩 하고 바람 소리가 스쳐 가더니 비명이 울렸다. 아버지, 아버지. 울부짖는 목소리가 누구 것인지 알아들을 수 없을 정도로 갈라져 있었다.

"월국의 영사에게 법을 말하지 마라. 법은 월국이, 월국의 명을 받은 내가 정한다. 다시 말한다. 열여섯에서 서른여섯까지, 아이를 낳은 적 없는 계집 모두 다."

누가 먼저랄 것도 없이 마을 곳곳으로 내달리기 시작했다.

'이 마을에 있는 모든 계집.'

그 말이 뜻하는 것이 무엇인지 깨달은 나도 달렸다. 무영삭은 양인이라고 말하지 않았다. 연도 현도 둘 다 혼인은 했으나 아이를 낳은 적이 없다. 전쟁 전해부터 지금까지 마을에는 아기 울음소리가 새로 들린 적이 없었다. 그 사이 혼인한 이들, 아직 혼인하지 않은 소녀들이 무영삭이 원하는 바였고, 마을에서 그런 이들은 그리 많지 않았다. 나는 집으로 달려가 문을 막아섰다. 몇몇 사람들이 우리 집 앞으로 모여들었다. 부상병으로 돌아온 다섯 명의 가족들뿐 아니라 딸과 젊은 며느리가 없는 이들이 한데 무리를 이루어, 한 명의 여자도 빠뜨리지 않도록 마을을 뒤지고 있는 거였다.

"제 처는 못 데려갑니다!"

"영사 나리가 모든 계집을 다 데려오라고 하셨잖아! 못

들었나? 하나라도 빠지면 이 마을 사람 모두를 죽일 거라잖아!"

"제 처는 다음 대 당골입니다!"

"데려오라고 하셨을 뿐이잖아! 설마 남자도 아닌데 전쟁터로 데려가기라도 하겠어?"

그저 데려오라고 했을 리가 없다는 걸 알 텐데. 몰려든 이들이 나를 밀쳤고, 비틀거리는 나를 두세 명이 쓰러뜨려 움직이지 못하게 눌렀다. 나는 바닥에서 버둥거리며, 현이 끌려가는 것을 볼 수밖에 없었다. 현이 내 눈에서 멀어지자, 그제야 나를 풀어 주었다.

딸을, 처를 마을 사람들 손에 뺏긴 이들과 그들을 막아선 사람들이 무영삭과 병사들 앞에 모여 있었다. 거기 당골 어른의 모습도 보였다.

"이런 법은 없습니다, 영사 나리!"

당골 어른이 울부짖는 소리가 들렸다. 고사를, 제를 올릴 때가 아니면 당골 어른을 높이는 법이 없는 마을 사람들이 얼굴을 찌푸리며, 버둥거리는 당골 어른을 막아설 뿐이었다. 무영삭은 다섯 청년의 손을 풀어 준 다음, 공포에 질렸거나 버둥거리는 이들의 손을 묶게 했다. 그들의 가족 아닌 사람들은 누구라고 할 것 없이, 그들을 묶는 것을 도왔다. 단지 화살이, 창이 그들을 겨누었을 뿐이었다. 하지만 전쟁에서 돌아온 이들에 따르면, 월국의 활은 마치 생명을 가진 것처럼 곡선을 그리며 날아가 표적을 정확하게 맞힌다고 했다. 그중에는 명중하는 순간 불길이 치솟는 것도 있다고 했다. 말 위에서 창을 휘두르는 이들은 창도 말도 몸과 하나인 듯 날렵하고 정확하게 사람들의 목숨을 앗아 간다고 했다. 월국 장수 중에는 하룻밤에 마을 셋을 몰살시킨 이도 있다고 했다. 그자가 저자라면 어쩔 것인가. 당장 내가 죽지 않으면 된다. 그것만이 그들이 원하는 것인 듯했다. 줄에 묶인 채로 마을 처자들이 끌려가고, 여기저기서 아이고, 아이고 곡소리가 들렸다. 나는 그 자리에 주저앉아 사람들이, 당골 어른이 넋을 놓고 무너지는 것을 보았다.

신내림

난데없이 딸과 처를 빼앗겨 버린 가족들은 그 일을 거든 사람들에게 어쩌면 그럴 수가 있냐며 분노했지만, 돌아온 다섯 명과 그 가족들, 딸과 젊은 며느리가 없어서 그들에게 함께했던 이들은 이 고장 모두가 몰살당할 수도 있었다며 기세등등했다. 부상으로 돌아온 이들과 그 가족들도, 월국의 무기가 얼마나 무서운지 몰라서 그런 소리 한다며 거들었다. 활에 즉사한 사람 이야기도, 다른 이들과 함께 끌려간 그 딸의 이야기도, 전혀 입에 오르내리지 않았다. 채우의 누이 미희처럼 가족이 끌려간 이들 중에서도 여자들을 내준 게 옳았다는 사람들도 있었다. 그들은 자신들도 좋아서 제 식솔을 내놓았겠냐고, 어떻게든 살아남아 이 시기를 이겨 내야 하는 거라고 주장했다.

월국의 높으신 분들에게 반항하다가 마을 사람 모두가 죽어 나가야 속이 시원했겠냐고 하기도 했다. 자기 아들이 전쟁터에 끌려갈 때 너희들은 그걸 막아설 생각이라도 했냐며, 묵은 감정을 쏟아 내기도 했다. 마을은 별안간 제 식구가 눈앞에서 끌려간 이들과, 그들의 슬픔을 사치라고 말하는 이들로 나뉘었다.

두 딸을 모두 잃은 당골 어른은 며칠간 담 안에서 나오지 않았다. 연과 현이 끌려간 날 당골 어른은 그 자리에서 정신을 놓았고, 어느샌가 나온 나루 아재가 나와 함께 당골 어른을 사당 뒤에 있는 집으로 옮겼다. 동시에 두 딸을 잃은 당골 어른은 다음 날까지 깨어나지 않으셨다. 나는 현에게 들은 대로 아침 일찍 정화수를 떠서, 사당과 당산 송에 올렸다. 그다음 날 아침 기도를 준비하러 사당에 갔더니, 당골 어른은 이미 제례복으로 갈아입은 채였다.

"어떻게 하면 현이 돌아올 수 있을까요, 당골 어른."

"저들이 무슨 짓을 꾸미는지는 모르겠지만, 섭리를 따르지 않는 이들이 전쟁에서 이길 수는 없을 거야."

전쟁에서 누가 이기겠느냐고 물은 게 아니었다. 현을 되찾을 수만 있다면, 나는 누가 이기고 지든, 이곳이 월국 땅이 되든 신국 땅이 되든 상관없었다. 하지만 나는 굳이 말하지 않았다. 당골 어른은 내가 입 밖에 내지 않은 말까지 들으시는 분이라서.

"삼인상을 차리렴. 너 혼자 남았으니 원래라면 삼인을

모실 수 없는 게 맞지만, 이 일부터 섭리에 어긋나 있지 않니. 현이가 아무 데도 가지 않은 것처럼 상을 차리고, 두 그릇을 네가 모두 비워. 너희 부부를 살피시는 삼인께서 힘을 가지시도록."

다음 날 아침, 눈을 뜨니 음식 냄새가 방문 너머로 흘러 들어왔다. 벌떡 일어나자 방문이 열리며 아내가, 현이 상을 들고 들어왔다. 질그릇으로 된 밥그릇이 둘, 놋그릇 하나. 아내가 잘 끓이는 맑은 감잣국과 나물.

"어떻게 돌아왔어, 내가 당신을 얼마나……."

"무슨 소리야? 내가 어딜 갔다고."

현이 웃었다. 당신은 사흘 전에 마을 한가운데로 끌려갔어. 사람들이 나를 땅으로 찍어 누르고 당신을 데려가서, 당신의 손목을 묶어 산 너머로 끌고 갔어. 사람들은 마을 사람이 더 이상 다치지 않은 게 다행이라고 말했는데, 나는 그걸 도무지 이해할 수가 없었어. 평생을 살아온 고장인데 사람들은 내가 호적이 없으니 천한 핏줄일 거라고, 어머니가 계실 땐 들어 본 적도 없는 말들을 해. 그게 모두 꿈이었을까. 그래, 꿈이었구나, 전쟁도, 갑옷을 입은 신국의 장수가 나를 보고 화척일 거라 한 것도, 형들이 병사로 가서 부상당해 돌아온 것도, 이 고장이 월국 땅이 되었다며 영사라는 이가 온 것도, 당신이 끌려간 것도, 모두 꿈이었구나. 그랬던 거구나.

"눈 떠 보거라, 응? 정신을 차려 보라고."

들릴 리 없는 목소리가, 아는 목소리가 들렸다. 갑자기 몸이 휙 들리는 것 같더니 눈앞이 번쩍 밝아졌다. 내 눈앞에 나루 아재가 있었다. 땀을 비 오듯 흘리고 숨을 몰아쉬며, 나를 보고 있었다.

"정신이 들어? 이놈아, 그래도 정신을 차려야지, 어쩌자고 이렇게 맥을 놓아 버려."

나루 아재의 등 뒤로 조금 열린 문이 보였다. 문 바깥은 캄캄했다. 아침상을 받았는데, 현이 웃으며 나를 보고 있었는데, 벗어 던진 옷이 구겨져 방구석에 박혀 있고 방문 틈새로 칼바람이 불어 들어왔다.

정오가 넘어도 대장간에 내가 오지 않자 걱정이 된 아재는 당장이라도 내 집으로 달려오고 싶었지만, 오늘따라 날붙이를 고치러 온 사람들이 많은 까닭에 해가 기울어지고 나서야 달려왔다고 했다. 내가 밖으로 나온 흔적이 없어서 문을 열어 보니, 이불도 덮지 않은 채 식은땀을 흘리며 끙끙 앓고 있었다고 했다. 나는 지난 꿈에 현을 보았다고는 말하지 않았다. 식솔을 갑자기 잃은 이들은 반드시 그들이 돌아오리라 믿고 주발 되돌리기를 하지 않기로 했다. 어떻게든 삼인상을 차리기 위해, 어린 동생이나 가족을 잃은 손위 누이가 형제네 집에 와서 살기도 했다. 누구에게도 말하지 않았지만, 한편으로는 저마다 자신의 몸을 지키기 위해 집에 있는 날붙이들의 날을 세웠다.

나루 아재는 나에게 놋그릇 만드는 법을 가르치기 시작했다. 솥이나 대야처럼 큰 것보다 그릇을 만드는 것이 더 섬세해서 어려웠다. 나는 놋쇠 물로 틀을 만들어 누르고 깎아서 만든 놋그릇을 살펴보고는, 다시 놋쇠 물로 되돌려 새로 만들면서 점점 더 단정한 모양의 그릇을 만들어 낼 수 있게 됐다. 놋쇠 물을 잘 만드는 것도, 놋쇠 판 두께를 고르게 하여 곱게 깎아 내는 과정 등 어느 것 하나도 눈을 뗄 수 없을 만큼 중요한 까닭에, 그릇을 만드는 동안에는 아무 생각을 하지 않을 수 있었다.

"산 아래 고장 서쪽에 큰 강이 있는데, 그 가까이에 무영삭의 군대가 있다고 하네. 거기서 뭘 하는지 아무도 모른대. 월국의 유명한 무당들이 몇 명인가 왔다 갔다는데, 군대 훈련 소리도 나지만 대장간 소리가 그렇게 난다는군. 무영삭이 그곳을 떠난 적 없고 다른 이들도 나간 적이 없다니까, 끌려간 사람들은 거기 있을 거야 분명히."

"서쪽 산 아래면 거긴 신국 땅 아닌가."

"거기가 무영삭이 새로 빼앗은 땅이라네. 지금은 월국의 가장 서쪽이 돼서, 원래 살던 이들을 모두 다른 곳으로 옮기고 월국 사람들을 데려와 살게 했다는 거야."

전쟁이 시작된 뒤에도 군역 나간 이들 외에는 누구도 마을에서 벗어난 적이 없었는데, 민석 아버지는 약초를 캐러 산을 누비던 사람이라 두려움도 없었는지, 서쪽 산을 타고 내려간 마을에서 월국의 일에 관해 물어보고 돌아온 거였다. 딸과 처가 끌려간 가족들 몇 명이 모여, 이야기에 귀를 기울였다.

"그리고 또, 내가 물어봤는데 말이지, 그 고장에서 다른 곳으로 보내진 사람도, 새로 그 고장으로 온 사람들도, 군역이든 뭐든 나라의 이름으로 여자들을 데려간 적이 없다는군."

"그럼 이곳 사람들만 데려갔다고요? 뭣 때문에?"

졸지에 처를 잃은 젊은 신랑들이 끼어들었다.

"그거야 내가 알겠나. 애초에 월국에서는 전쟁이건 뭐건 그런 식으로 처자를 데려가는 일이 없다는 거야. 나라님이 새로 혼인을 하거나, 높으신 분이 신붓감을 구할 때는 그처럼 혼인하지 않은 여자를 찾기도 했다는데, 혼인했어도 아이를 낳지 않았으면 데려갔다고 하니까 믿는 사람이 없더라니까?"

"월국 풍습도 아니고, 당연히 신국 풍습도 아닌데, 왜?"

"나야 모르지, 나나 자네나 월국 풍습 모르긴 마찬가지잖아. 옛날 월국에는 여자 장수도 있고 여자 왕도 있었다는데, 그건 벌써 천 년도 전의 일이라니 사실인지 아닌지 모르겠고, 어쨌든 지금 월국에서는 무당 말고 전쟁에 함께하는 여자는 없대."

"월국에선 당골을 무당이라고 부른댔지요. 그래서요?"

"그리고 무영삭에 관해 물어봤더니, 그 사람이 아, 월국에서는 문무 겸비로 하늘이 내린 인재라고 칭송이 자자해. 전쟁이 시작되자마자 어떤 장수가 엄청난 기세로 신국 영토를 빼앗으면서 월국이 승기를 잡아서 왕에게 총애를 받았는데, 그 사람이 갑자기 사라진 뒤로 신국이 승세를 몰아갔었대. 왜 여기도 처음 신국에서 오지 않았나. 그런데 그 기세를 다시 뒤집은 게 무영삭이라서, 젊은 나이에 문무를 아울러 가장 높은 지위에 올랐다고. 소문에는 강의 신의 아들이라나, 어머니가 일곱 달 만에 낳았는데 사흘 만에 고개를 가눴다나, 별말이 다 있나 봐."

"그 사람이 어떤 인간이든 알 게 뭐람. 그래서, 우리 딸은, 자네 손녀는, 왜 데려갔다는 건가?"

"그게 중요해요? 그 부대에서 수레 하나 나간 적이 없다면, 제 처가 거기 있다는 거잖습니까. 당장 가서 데려와야지요!"

참지 못하고 끼어든 건 민석 형이었다.

"어떻게? 이 고장 사람들도 이기지 못했는데, 월국 군인들이 지키고 있는 부대에서 어떻게 한단 말인가?"

식구를 잃은 이들은 자신들을 막아선 마을 사람들을 물리치고 부대로 내려갈 방법도, 겨우 몇 명이 가서 식구들을 되찾을 방법도 없다는 데 절망했다. 부대의 감시를 뚫고 가족들을 구할 길은, 보이지 않았다.

"우리 집 삼인상 그릇이, 이게 이십 년이 넘어서 표면도 많이 상했는데, 그릇을 새로 바꾸면 삼인께서 좀 더 살펴 주시지 않을까?"

"표면을 좀 다듬고 깨끗하게 수선해 드릴게요. 민석이는 좀 어때요? 밖에서 통 안 보이던데."

"혼인한 지 얼마 되지도 않았는데 생이별했으니, 그 속이 오죽하겠어. 자네도 그렇고. 내 외손주도 끌려갔잖나. 내 딸이 남편 잃고 혼자 키워 낸 외동딸인데. 내가 하도 속이 터져서, 어떻게 빌어야 내 자식 놈들을 예전처럼 돌아오게 할까 고민이 많아."

낡은 주발을 들고 온 민석 아버지에게, 나는 속마음을 감추고 주발을 받았다. 아무리 잘 닦고 관리해도 매일 세 끼를 차리는 삼인의 주발이라, 까닥하면 흠집이 나거나 광택을 잃기 쉬웠다. 처음처럼은 아니어도 깔끔하게 표면을 정리하고 모양을 손본 주발을 건네자, 민석 아버지가 반색했다.

"나루 자네가 아주 좋은 제자를 뒀네. 자네도 이 나이 때 이 정도는 아니었던 것 같은데."

"전 요즘 눈이 어두워져, 여기서 나가는 것들은 다 이 사람이 합니다. 상황이 좀 좋아지면 저도 그저 소일거리나 찾을까 싶어요."

또래로 보이는데도 나루 아재는 민석 아버지에게 항상 존대를 했다. 나나 수철 형, 민석이 같은 또래들이야 아들이나 조카뻘이라 반말을 하지만, 나루 아재를 형으로 대하는 아재도, 나루 아재가 아우처럼 여기는 사람도 없었다.

"그런데 아재, 산 아래 고장에 진짜 그 영사의 부대가 있어요? 어디까지 보고 오셨어요?"

민석 아버지는 주발을 꼼꼼하게 살피다가 목소리를 낮췄다.

"사람들에게 그것까지는 말을 안 했다만, 부대 가까이가 보긴 했다. 뭘 만드는지 대장간에서 나는 소리가 하도 커서, 다른 소리는 못 들었어. 근데, 산 아래 사람들은 밤에 여자들 울음소리를 들었대. 그러니까 분명히 거기 있는 게야. 내 딸, 내 며느리 모두 다."

"안타까운 마음은 알겠지만, 다음부턴 너무 가까이 가지 마십시오. 묏맡골 사람 모두를 죽인다고 할 때, 그 목소리도, 분위기도, 허풍은 아닌 것 같았습니다."

"알아, 아까도 당산송을 지나쳐서 당골네 앞을 지나가는데 당골이 문을 열고 나오더니 나보고 그러더라고. 다신 혼자서 가지 말라고. 그게 뭔 말인지 바로 알아들었어."

민석 아버지가 돌아간 뒤에 대장간 일을 마무리한 나는 당골 어른의 사당으로 향했다. 이레째, 끼니는 괜찮으신지 걱정스러워 들여다볼 때마다 당골 어른은 형형한 눈빛으로 나를 돌려보냈다. 현이 언젠가 말해 준 적 있는 신내림이었다. 당골에게는 평생 자신의 생명이 다할 때까지 한두 번 있을까 말까 한 일이지만, 모든 영험한 힘을 모아서 할 수 있는 가장 큰 일이 신내림이었다. 당골은 평소에도 다른 사람들이 볼 수 없는 넋의 모습을 보고 목소리를 듣지만, 당골의 몸으로 다른 넋이 내려오는 것이 '초혼', 영험한 신을 몸으로 받는 것이 '신내림'이었다.

초혼은 대개 억울한 죽음을 맞은 이가 자신의 목소리를 당골에게 전하는 것조차 할 수 없는 상태일 때 한다. 사람들은 당골의 몸을 빌려 말하는 넋의 목소리를 듣고 그의 슬픔을, 분노를 이해한다. 원망 깊은 죽음이 흔하지 않으므로 초혼 역시 흔하지 않다.

신내림은 당산송에, 이 땅에, 산에 깃들인 영험한 신을 당골의 몸으로 받아 내는 것이다. 신은 여러 방법으로 자신의 뜻을 당골에게 전하지만, 당골의 목소리가 사람들에게 닿지 않을 때 당골은 자신의 기운을 대가로 신을 몸에 내린다. 그로써 당골은 신과 일순간 하나가 되어, 신이 보았던 것과 느끼는 것을 자신의 의식으로 감지하게 된다. 당골이 신내림을 위해 아무리 몸을 정갈히 해도 신이 동하지 않으면 이루어지지 않고, 당연히 인간 하나가 받아 낼 수 있는 기운이 아니므로 당골이라 하더라도 평생 단 한 번도 경험하지 못하는 경우가 훨씬 더 많다.

문을 열고 돌담 안으로 들어서자, 당산송 앞에 당골 어른이 서 있었다. 해는 완전히 저물었는데 유난히 밝은 보름달 달빛이 흰 제례복 옷깃 위에서 빛났다.

"너는 이 산의 아이가 아니구나."

당골 어른에게서 나오는 목소리가 당골 어른 것이 아니었다. 가늘고 높은 소리와 굵고 낮은 소리가 동시에 울리는, 두 사람이 말하는 듯한 목소리였다.

"괜찮아. 내가 허락해서 너를 여기로 이끌었지. 다음 천 년에 대륙은 한 나라가 될 거야. 그 나라의 중심에 이 산이 있으니, 너는 그 나라 역사의 첫 장이 될 것이야."

무영삭이 이 말을 들었으면, 무영삭이 저 말의 주인이라면 기뻐했을지도 모른다. 하지만 내게는 아무 관심도 없는 이야기였다. 나는 고개를 저었다. 내가 듣고 싶은 말은 그게 아니었다. 신내림이 얼마나 오래 지속될지도 모르는데, 당골 어른이 모든 힘을 다해서 불러온 신의 목소리로 듣고 싶은 말은 다른 거였다.

"왜 그들이 현을 데려갔어요? 어떻게 하면 되찾아올 수 있어요?"

"동쪽 나라에는 전설이 있단다. 신성한 산의 힘을 받은 여성의 힘이 깃들인 방패는 모든 걸 다 막아 내고, 그 힘이 깃든 창은 뚫지 못하는 게 없다고. 달 없는 날 밤에 태어난 그림자 없는 사내가, 그 전설을 현실로 만들려고 해."

달 없는 밤은 그믐 다음 날 밤, 삭야. 그림자가 없는, 무영. 무영삭.

당골 어른이 나를 보고 '이 산의 아이'가 아니라고 말했다. 무영삭은 신성한 산의 힘을 받은 여성이 필요해서 이곳의 여성들을 데려갔다. 모든 걸 다 막아 내는 방패, 무엇이든 뚫는 창을 만들려고. 그 말이 불길했다. 현이 전설을 이루는 데 필요하다면, 그 전설은 이루어져선 안 된다. 무영삭이 뭔가 하기 전에 현을 구해야 했다.

"현을, 어떻게 하면 되찾아 올 수 있는지 알려 주세요!"

내가 외쳤다. 당골 어른의 얼굴이 나를 보았다. 두세 사람의 얼굴이 그 얼굴 위로 일렁이다가 사라졌다. 당골 어른이 휘청, 그 자리에 고꾸라졌다. 나는 겨우겨우 당골 어른을 붙들었지만, 제례복 안쪽에서 얼음처럼 차가운 기운이 배어 나왔다. 내가 이미 알고 있는 기운이었다. 어머니를 잃은 날, 현이 커다란 두 눈으로 눈물을 뚝뚝 흘리며 나를 보던 날, 내가 붙잡았던 어머니의 기운. 당골 어른은 처음이자 마지막 신내림을 성공하고, 세상을 떴다.

징발

당골 어른의 장례는 조촐하게 치러졌다. 대를 이을 당
골이 없으므로 제례를 이끌 사람도 없어, 겨우 나무로 단
을 쌓아 화장하는 절차만을 치를 수밖에 없었다. 당골 어
른의 유골은 마을에서 오래 살아온 분들의 말씀에 따라,
절벽 산꼭대기에서 당산송을 향해 뿌렸다. 당산송 가지에
잠시 내려앉았던 골분은, 이내 바람을 타고 멀리 흩어졌
다. 당골 어른은 혼자 되기 전에도 삼인상을 차리지 않는
사람이었으므로, 주발 되돌리기는 이루어지지 않았다.

삼인상을 잘 차리며 믿음을 가지라던 당골 어른이 후
대 없이 떠나자, 대놓고 삼인상을 차리지 않겠다고 말하
는 사람이 생기기 시작했다. 삼인상을 차린 덕분에 아들
이 부상을 입긴 했어도 무사히 살아 돌아왔다고 좋아하

던 이들조차, 삼인상을 차렸는데도 아들이 다리를 잃었다며 삼인상 차리기를 멈췄다. 혼자 살아가는 사람도 소반에 한 사람 몫의 밥상을 차려서 먹기 시작했다. 삼인상의 주발이 아닌, 자신들을 위한 주발을 만들어 달라고 하는 이도 생겼다. 물론 여전히 딸이, 손녀가, 아내가 살아 돌아오길 기다리며 삼인상을 차리는 사람도 있었지만. 나는 별말 없이 주발 만들기를 떠맡고, 한편으로는 주발뿐 아니라 다른 날붙이들을 보다 견고하게 만들기 위해 금속 배합 같은 것을 궁리하기 시작했다.

　나는 당골 어른이 신내림으로 내게 말해 준 것을 아무에게도 전하지 않았다. 당골 어른의 죽음을 알린 건 나였지만, 사람들은 당골 어른의 유언을 들었을 거라고는 생각지도 않아서 신내림으로 한 말을 내 속에만 담아 두었다. 당골 어른도 현도 사라진 지금, 나와 묏맡골이 이어져 있는 건 나루 아재밖에 없었다.

　가끔 꿈속에 현실처럼 생생하게 아침상을 차려 들어오는 현이 나왔는데, 처음 꿈과 달리 이제는 웃으면서 아침상을 받았다. 그게 꿈이라는 것을 아는 까닭에, 짧은 꿈에서나마 갑자기 깨어나지 않도록 나는 차려 준 음식을 맛있게 먹으며 이야기를 나누다가 깨어나곤 했다.

　그러고 보름쯤 지났을 때, 무영삭이 병사 십여 명을 데리고 묏맡골로 왔다. 다섯 명은 이상한 활을 들었는데, 활 하나에 화살 다섯이 걸려 있었다. 무영삭은 마을의 쇠붙이를 가져오라면서 칼을 든 병사 다섯 명을 묏맡골 곳곳으로 보냈다. 월국에서 만드는 새 무기에 쇠붙이가 많이 필요하다고 했다. 삼인상의 풍습을 모르는 월국 병사들은 집집마다 고이 숨겨 놓은 주발이 있다는 것은 알지 못했다. 아궁이에 걸린 가마솥, 밭을 갈던 쟁기, 크기가 큰 것들부터 수저까지 샅샅이 뒤진 뒤에, 병사들은 집집마다 있는 호미며 낫까지도 모두 거두고는 대장간으로 와서 채 만들어지지 않은 농기구까지 모두 챙기기 시작했다.

"이렇게 죄다 가져가면 뭘로 농사를 지으란 말씀입니까! 처자들을 모두 데려가 마을 후손이 못 태어나게 하더니, 이제 살아 있는 목숨도 그대로 끊으라는 겁니까?"

나루 아재가 병사들을 막아섰다. 그때 무영삭이 탄 말이 대장간 앞으로 다가왔다. 무영삭은 말 위에 탄 채로 나루 아재를 내려보았다.

"네 이름이 나루(津)라고? 그렇게 이름을 바꾸면 숨어질 줄 알았나? 동격진(棟橄振), 내 부하가 그대를 기억하더군. 아까운 일이야. 가장 앞선 곳에서 떨쳐 나가던 영웅이, 월국의 검이던 그대가, 이름 마지막 자 하나만 남기고, 그 의미도 바꿔서 이런 고장으로 숨어들다니 말이야."

"무슨 말씀이신지 모르겠습니다, 영사 나리."

들어 본 적 있는 이름이었다. 처음 부상당해 돌아왔던 다섯 형들이 말했던 월국의 장수, 동격진. 신국의 마을 셋을 몰살시켰다는 사람. 그 부대를 만나지 않아서 다행이었다고, 전쟁에서 돌아온 사람들이 입을 모아 말했었다. 그리고 민석 아버지도 그랬다. 전쟁 초기엔 월국이 승세를 잡았었다고. 왕의 총애를 받던 장수가 갑자기 사라지면서 전세가 기울었다고. 그게 동격진이라면, 그게 나루 아재라면 모든 게 설명이 됐다. 쇳내가 나니 화척이 아니겠냐던 건, 신국의 호적에 나루 아재가 올라가 있지 않아서였다. 그런 장수였던 사람이라면 쇠 냄새가 나는 것도, 신국의 호적에 없었던 것도, 모두 당연했다. 그래서였다. 화척이라고 멀리하는 사람들을 보면서 나는 고개를 들고 다니는 것도 쉽지 않았는데, 나루 아재는 그런 일 신경 쓰지 말라고 말할 수 있었던 건. 나루 아재는 화척이 아니었다. 아니, 군역에서 목숨을 부지하려 안간힘을 써야 하는 사람조차 아니었다. 나루 아재는, 삼인의 가호를 받을 자격이 없다고 늘 말했던 나루 아재는, 말 위에서 마을 사람들에게 활을 겨누던 이들과 같은 위치에 있던 사람이었다.

아재가 그렇게 강하고 무서운 사람이었다면, 그때 그렇게 현이 끌려갈 때 막아 줄 수도 있었을 텐데. 나와 같이 화척이라는 소리를 듣고 침묵할 게 아니라, 사람들을 모아 장수로서 무영삭과 대적할 수도 있었던 게 아닐까.

나는 아재를 보았다. 아재는 내 마음을 아는지 모르는지, 무영삭만 보고 있었다.

"칼을 버리고 칼을 만드는 이가 되면, 신국 마을 셋을 불바다로 만든 그대가 다른 사람이 되기라도 하나? 기회를 딱 한 번 주지. 칼을 쓰라고는 하지 않겠다. 이십몇 년 동안 칼을 놓고서 쇠를 다루는 기술자가 됐다니, 와서 신무기 만드는 일을 도와. 신무기가 완성되면 그대의 죄는 묻지 않을 테니까."

무영삭이 말했다. 사람들이 들었다면, 화척이라는 소리를 들은 날부터 거리를 두고 아쉬울 때만 찾아오던, 나루 아재가 어떤 사람이었는지 알았다면 어떤 표정이었을까. 하지만 나는 그 말보다 그 말끝에 변한 아재의 얼굴을 보고 겁에 질렸다. 아재가, 한 번도 본 적 없는 표정으로 무영삭을 노려보더니, 웃었다. 나는 아재가 웃는 걸, 저렇게 소름이 끼치도록 싸늘한 표정으로 웃는 걸 본 적이 한 번도 없었다.

"그림자가 없는 날은 삼가는 날이라더니. 그날 세상에 나오는 것치고 제대로 된 게 없지."

나루 아재가 말하는 순간 바람 소리가 나더니, 쇠 비린 내가 훅 퍼졌다. 나루 아재가 앞으로 꺼꾸러졌다. 쓰러진 몸 옆으로 피가 퍼져 나갔다. 나는 놀라 나루 아재에게 다가가지도 못하고 벌벌 떨며, 처음 온 날처럼 새파란 옷에 갑옷을 입은 무영삭을 올려다보았다.

도망갈 생각도 들지 않았다. 나루 아재를 저렇게 단칼에 베는 사람이 난들 베지 못할까. 그러나 그 순간 두려웠던 건, 죽는다는 사실보다도 이렇게 죽으면 더 이상 현을 만날 수 없게 된다는 사실이었다.

"너도 나를 막아설 테냐? 그대로 있으면 목숨은 붙여 주지."

무영삭의 칼끝이 나를 향하고 있었다. 살아야 현을 만난다. 하지만 이대로 있으면, 무영삭이 그대로 나를 지나가면, 나는 어떻게 될까. 마을 사람들은 나루 아재의 시신을 보고 뭐라고 말할까. 아들처럼 거두어 준 아재가 저리될 때 너는 뭘 했냐고 비난할까, 너도 죽으라며 돌을 던질까. 그런데 내가 여기, 이 뒷맡골에 머물러야 할 이유가 있을까.

"저, 저를 데려가 주십시오, 영사 나리!"

내가 외쳤다. 어디에서도 죽는 것보다 나을 게 없다면, 현을 한 번만이라도 보고 싶었다. 지금 이렇게 무영삭을 보내면, 현을 만날 기회를 영영 얻지 못할 거였다. 무영삭의 눈이 조금 커지나 싶더니, 그가 피식 웃음 지었다.

"새 무기에는 병사가 많이 필요하지 않아. 내 부대로 오려면, 내게 필요한 사람이 되어야지."

무영삭이 말을 돌렸다. 병사들은 멍하게 서 있는 나를 무시하고 대장간에서 쇠붙이를 모두 쓸어 갔다. 마을 곳곳에서 사람들의 울음소리가 들렸다. 말발굽 소리가 멀어져 갔다.

쇠붙이를 모두 빼앗긴 마을은 초상집이나 한가지였다. 도끼가 없으니 나무를 팰 수 없었고, 미리 패 둔 장작은 귀하디귀해서 장례용으로 불을 붙이는 것조차 꺼리는 형편이었다. 나는 혼자서 대장간 옆에 구덩이를 파고, 나루 아재에게 새 옷을 입혀 구덩이에 묻었다. 어머니의 유골은 지함에라도 넣어 묻을 수 있었는데, 관을 만들 도구조차 없어서 나루 아재의 장례는 그 이상 아무것도 할 수 없었다. 겨우 무덤을 만들고 난 뒤에, 무영삭이 남긴 말을 떠올려 곱씹었다. 아재가 사실은 월국 사람이었고, 아주 이름난 장수였으며, 신국의 마을 몇을 몰살시킨 사람이었고, 나루 아재의 본래 이름은 훨씬 더 훌륭했다는 것. 그 무엇도 마을 사람들에게 알려져서 좋을 것 없었으므로, 그 모든 이야기를 나만이 아는 것으로 묻어 버리기로 했다. 마을이 더 이상 시끄러워지는 것을 원하지 않았던 까닭이다.

하지만 묏맡골은 다른 이유로 시끄러워졌다. 다음 대 당골인 현이 끌려가고, 당골 어른이 돌연히 돌아가시고, 나루 아재가 월국 영사의 칼에 목숨을 잃었다. 이들 모두가 나와 깊이 관계있는 사람이라는 데 의미가 있다는 풍문이 퍼져 나가고 있었다. 늘 나루 아재와 함께 있었던 나였으므로, 내 짐작대로 나루 아재가 죽을 때 내가 아무것도 하지 않았다는 데에 대한 비난도 더해졌다. 누군들 그때 무영삭에게 대적할 수는 없었을 테지만. 마을 사람들은 화척 이야기가 나왔을 때보다도 더 나를 비난하기 시작했다. 현은 다음 대 당골이므로, 그 배필인 나는 현 다음 대 당골이 태어나면 모든 악운과 함께 죽어야 하는 목숨이었다. 그런데 현이 끌려갈 때까지 아이가 태어나지 않았고 나 역시 죽지 않았으므로, 모든 악운이 사라지지 않고 주변 사람을 휘말리게 했다는 거였다.

"지금까지 당골은 모두 혼인 전에 당골 자리를 물려받았는데, 당골이 되기도 전에 혼인을 했으니 하늘이 노하신 게 아니겠냐고요. 그 몇 년을 못 참아서, 제 목숨 아까워서 그런 게 분명하다니까요."

그런 이야기를 퍼뜨리기 시작한 건 수철 형이었다. 정작 현을 마음에 두고도 횡요(橫夭)할 운명이 두려워서 연과 혼인한 사람이. 수철 형을 시작으로, 마을에는 사실과 사실 아닌 것이 뒤섞인 말들이 진실처럼 퍼지기 시작했다.

"나루 아재가 돌아가시는 걸 제가 봤어요. 영사 나리가 그랬다니까요. 네가 월국 사람이면서도 역을 피해 이 고장으로 숨어든 걸 안다고. 사실, 나루 아재가 여기 오기 전까지 어떤 사람이었는지 아무도 모르잖아요? 그런데 그걸 영사 나리가 어떻게 아셨겠어요."

"나루 그 사람, 아버지는 그 사람이 마을에 들어왔을 때를 잘 기억하고 계셨어. 그 당시 나루 눈매가 꼭 늑대 같았대. 요즘은 과묵하게 일만 해서 그때 이야기를 잘 안 했지만, 죄를 짓고 도망쳤으려니 생각한 사람이 한둘이 아니었다더군."

"월국 사람이라서 그때 호적에 없었던 거구먼. 그럼 말이 맞아. 그때 장군이 그랬다고 하지 않았어? 나루한테 쇳내가 난다고. 그게 군인이었다는 말이구먼."

"그럼 수철이, 나루 그 사람이 월국 사람인 걸 그 애가 밀고했다는 건가?"

"나루가 그 애를 얼마나 아꼈어. 태중에 있을 때부터 그렇게 보살폈잖아. 그러니 제 옛이야기도 다 해 준 게지. 세상에, 그렇게 부모 같은 사람을 어찌 밀고했대."

이야기는 꼬리에 꼬리를 물고 퍼졌다. 나는 아재가 역을 피한 월국 사람이 아니라 월국의 장수였다는 말을 하지 않았지만, 했더라도 사람들은 믿어 주지 않았을 것이다. 나루 아재가 돌아가신 날, 그 자리에 나와 월국 병사 외에는 아무도 없었다고 해도 믿어 주는 사람이 없었다. 내가 따로 월국 사람들을 만난 적이 없다고 말해도 소용없었다. 혼자 사는 내가 밤에 몰래 산 아래로 내려갔는데, 그걸 본 사람이 없는 것이라고 했다. 아무도 보지 못했는데, 그게 증거인 것처럼 사람들 사이에 퍼져 나갔다.

"화척 놈이, 귀한 목숨을 몇이나 잃게 만든 거야, 대체."

나 들으라는 듯 큰 소리로 말하는 사람들이 늘었다. 당골 어른이 계셨다면, 내가 어떻게 해야 좋을지 물었을 것이다. 현이 옆에 있다면 현에게 물었을 것이다. 아재가 있다면, 아재는 나를 달래 주었을 것이다. 그 누구도 남아 있지 않으므로 나는, 내가 하고 싶은 일을 하기로 했다. 쇳물을 끓일 수 없는 대장간에서는 할 일이 없었으므로,

사람들이 농사를 짓기 위해 이런저런 도구를 만들어 보려고 애쓰는 한낮에 보란 듯이 산에서 내려갔다. 뒤통수 너머로 사람들이 혀를 차는 소리가 들렸다. 수철 형이 뭐라고 말하자, 왁자하게 웃음소리가 퍼졌다. 수철 형은 왜 보지 않은 것을 보았다고 했을까. 당골 어른이 섬긴 당산 송을 무섭다고 가까이하지도 못한 사람이, 내가 모두를 불행하게 만들었다고, 없는 죄를 지었다고 할까. 정말 그랬다면, 며칠에 한 번은 꼬박꼬박 당골 어른의 사당을 찾아갔을 때 당골 어른이 나를 내치셨을 텐데. 현과 내가 혼인하는 걸 허락하지 않으셨을 텐데.

111

나는 삼인상의 주발을 어머니가 살던 집 아궁이 깊이 재 속에 파묻어 숨긴 뒤에 길을 나섰다. 민석 아버지가 한 말이 조금이라도 과장되지 않았다면, 어쩌면 현을 만날 방법이 있을지도 모른다는 생각 때문이었다. 산 아래까지 내려가는 길은 초행이었지만, 해를 등지고 그림자를 따라 걸어가니 두렵지는 않았다. 가끔 발을 잘못 디뎌 휘청이긴 했지만 길 없는 산속에서 겁도 없이 밤을 보내고, 해가 뜨면 다시 그림자 방향으로 걸어가 산 밖으로 나왔다. 민석 아버지가 말했던 곳이었다.

"여기가 나그네를 허투루 응대하는 데가 아닌데, 무기 준비로 이곳도 살기가 팍팍해져서 대접해 드릴 것이 없네."

산 아래 고장도 쇠붙이를 모두 징발당한 건 마찬가지

였다. 사람들은 질그릇을 구워 음식을 만들고, 여문 돌을 갈아서 날붙이를 대신했다.

"산에서 온 처자들이 어디에 있는지 아십니까?"

"산에서 온 처자들? 그, 신녀로 뽑혀서 온 사람들 말인가? 영사 어른 부대에서 관할하시는. 성스러운 산의 기운을 받은 신녀들이라, 지금 몸을 정갈히 하는 중이라던데."

민석 아버지가 내려와 물었을 때는 아무도 몰랐지만, 무기에 필요한 쇠붙이를 모으느라 오가는 동안 부대 안에 여자들이 한 무리 있다는 것은 더 이상 비밀이 아니게 되었다.

"새로 만든 무기에 신녀들의 힘이 필요하다며, 제사를 위해 데려온 사람들이니까. 고기도 생선도, 살아 있는 것들은 입에 대지 않고, 날마다 아침 첫 해를 받은 물로 몸을 씻고."

"과일도 채소도 곡식도 가장 깨끗하고 깔끔한 걸 먹여야 한다고, 이 가뭄에 신녀들 드실 것 올리느라 더 죽을 노릇이지."

그 말은, 묏맡골에서 끌려간 사람 중에 적어도 목숨을 잃은 사람은 없을 거라는 뜻이었다. 나 혼자서 부대에 숨어 들어가 현을 만나는 건 불가능해 보였지만, 마을 사람들이 모두 힘을 합하면 여자들을 구할 수 있을지도 몰랐다. 딸이, 아내가 이제는 세상에 없을 거라 생각하고 포기한 사람들에게 모두가 무사하다는 소식을 전하면 하나같이 힘을 모아 뭐라도 할 수 있을지도 모른다. 이제 마을에는 아무것도 남아 있지 않다 생각하고 내려왔던 처음 마음도 잊어버리고, 이 소식을 전해 주고 싶은 생각으로 산에 올랐다. 이 소식을 들으면 다들 함께 생각해 줄 거다, 마을을 예전처럼 만들 방법을 고민해 줄 거다, 그렇게 믿었다. 나는 산에서 내려올 때만큼의 시간, 꼬박 하루가 넘도록 다시 산에 올라 뒷밭골 사람들에게 내가 들은 것을 전했다.

"그 말을 믿으라고?"

"악운이 마을에서 사라졌기로 이제 끝이다 했더니, 뭐하러 다시 돌아와?"

"세상 어느 천지에, 꽃다운 여자들을 그만큼 데려가서 곱게 먹이고 입히고 대접을 해 줘? 그래, 그렇군. 월국 장수들에게 그 여자들을 바치려는 게야. 아니, 벌써 바쳐진 게 아니겠어?"

"거기서 잘 먹고 잘 살고 있다는 여자들이 여기서 끌려간 이들이 맞긴 하고?"

"그런 말 할 것도 없어, 뭐 하러 저것의 말을 믿나? 에이, 재수 없어!"

사람들 누구도, 민석 아버지조차도 내 말에 귀를 기울이지 않았다. 힘없이 돌아와 보니 집은 엉망으로 어질러져 있었다. 어머니 집도 마찬가지였다. 아궁이는 건드린 흔적이 없었지만, 문이 활짝 열려 있어 들어가 보니 방 가득 흙 발자국으로 온통 어지럽혀져 있었다. 반닫이가 가리고 있던 벽장 문이 열린 채로 드러나 있고, 빈 반닫이는 엉뚱한 쪽으로 쓰러져 있었다. 반닫이 깊이 넣어 둔 솜이불도 보이지 않았다. 벽장에 뭘 두었더라. 기억을 더듬어 보니, 내가 처음 만들었던 호미와 낫이 거기 있었다. 처음 만들어 서툰 물건이지만 귀하게 여긴 어머니가 흰 천에 잘 싸서 넣어 두었던 게 생각났다. 내가 한몫의 일을 하여 만든 첫 물건이라 그렇게 하셨는데, 얼마 지나지 않아 어머니가 돌아가시면서 나도 잊고 있었던 물건이었다. 나는 집 밖으로 뛰쳐나왔다. 몇몇 사람이 팔짱을 끼고는 문 앞에 서 있었다. 수철 형 그리고 마지막으로 군역을 나갔다가 돌아온 다섯 명이었다.

"뭘 찾아? 이 역귀 놈아. 마을 사람들 몰래 뭐 귀한 거라도 숨겨 뒀냐?"

집을 엉망으로 만들지 않았다면, 반닫이를 원래대로 해 두었다면, 이불이라도 그대로 두었다면, 나는 어쩌면 호미와 낫이 사라진 걸 알아차리지 못하고 지나갔을지도 모른다. 그러나 내 집을, 어머니의 집을 엉망으로 만든 이들은 그렇게 하지 않았다. 보란 듯이, 돌아와서 이 집이 어떻게 되었는지 보고 충격을 받으라는 듯이 그대로 두었다. 내가 무엇을 잃었는지, 내가 이제 이곳에서 어떤 사람으로 자리매김되었는지 최악의 방법으로 깨달으라고.

서 있는 수철 형의 허리춤에 나무로 만든 손잡이가 보

였다. 그 옆 사람의 허리춤에도 비슷한 손잡이가 보였다. 본 지 오래지만 나는 그게 뭔지 바로 알아볼 수 있었다. 날을 세우는 건 서툴러도 손잡이만큼은 매끈하게 만들겠다며 오랫동안 다듬고 다듬었던 자루였던 까닭에. 나는 곧바로 수철 형의 얼굴에 주먹을 날렸다. 싸움 한 번 제대로 해 본 적 없는 내 주먹에는 힘이 제대로 실리지 않아 큰 충격을 주지는 못했지만, 내가 덤벼들 거라고는 생각하지 못한 수철 형이 비틀거리기에는 충분했다. 수철 형이 얼굴을 감싸며 나를 죽일 듯이 노려보았다.

115

"이 역귀 놈이 미쳤나!"

곧바로 수철 형의 주먹이 날아와 내 귀에 꽂혔다. 단 한 방에 나는 그대로 나가떨어졌다. 그때부터 일방적인 주먹질이 시작됐다. 눈, 코, 입에서 점점 감각이 사라져 갔다. 코피가 목으로 넘어와서 비릿한 피 맛이 입안에 감돌았다. 첫 주먹질로 귀에 충격이 갔는지 쇠를 긁는 듯한, 징을 마구 두들기는 것 같은 소리가 온몸으로 울렸다. 균형을 잃고 주저앉았지만, 그들은 주먹질을 멈추지 않았다. 여섯 명의 발길질이 온몸으로 쏟아졌다.

그만해, 그만하라고!

귓가에 현의 소리가 들리는 듯했다. 현은 여기 없고, 있대도 이 쇳소리 때문에 들릴 리 없을 텐데, 현의 목소리를 듣는 게 너무 힘들었다. 이런 모습을 현이 보지 못하는 게 그나마 다행이라고 생각할 정도로.

죽어, 죽으라고 이 역귀야.

수철 형과 다섯 명의 목소리가 현의 목소리를 덮었다.
차라리 분노와 악에 찬 목소리가 현의 목소리보다 낫다
고 생각하며 그만 정신을 잃었다.

정신을 차렸을 때, 나는 피투성이인 채로 흙바닥에 쓰
러져 있었다. 어머니 집 앞마당에서 한참 발길질을 당하
다가, 사람들을 헤치며 뛰쳐나온 게 어렴풋이 기억났다.
피투성이인 나를 쫓아온 사람이 몇인가 있었다. 그중 누
군가가 울타리 안까지 쫓아와 뒤에서 머리를 내리쳤고,
나는 마당에서 정신을 잃었다. 내 집 앞마당에서 이렇게
정신을 잃다니. 귀에서 나는 이상한 소리 때문에, 다른 건
전혀 들리지 않는 상태로 방에 들어가 다시 쓰러져 잠들
었다. 현도, 나루 아재도, 당골 어른도, 어머니도 없으니
나를 살필 사람은 나밖에 없는데, 그러기에는 기운이 너
무 없었다. 한참을 잠들었다가 겨우 정신을 차리고 텃밭
에서 자란 무며 토란이며를 캐다가 닦아서 우걱우걱 씹
어 먹었다. 사람이 없는 밤에 슬그머니 나가, 우물에서 물
을 길어다 먹었다. 그렇게 며칠이 지나자 서서히 소리가
돌아왔다. 집에 앉아 있으면 사람들이 손가락질하며 지
나가는 게 보였다. 사람들의 입술을 읽을 수는 없었지만,
무슨 말인지 알기는 어렵지 않았다. 그러고 차츰차츰 소
리가 돌아오기 시작했을 때, 그들이 하는 말이 전과 달라

져 있다는 걸 알았다.

"외지인들을 거두어 놓으니까 이런 우환이 생기지."

나를 향하던 말은 이제 외지인을 향하는 말로 바뀌었다. 수와 함께 떠난 줄 알았던 외지인이 신국 군사들과 함께 나타나 청년들을 전쟁터로 끌고 갔기 때문에? 하지만 그때는 사람들이 그를 원망하지 않았다. 모두가 군역을 지게 됐는데 나와 나루 아재만 빠졌다며, 우리 둘을 화척이라 수군거리며 멀리했을 뿐이다. 내가 태어난 곳이 여기 묏맡골인데, 어머니는 평생 묏맡골 사람들에게 감사하면서 살았는데, 어머니를 거둔 것이 잘못이라고? 나루 아재는 평생 쇳물에 화상을 입어 가면서 이 고장 농기구며 날붙이며 주발을 모두 만들었는데, 내가 아는 외지인 중에 이런 말을 들어도 좋을 사람이 있었던가. 그 말이, 내가 역귀라고 불리는 것보다도 더 아팠다.

"아이고, 수철아, 내 아들, 내 아들이 왜!"

수철 어머니가 오열하는 소리가 가까워졌다가 멀어졌다. 며칠 만인가 햇빛 아래 집 밖으로 나가자, 수레를 따라가며 오열하는 수철 어머니가 보였다. 수레 위에 사람이 있었다. 길게 늘어진 노끈과, 파리한 얼굴이 얼핏 보였다. 잘못 알아보기가 어려운, 아는 얼굴인데 믿을 수 없을 만큼 창백했다.

"네놈이, 네놈이 죽었어야 하는데! 네놈이 안 죽어서

내 아들이!"

수철 어머니가 나를 보더니 돌연 달려들었다. 사람들은 수철 어머니를 말리지 않았다. 나는 멱살을 잡힌 채로 캑캑거리며 수철 어머니를 보았다.

"그러게, 당골 될 사람을 탐내질 말았어야지, 몇이나 죽어야 이게 끝나나."

수레를 보고 지나가던 사람이 말하는 목소리가 들렸다.

"멀쩡하던 사람이 왜 목을 매."

"외지인이 악운을 가져왔단 소리에 그런 거 아냐? 수철이도 외지인이라고 한 사람들이 있었잖아."

"외지인이 가져온 악운이 외지인에게 갔네."

"누가 외지인이야! 내 아들이 왜 외지인이야!"

수철 어머니가 내 멱살을 풀더니 수레 쪽으로 달렸다. 길을 가는 사람들 중에 누가 말했는지 알 수도 없었다. 시치미를 떼는 사람들 앞에서 수철 어머니가 주저앉아 오열했다. 내가 아무 소리도 듣지 못하고 자다 깨다 하며 목숨을 이어 간 사이, 사람들의 말이 어떻게 바뀌었는지 알 듯했다. 나 하나를 공격하던 말이, 어느 순간부터 외지인 전체를 공격하는 말로 바뀌었구나. 나는 수철 형이 외지인이라는 걸 들은 적도 없었지만, 수철 형 역시 나처럼 어머니 뱃속에서 이 고장으로 들어왔거나, 혹은 수철 형 부모님이 마을로 들어와서 수철 형을 가졌나 보다. 모든 불행의 원인을 내게 돌리던 수철 형은 사람들의 비난이 갑자기 외지인 전체로 돌아갔을 때 당황했을까, 아니라고 부정했을까, 비난하는 사람들에게 반박했을까. 어렸을 때부터 현과 줄곧 얽히면서 결코 사이좋게 지낸 적은 없었지만, 그래도 이렇게 갑자기 나보다 먼저 세상을 뜰 거라고는 생각해 본 적도 없었다. 나는 아무것도 하지 못하고 문을 닫았다. 사람들이 혀를 차는 소리가 들렸다.

"삼인상이 다 뭐야. 삼인의 가호가 있었으면 저놈부터 먼저 데려갔겠지. 애꿎은 사람 몇이나 죽게 하지 말고."

"주발을 다 모으면, 집집마다 한 벌씩은 있으니까, 그걸로 뭐라도 만들 수 있지 않겠나?"

"다들 주발은 잘 숨겼으니까, 지금 제일 급한 게 쟁기지? 일궈야 할 밭이 한둘 아니니까, 한 번에 넓게 밭을 일굴 수 있도록 커다란 쟁기를 만드는 거야. 밭을 일구다가 부러진 나무 쟁기만 해도 벌써 몇인가."

"괜히 쟁기를 여러 개 만들면 내 몫이 언제 오나 다툼만 일 테니, 다 모아서 아주 큰 쟁기를 만들자고. 소 대여섯 마리가 모여서 끌 정도로 큰 쟁기로."

"주발은 쓰면 안 돼요! 그걸 어떻게 지킨 건데요! 주발 되돌리기도 하지 않고 다른 데 쓰면……!"

문을 벌컥 열고 뛰어나가자, 사람들이 나를 노려보았다.

"그래 집집마다 그 주발 지켜서 뭐가 됐냐, 삼인상이고 주발이고 삼인의 구고, 영험했으면 이 지경이 됐겠냐고!"

"거기, 다시 말해 보라. 뭘 지켰다고?"

멀리서 울리는 소리에 놀라 모두 그 방향을 보았다. 수철 형의 일에 마을 곳곳이 소란스러워도 말발굽 소리를 듣기 어려울 정도는 아니었으므로, 병사들이 들어오는 건 금세 알 수 있었다. 그런데 늘 말을 타고 들어왔던 월국 병사들이 활을 든 채, 사람들이 그 사실을 알리지 못하도록 위협하면서 마을을 뒤지고 있었던 거였다.

"아무것도 아닙니다, 쇠붙이가 없으니 단단한 나무로 쟁기를 만들어 보자고 말하던 참이었습니다요."

"바로 고하라. 누구 한 명 목숨을 잃어야 제대로 말하겠나? 집집마다 주발을 지켰다는 말을 분명히 들었는데? 주발에, 구가 있단 말을 똑똑히 들었다. 말하라, 거기 대장장이."

병사가 나를 보았다. 병사들의 칼이 사람들을 겨누었다. 여기서 내가 거짓을 말하면 병사는 바로 내 목숨을 앗아 갈 것이다. 어쩌면 다음 사람도 나처럼 비밀을 지킬지도 모르지만, 누군가는 목숨을 위해서 사실을 고할지 모른다. 내가 사실을 말하면, 사람들은 나를 더 원망할 것이다. 그래서? 더 원망할 방법이 있을까, 이미 여기서 나는 역귀인데. 현을 되찾지 못하고 마을 사람들을 지키기 위해서 목숨을 잃어야 할까.

"아뢰겠습니다. 그러니 저를, 영사 나리 부대로 데려가 주십시오. 저는 쇳물을 다룹니다. 쇠를 더 강하게 하는 법을 연구했습니다. 쓸모가 있으실 겁니다."

현을 되찾기 위해서, 나는 역귀가 되기로 했다.

농기구를 찾는 데 방 안까지 뒤질 필요는 없었지만, 숨겨 둔 주발을 찾는 데는 뒤지지 못할 곳이 없었다. 병사들은 집 안 구석구석, 반닫이나 뒤주 안쪽까지 샅샅이 뒤져 주발들을 찾아냈다. 내가 처음 만든 호미와 낫도 형석 형집에서 나왔다. 당골 어른의 사당과 너와집을 뒤지러 갔던 병사들은 다른 병사들을 더 불러서, 삼인의 구를 좌대째 부대로 옮겨 갔다. 아궁이 속에 있던 내 주발은 빼앗기지 않았다. 나는 남몰래 주발을 짐에 챙겨서 병사들과 함께 산에서 내려왔다.

무영삭의 부대까지 왔지만 현을 만나지는 못한 채, 나는 부대의 대장장이들과 함께 살게 됐다. '뚫지 못할 게 없는 무기'라고 해서 창을 만드는 줄 알았는데, 창이 아니라 금속판과 바퀴와 화포였다. 나루 아재에게 배운 건, 월국 대장장이들과 견주어도 모자라지 않았다. 찌그러짐에 강한 주물을 만들기 위해 쇳물을 어떻게 섞어야 하는지는 월국 사람들도 나루 아재만큼은 알지 못하는 듯했다. 뭘 만들기 위해서인지도 모르면서 쇠판을 만들고, 쇠판으로 상자를 짰다. 다른 사람들이 만들어 온 바퀴를 상자 옆에 끼웠다. 그제야 나는 사람들이 만드는 것이 쇠로 된 수레라는 걸 알았다. 지붕과 벽이 모두 막힌 거대한 금속 수레. 하지만 바퀴는 쇠 상자의 무게를 견디지 못했고 상자는 그대로 바닥이 꺼지며 일그러졌다.

"그만한 쇳물로는 솥 정도밖에 못 만들어요. 전체 구조를 알아야, 그에 걸맞은 쇳물을 만들죠."

내 말에 대장장이들은 쇳물 만드는 법을 물었다. 실패하더라도 녹여서 쇳물을 새로 만들면 될 테니, 내가 하는 말이 아무리 미심쩍어도 손해날 일은 아니라고 생각한 모양이었다. 나는 형태를 유지하지 못한 수레 모양을 추정해서 강도를 높인 쇳물을 만들고, 거푸집에 부어 가느다란 주물을 여럿 빚었다. 그러고는 여러 개를 꼬아서 굵은 구조를 만들었다. 그 위에 쇠로 만든 상자를 올리자, 이번에는 주저앉지 않았다.

"전체 구조를 알면 무게가 걸리는 부분을 다르게 만들수 있는데요."

"그렇지만 허락을 받기 전에는, 자네한테 그림을 보여주지 말라고 하셨어. 신국 사람이 우리 무기에 해코지하면 어쩌냐고. 뭐, 자네가 만든 배합이 더 강도가 높은 건알겠는데."

"대체 뭘 만드는 건데요? 쇠로 수레를 만들어 봤자 무거워서 말이 끌기 힘들 테고, 더 멀리 쏠 수 있는 화포를만드는 게 나을 것 같은데."

"전설의 수레를 만드실 거라는군. 옛날에 월국이 작은나라였을 때 여왕의 피를 받은 수레가 무엇에도 부서지지 않게 되어서, 여왕의 부대가 사악한 왕을 내쫓고 월국 땅을 넓혔다는 전설이 있거든. 이런 이야길 자네한테 해도 되나 모르겠네."

언젠가 들은 적이 있었다. 오래전 월국에는 여왕도, 여자 장수도 있었다고. 그 여왕의 피를 이은 장수가 있었다는 이야기인 모양이다. 어쩌면 저 영사 무영삭이, 여왕의 피를 이은 사람일 수도 있겠다. 그렇다면 그가 왜 전설의 무기를 만들려고 하는지 이해할 수 있다. 그렇다면, 그처럼 간절히 원하는 무기를 만들어 내면, 내 소원을 들어줄 수도 있을 거였다.

"내가 묏맡골에서 어떤 사람이었는지, 날 데려온 병사들에게 물어보세요. 설사 신국을 위해 할 수 있는 게 있다 해도, 나는 그렇게 하고 싶지 않네요."

그러고는 대장장이들에게 계속해서 내가 아는 걸 조금씩 보여 주었다. 하지만 배합하는 방법 전체를 알려 주지는 않았다. 며칠이 지나자, 병사 하나가 나를 대장간에서 불러냈다. 병사들이 지키고 있는, 조금 떨어진 곳의 초소에 들어서자 무영삭이 탁자를 앞에 둔 채로 서서 나를 쳐다보았다.

"네가 쇠로 수레를 만들 수 있다고?"

"사람을 태우는 쇠수레는 여기 사람들도 만들 수 있지요. 하나 만드시려는 건 쇠 상자가 올라가는, 화포를 실을 수 있는 수레겠지요. 무거운 쇠를 잔뜩 올려야 하니 중심축의 굵기도 모양도 재질도 달라야 합니다."

"그런 걸 너는 어디서 배웠지?"

"배우지 않았습니다. 스승님 가르치심에 더해 어깨너머로 배우며, 그보다 더 나은 걸 만들고 싶어서 혼자 궁리한 겁니다."

영사는 두루마리를 하나 탁자 위에 펼쳤다. 수레 그림이었다. 거대한 쇠로 된 상자에 바퀴가 달린 듯한 모양이었는데, 상자 앞에는 화포 둘과 거대한 창이 하나 달려 있고, 뒤로는 그보다 작은 화포가 둘 붙어 있었다. 상자 꼭대기, 지붕에 문이 달려 있어서 사람을 태우는 형태였다. 화포 넷을 쓸 수 있게 하려면 최소한 네 명은 탈 수 있어야 한다는 뜻이었다. 거기다 상자 앞에서 수레를 끄는 말 두 마리도 공격을 받지 않도록 쇠로 둘러싼 형태였다. 그 안의 구조는 그려져 있지 않아, 겉모습만으로 내부를 가늠해야 했다.

"이 수레를 만들 수 있나? 말의 움직임이 자유로워야 하고, 내부 사람은 화포를 쏠 수 있어야 해. 포탄을 실을 곳도 있어야겠지. 어떤 모양이 되어야 하겠나?"

무영삭은 종이를 하나 새로 펼치고는 내게 붓을 내밀었다. 나는 잠시 고민하다가, 붓을 들어 수레의 내부 구조를 그리기 시작했다. 옆과 뒤와 위에서 본 구조, 내부 형태를 모두 그린 뒤, 무영삭을 향해 형태를 설명했다. 사람이 타는 곳은 여기 다섯 곳. 말의 방향을 조종할 사람이 하나, 포탄과 창을 다룰 사람이 넷. 모두가 쏘려면 포탄

두는 곳은 가운데. 불시의 상황에 대비해서 앞과 뒤로 사람들 사이를 오갈 수 있게. 그런 설명을 묵묵히 듣더니 무영삭이 고개를 끄덕였다.

"사람 다섯이 타고 포가 넷, 창이 둘이야. 그 무게를 다 버틸 수레를 만들 수 있나?"

"만들 수 있습니다. 제가 말씀드리는 재료가 갖춰지고, 영사께서 제 소원을 들어주신다면."

"내가 동격진의 목을 칠 때, 널 데려가라고 했지. 너는 이미 여기에 있고. 이미 네 소원을 내가 들어줬는데, 내가 너한테 더 들어줘야 할 게 있나?"

"부대에 필요한 사람이 되라고 하셨습니다. 제가 그런 사람인 것 같습니다."

"벌벌 떨며 데려가라고 할 때보다는 좀 상대할 마음이 생기긴 하는군."

무영삭이 웃었다.

"좋아. 이건 우리 월국이, 자칭 신국을 복속시키려면 꼭 필요한 무기야. 이 땅에 전설로 내려오는 무기. 네가 이 무기를 만들고, 이 내가 전설대로 신성한 힘을 빌려 완성시킨다면, 네 소원을 들어주마. 말해 보아라."

"데려가신 이 중에 제 처가 있습니다. 현이라고 합니다. 다음 대 당골이 될 사람이라는 말을 들으셨을 겁니다. 수레가 완성되면 처와 제가 함께 이곳을 떠날 수 있게 해 주십시오."

무영삭이 나를 보았다. 다음 대 당골이 누구인지 분명히 알고 있는 듯한 표정이었다.

"그리하지. 그럼, 필요한 것이 뭐든 모두 말하게. 수레는 열두 대. 동시에 출발할 수 있도록 한꺼번에 완성하게. 알겠나?"

"필요한 것을 모두 말씀드리겠습니다. 열두 대의 수레가 완성되면 제 약속을 지켜 주십시오."

"물론이지. 더 원하는 게 있으면 수레가 완성되기 전에 언제든 말하게나."

무영삭이 웃었다. 어쩐지, 무영삭의 등 뒤에서 나루 아재가 인상을 찌푸리고 서 있는 게 보이는 것만 같았다.

삼인상

혼자 머무는 방이 생긴 뒤로, 나는 다시 삼인상을 차릴수 있었다. 매일 꿈에서 아내를 만났지만, 아내는 상을 차려 주지도 뭔가 말을 해 주지도 않았다. 아내는 내 머리맡에 앉아서 알아들을 수 없는 목소리로 한참을 말하다가, 내가 알아듣지 못해 되물으면 한숨을 쉬곤 조용히 자리에서 일어났다. 내가 놀라서 아내를 붙잡으면, 그 순간 정신이 현실로 돌아오며 꿈에서 깨어났다. 처음 우리가 함께 지내던 시절처럼 상을 차리고 날 향해 웃어 주던 꿈은 두 번 다시 꿀 수 없었다.

수레는 부분부분 가해지는 힘이 서로 달라 쇳물의 배합도 상이해야 했다. 한꺼번에 필요한 쇳물 양이 상당할뿐 아니라, 종류도 다양해서 부대에는 추가로 거대한 용광로가 만들어졌다. 대장장이와 병사들이 내 지시대로 용광로 형태를 만들고, 불의 온도를 맞췄다. 무게를 많이 받을 부분의 골조가 될 쇳물 만드는 용광로, 가벼운 강판이 될 쇳물을 제조할 용광로를 따로 만들었다. 월국 대장장이들은 수레 위에 올릴 화포와 창을 만들었다. 바퀴를 달지 않고 수레에 바로 올릴 화포 설계도 내가 새로 했다.

뒷맡골에서 가져온 것들 외에도 부대에는 다른 고장에서 징집해 온 것까지 상당한 양의 금속이 모여 있었다. 나는 쇳물 녹이는 화로를 더 크게 만들고, 풀무질을 하며 원하는 강도를 맞추어 갔다. 지붕과 벽은 무겁지 않게, 하지만 옆면은 공격을 막을 수 있도록 강하게. 이글거리는 불길 속으로 뒷맡골에서 가져온 삼인상의 주발들이 하나씩 들어갔다. 주발이 쇳물 안으로 들어갈 때마다 알 수 없는 소리가 들려왔다. 솜으로 귀를 틀어막았지만 소리를 막을 수 없었고, 나 외엔 누구도 듣지 못하는 듯했다. 불길 속으로 삼인의 구를, 수많은 그릇이 모인 구를 밀어 넣었다. 낮고 굵은 웅성거림이 들리는 듯하더니 비명 소리로 변했다. 나는 이 웅성거림을 어머니와 내 삼인상의 주발을 '주발 되돌리기'로 좌대 앞에 올렸을 때 들었다. 현에게서인지 당골 어른에게서 나는 건지 알 수 없었던 소리. 그때와 같지만 그때보다 훨씬 더 큰, 귀가 찢어질 듯한 울음소리.

나는 아무도 듣지 못하는 소리에 시달리면서도, 계속

해서 쇳물을 만들었다. 주발 되돌리기와 주발 내리기를 하면서, 당골 어른이 하란 대로, 마을의 풍습을 그대로 따르면서, 삼인상을 꼬박꼬박 차리면서, 묏맡골 사람으로 살고자 했는데. 묏맡골이 저더러 묏맡골 사람이 아니라고 합니다. 신국 장군의 한마디에 저를 화척이라고 멸시하더니, 가족도 가족 같은 사람도 모두 잃었는데 그게 다 제가 현을 원해서 일어난 일이라 합니다. 감히 묏맡골의 다음 대 당골을 좋아해서, 그 사람과 같이 살고도 죽지 않아서, 묏맡골에 흉액을 가져왔다고 합니다. 하지만 삼인님, 당골 어른이 모신 모든 신님, 정말 그게 잘못이라면 당골 어른은 왜 저와 현이 혼인하는 걸 막지 않으셨을까요. 당골 어른은 현이 있으면 괜찮을 거라고, 그렇게 말씀하셨는데. 어머니 유언을 따르지 않고 현과 혼인한 게 잘못이라면, 저를 그냥 데려가셨으면 될 일인데. 나는 그렇게 속으로 외치면 소리가 멎기라도 할 것처럼, 계속해서 그 비명과 맞서 싸웠다.

수레가 그림 형태에 조금씩 가까워질수록 나는 차츰 식욕을 잃어 갔다. 쇳물 앞에 있을 때도 쇳물을 거푸집에 부을 때도 소리는 사라지지 않아서, 사람들이 내게 하는 말도 거의 들리지 않을 정도였다. 나는 계속 되뇌었다. 이건 현을 위한 일이다. 내가 삼인상을 얼마나 열심히 차렸는데, 어머니가 당골 어른을 얼마나 극진하게 섬겼는데. 삼인께서 우릴 지켜 주셔야 했는데, 나는 현만 있으면 됐는데, 그러니까 이런 비명을 계속 듣더라도 나는 멈출 수 없다. 현을 되찾을 수 있다면 나는 무엇이든 할 수 있다.

"잘 먹고 있는 건가? 일이 고되면 다른 이들과 좀 나누게. 완성도 못 보고 쓰러질 것 같은 행색일세."

동료라고 생각한 적도 없는 대장장이들이 걱정스럽게 물었지만, 목소리 때문에 아무것도 먹을 수가 없다고 말할 수는 없었다. 그들은 자신들이 오랫동안 고민했던 것이 차츰 형태를 갖추어 가자 나를 점차 존중하는 듯했지만, 나는 그들과 어떤 대화도 나누고 싶지 않았다. 수레가 완성되면, 무영삭이 말한 대로 신령한 힘을 더한 뒤에, 나는 현을 되찾을 수 있다. 그때가 오면 나는 이 웅성대는 소리, 비명이 들리지 않는 곳으로, 신국과 월국이 맞선 전쟁터에서 아주 멀리 떨어진 곳으로 가리라. 그곳에서 현과 나는, 다시 삼인을 섬겨도 좋을 것이다. 현이 당골이 되길 바란다면, 그래도 좋다. 현이 당골로 살지 않겠다고 한다면, 그것도 좋을 것이다. 현과 함께 있을 수만 있다면.

열두 대의 수레를 모두 완성한 날, 무영삭은 무사히 움직이는 걸 확인하겠다며 말을 두 마리씩 수레 안쪽에 태우고 고정시켰다. 말 두 마리가 무릎까지 지붕으로 보호받은 채로 수레를 끌었다. 화포 무게만도 상당한데 말의 움직임에 따라 바퀴가 부드럽게 잘 움직였다. 무영삭은 말에 탄 채 열두 대의 수레와 부대를 이끌고 새로운 최전

선, 강가로 이동했다. 수레가 작동하는 걸 살피기 위해 나도 함께 나섰다. 강 너머에 주둔하고 있는 신국 부대가 보였다.

"마침내 하늘의 무기가 준비됐다! 이제 저 강 너머를 싹 쓸어 버리기만 하면 된다!"

무영삭이 외쳤다. 병사들이 크게 함성을 지르며 환호했다. 수레에 탄 병사들의 함성이 수레 밖으로 울리며 퍼졌다. 무영삭은 신성한 힘을 빌려 수레를 완성한다고 했는데, 무영삭이 한 건 수레와 병사들을 강변까지 이동하게 한 것밖에 없다. 신성한 힘이라는 게, 저렇게 사기 북돋는 말을 하는 걸 가리키는 걸까.

"제물들이 도착했습니다!"

다른 방향에서 말발굽 소리가 들렸다. 나는 우리가 온 방향에서 조금 빗겨 난 쪽으로 나무 수레를 끌고 오는 말을 보았다. 거기에는 새하얀 옷을 입은 여자들이, 손이 뒤로 묶인 채로 타고 있었다. 뒷맡골에서 끌려간 사람들이었다. 흰 구름보다도 더 새하얀 옷, 상달고사나 제례 때 보았던 너울처럼 하늘거리는 흰옷이었다.

"영사 나리! 저기 제 처가 있습니다. 이제 제 처를 돌려주십시오!"

내가 외쳤다. 무영삭이 말 위에서 나를 내려다보았다.

"전차는 아직 완성되지 않았지. 내가 말했잖나. 신성한 힘을 더할 거라고. 뭐 하느냐! 제물을 내려라. 전차 선두에 제물을 올려라!"

여자들이 수레에서 끌려 내려왔다. 현이 나를 보고, 쇠로 만든 수레, 전차를 보고 울부짖었다. 전차를 만드는 동안 꿈에서 보았던 얼굴이, 꿈에서 보았던 입 모양으로 울부짖으면서 소리쳤다. 그제야 현이 하려던 말이 무엇이었는지 알아들을 수 있었다.

삼인을 노하게 하면 안 돼, 삼인의 주발을 빼앗으면 안 돼.

"제물을 전차에 올려라! 목을 베어라! 그 피가 전차를 덮게 하라! 비로소 전설이 이루어지는 날이다!"

무영삭이 말했다. 여왕의 피를 받은 수레는 그 무엇으로도 깨지 못한다고 했다. 묏맡골에서 데려온 여자들에 대해, 산 아래 고장 사람들이 뭐라 말했던가. 성스러운 산의 기운을 받은 신녀들이라고. 새로 만든 무기에 신녀들의 힘이 필요하다고, 제사를 위해서 데려온 사람들이라고. 월국과 신국의 국경은 수십 번 바뀌었다. 묏맡골은 신국 땅이었지만, 여왕이 있던 그때도 그랬을까. 무영삭은 어째서 유독, 묏맡골에서만 여자들을 데려온 건가.

아내 현과 연이 선두에서 전차 가까이 끌려가는 것이 보였다. 나는 뛰어나가며 외쳤다.

"안 됩니다! 약속하셨잖습니까! 제가 수레를 만들었습니다! 약속을 지키십시오!"

"막아라! 신성한 의식을 망치게 하지 마라!"

무영삭의 목소리가 들렸다. 수없이 많은 바람 소리가 들렸다. 바람을 가르며 뭔가 내게로 날아온다고 느낀 것도 잠시, 등 뒤로 충격이 몰려들었다. 격통, 또 격통.

현을 부르려 했다. 하지만 소리 대신 울컥, 핏물이 목에서 솟구쳤다. 현이 나를 보았다. 현이 울부짖었다. 현아, 네가 하는 말을, 듣지 못했어. 너는 매일 내게 와서 말했는데 그 목소리가 들리지 않았어. 나는 아내에게 달려가려 했지만 다리가 움직이지 않는다. 시선이 낮아지며 털썩, 나는 그 자리에 쓰러졌다.

"하늘니임!"

현이 외쳤다. 순간 귀를 찢을 듯한 금속음이 공기를 울렸다. 수레가, 전차가 삐걱대기 시작하는 소리였다. 열두 대의 수레가 모두 종잇장처럼 구겨지며, 안쪽에서 병사의 비명이 들렸다. 말을 덮고 있던 틀이 먼저 벗겨지면서, 말을 고정한 조임쇠가 끊어졌다. 말이 수레에서 달아나 멀리 도망쳤다. 화포였던 것이 휘어지며 뭉쳐졌다. 어느새 비명이 끊어지더니 끼이이익 이상한 소리가 이어지며 안쪽에서 핏덩어리와 알 수 없는 덩어리들이 투두둑 아래로 떨어지고, 수레가 각각 하나의 덩어리로 뭉쳐졌다.

"장군님, 영사님! 어, 어떻게 합니까?"

수레에 타지 않았던 병사들이 갈팡질팡했다. 동료였던 이들이 눈앞에서 핏덩어리로 변하는 것을 보면서도, 그들이 할 수 있는 건 아무것도 없었다.

열두 개의 금속 덩어리가 공중으로 떠올랐다. 나는 그 구슬이 삼인의 구를 닮았다고 생각했다. 주발 되돌리기로 받은 그릇들이 모두 이음새를 남겼던 구와는 다르게, 햇빛을 받은 삼인의 구처럼 반질반질하게 빛나는 모양이었지만.

다시 금속음이 들렸다. 열두 개의 금속 구슬이 또다시 형체를 바꾸고 있었다. 커다란 구는 수많은 날붙이로 바뀌었다. 예리하게 날이 빛나는 칼 수십, 수백 자루가 생명을 가진 듯이 사방으로 흩어져서 사람들을 공격했다. 손이 묶인 묏맡골의 여자들은 도망치지도 못하고 모여서 최대한 몸을 웅크렸다.

"아악, 오지 마!"

"방어하라! 방패를 들어라! 창을 써라! 생명 없는 마물이다! 막으란 말이다!"

무영삭이 외쳤다.

"엄호하라! 날 지켜라! 도망치는 자들은 모두 역적이다!"

무영삭이 거듭해서 소리쳤다. 창과 활을 쓰던 측근들이 무영삭을 엄호하며 날아오는 날붙이를 쳐 냈지만, 그 수가 너무 많았다. 무영삭이 탄 말에 날붙이가 스치자, 놀란 말이 무영삭을 떨어뜨리고는 멀리 도망쳐 버렸다. 측근들 역시 말을 잃고 땅에 떨어지면서 날의 공격을 받거나, 몸을 일으키다가 칼에 맞아 쓰러졌다. 혼자서 겨우 다치지 않고 중심을 잡은 무영삭은 바닥에 떨어진 방패를 들어 올려 겨우 방어하며 주변을 살피기 시작했다. 여기저기서 병사들이 쓰러지는 게 보였다. 수많은 날붙이가 날아다니는데, 묏맡골 여자들을 공격하는 건 단 하나도 없었다. 무영삭이 두리번거리더니 방패로 날붙이를 막으며 한 여자의 팔을 잡아끌었다. 민석의 처, 채우의 누이, 마을에서 가장 곱다고 불렸던 미희였다. 무영삭은 미희의 몸을 앞 방패막이 삼고 방패로 뒤를 막으며 강변 반대쪽으로 도망치기 시작했다. 산에서 내려온 내게 밥을 차려 주던, 내게 무영삭의 위치를 알려 주었던 이 고장의 끝, 그 산 입구까지 도망치면, 산에 무성한 나무들 앞에서는 날붙이도 힘을 쓸 수 없을 거라고 생각한 듯했다.

　무영삭이 마을의 경계에 닿았다. 숲속까지 한 발짝 남겨 둔 순간, 수백 개로 나뉘어 있던 날붙이들이 순식간에 하나로 뭉쳤다. 무영삭이 뒷걸음치며 숲속으로 발을 내디딜 때, 무영삭의 앞을 막고 있던 미희가 휘청, 발을 헛디디며 주저앉았다. 한쪽 팔로는 미희를 지탱할 수 없어서 무영삭이 방패와 함께 뒤로 돌아서려는 순간, 하나로 뭉친 황금색 금속이 거대한 창이 되어 무영삭을 꿰뚫었다. 무영삭의 몸에서 피가 솟구쳤다. 그의 사슬 갑옷을 통째로 꿰뚫은 창 양 끝이 꽃잎처럼 활짝 펼쳐지더니 무영삭의 몸을 거대한 꽃송이처럼 뒤덮었다. 다음 순간, 꽃송이가 수천, 수만 장 꽃잎으로 터져 나갔다. 핏덩어리가, 살덩이가, 갑옷의 잔해가 후두둑 바닥으로 떨어져 내렸다.

나는 흐린 눈으로, 꽃잎이 여자들의 팔에 묶인 끈을 끊어 내고, 조금씩 뭉쳐지면서 다시 수백 벌 넘는 주발로 변하는 모습을 보았다. 갑자기 시야가 맑아지면서 시선이 높아졌다. 나는 수많은 주발이 어딘가로 날아가는 것을 보았다. 주발을 받아 드는 건, 흐릿한 형체의 존재들이었다. 아주 오래전에 본 적 있는 얼굴도 있었다. 내가 세 살 때 돌아가신 은매 할머니 그리고 내가 열 살 때 돌아가신 은매 할아버지. 은매가 열병으로 세상을 뜨자, 백중날에 함께 제를 올렸던 분들. 그리고 어떤 사람은 신국의 옷이 아니라 월국의 옷을 입고 있기도 했다. 묏맡골이 월국이었을 적과 신국이었을 때 세상을 뜬 사람들이 자신의 주발을 받아 가슴에 소중하게 품었다. 그리고 거기에 수가 있었다. 마을에서 갑자기 사라졌던 수가, 곱게 머리를 땋아 내린 수가 언제나처럼 조용히 웃으며 주발을 소중히 받아 가슴에 품었다. 내게 보일 리 없는 사람들이 보이는 것도, 내 시선이 이렇게 높은 것도 이상하게 느껴지지 않는 것이 의아했다.

　아래를 내려다보자, 쓰러진 내 몸이 보였다. 고개를 돌리지 않아도 현이 보였다. 현이 나를 보며 울고 있었다. 쓰러진 내 몸이 아니라, 그 몸을 디디고 선, 현을 보고 있는 나를 올려다보고 있었다. 연이 현의 어깨를 감싸며 위로하고 있었다. 하지만 연은, 현이 보고 있는 게 무엇인지는 볼 수 없을 터였다. 나는 현의 표정을 기억하고 있었다. 그날, 어머니가 돌아가셨던 날, 현은 울면서 나를, 내 뒤를 보면서 저런 표정을 하고 있었다. 내가 주발을, 삼인의 구를 용광로에 넣어 녹일 때, 내 귀가 터져 나갈 것 같던 비명을 들었을 때, 나는 그제야 삼인의 구가 무엇인지 들을 수 있었다. 현은 그보다 훨씬 전부터 보고, 듣고 있었을 것이다. 내가 비명에 잠을 설치며 아무것도 먹지 못할 때, 현은 멀리서도 그 소리를 들었을 것이다. 그걸 이제 소리 내어 사과할 수 없다는 것이 안타까웠다.

현이 나를 보고, 손으로 배를 받쳤다. 아내의 흰옷 안에, 아내의 배에 동그랗게 웅크린 어린 소녀가 보였다. 처음 만났을 때의 현과 꼭 닮은 소녀였다. 현은 곧 새 가족을 맞을 것이다. 그 아이가 제 밥그릇을 받을 수 있는 나이가 되면, 현은 삼인상을 차릴 것이다. 그때는, 나도 다시 현이 차린 상을 받을 수 있을 것이다. 주발을 받아 든, 흐릿한 사람들이 모여 있는 곳으로 걸어갔다. 수가 나를 향해 웃었다. 나와 현의 연은 짧았지만 길 것이다. 이제야 그 뜻을 알 수 있었다.

매미가 올 때

신진오

1

나는 가끔, 정말로 내가 운전을 하고 있는지 의심스러울 때가 있다.

지금처럼 장시간 운전대를 잡고 있으면, 어느 순간 불쑥 그런 생각이 들곤 한다. 아마도 내가 운전에 그만큼 익숙해진 까닭일 것이다. 무의식적으로 무언가를 할 수 있으면, 이미 그 일에 통달했다는 뜻일 테니까. 다만, 운전에서는 그런 안일함이 때론 독이 되기도 한다.

"오빠, 그거 알아? 매미는 자기가 내는 울음소리를 들을 수 없대."

보조석에만 앉으면, 승희는 평소보다 말이 더 많아진다. 아마도 자기 딴엔 그게 보조석에 앉은 사람의 도리라고 생각하는 모양이다. 덕분에 나는 운전하는 내내 심심

할 겨를이 없다.

"소음으로 우리를 실컷 괴롭혀 놓고, 정작 자기들은 아무렇지도 않다니. 악마네."

"악마라니. 다 이유가 있어서 그러는 거야. 걔네도 짝짓기는 해야 하잖아. 그렇게라도 울지 않으면 만나러 와 주질 않는다고."

"그거, 매미 입장에서 하는 말이야?"

"매미도 사랑할 권리는 있으니까."

진지하게 말하는 승희를 괜히 놀리고 싶어서, 우스갯소리로 '매미 대변인'이라고 말했다가 한 대 맞을 뻔했다. 승희는 조금만 놀려도 반응이 커서, 놀리는 맛이 있다.

사실 나는 매미 소리를 싫어하지 않는다. 그 소리를 들으면 오히려 마음이 편안해져서 때론 asmr처럼 느껴지기도 한다.

차 안에서의 수다는 끊임없이 이어졌다. 승희는 수다 떠는 것을 아주 좋아한다. 반면, 나는 말수가 적은 편이다. 누군가 말을 시키지 않으면 온종일 한마디도 안 할 때도 있다. 하지만 승희와 결혼한 뒤로, 이런 나의 태도가 많이 달라졌다. 조금은 유해졌다고 할까. 아내만큼은 아니지만, 지금은 그래도 가끔 상대방에게 내가 먼저 말을 걸기도 한다.

"오빠, 소미 말이야. 걔 너무 귀엽지 않아? 어쩜 그렇게 인사성이 밝은지, 만날 때마다 깍듯이 인사하는데 너무 귀여워 죽겠어! 저번엔 엄마가 해 줬다며 자기 머리 땋은 거 막 자랑하는데…….”

“소미? 걔가 누군데?”

“몰라? 몇 달 전에 윗집으로 이사 온 애잖아. 오빠도 같이 봤으면서.”

“아, 걔!”

승희는 어떻게 그런 귀여운 아이를 잊어버릴 수 있느냐며 힐난하는 눈빛으로 흘겨보았다. 솔직히 남의 집 아이 이름 따위, 별로 기억하고 싶지 않았다. 승희는 저렇게 좋아하지만, 나는 그 애가 혹시라도 자기 집 거실을 운동장 삼아 뛰어다닐까 봐 걱정했다. 다행히 아직 그런 일은 없었지만.

“그렇게 예쁜 딸을 낳아서 얼마나 좋을까? 그치?”

“어…….”

동의를 구하듯 바라보는 승희에게 나는 일부러 눈길을 주지 않았다. 느낌이 쎄한 게, 아무래도 아기 얘기를 꺼내려고 일부러 윗집 아이 얘길 꺼낸 듯했기 때문이다. 아기 얘기만 나오면 우리의 대화는 금세 얼어붙고 만다. 나는 예나 지금이나 2세에 대한 미련이 없다. 넉넉하지 않은 형편에 아기를 갖는 것도 싫었고, 또 남들보다 잘 키울 자신도 없다.

승희도 결혼 전엔 나와 같은 생각이었는데, 언제부턴가 아기를 갖고 싶다는 쪽으로 돌아섰다. 그때부터 틈만

나면 아기 얘기를 꺼내곤 해서 나를 불편하게 했다.

"말이 나와서 얘긴데, 우리도 아기를 낳으면 소미처럼 귀여울 거야. 오빠랑 나랑 반반씩만 닮아도……. 아니지, 나를 7, 오빠를 3 닮는 게 낫겠다. 내 유전자가 더 우월하니까."

저 말이 농담만은 아니라는 것을 나도 안다. 그래서 나는 아무런 대꾸도 하지 않았다. 그게 불만이었는지 승희는 잠시 나를 빤히 바라보다가 다시 고개를 돌렸다.

"우리 점심 뭐 먹을까? 먹고 싶은 거 생각해 뒀어?"

나는 눈치껏 화제를 돌렸다. 여행 첫날부터 기분을 망치고 싶지 않았다.

"우리끼리만 사는 거……, 언젠간 질릴 거야."

하지만 승희는 멈출 생각이 없는 모양이다.

"다른 사람들도 다 똑같아. 그래도 그냥 사는 거야."

"그 사람들은 자식이 있겠지."

"없어도 다 잘 살아. 적적하면 반려동물을 키우면 되고."

"그거하곤 달라. 반려동물이 줄 수 없는 것도 있어. 난……."

"하늘이 왜 이러지? 오늘 비 온다곤 안 했는데, 날이 좀 어둡네."

이러기 싫었지만, 어쩔 수 없이 승희의 말을 자를 수밖에 없었다. 안 그러면 숙소에 도착할 때까지 싸울 게 뻔하다. 승희는 아까부터 굳은 얼굴로 입을 다물고 있었다. 기분이 풀릴 때까지 잠시 내버려 두기로 했다. 숙소까진 아직 한 시간 넘게 남았으니, 그때까진 풀리지 않을까 싶었다.

하지만 내 예상은 완전히 빗나가고 말았다.

얼마 후, 나는 뒤집힌 차 안에서 피 흘리는 승희의 얼굴을 보게 되었다.

2

간신히 정신을 차렸을 때는 이미 모든 상황이 끝난 뒤였다. 가장 먼저 눈에 들어온 건 거미줄처럼 깨진 앞 유리와 그 너머로 보이는 시커먼 나무 한 그루 그리고 그 사이에 낀 채 쪼그라든 에어백이었다. 순간 나는 내 몸이 무중력 상태로 허공에 떠 있는 게 아닐까, 하는 착각이 들었다. 팔을 머리 위로 축 늘어뜨린 채 발이 바닥에 닿지 않았기 때문이다.

나는 그 상태로 고개를 돌려 옆을 보았다. 승희도 나와 마찬가지로 두 팔을 늘어뜨린 채, 안전띠에 걸려 거꾸로 매달려 있었다.

"승희야……."

이름을 불러도 대답이 없다. 이마에서 피가 뚝뚝 떨어

지는 게 보였다. 덜컥 겁이 났다. 손을 뻗어 승희의 몸을 만져 봤지만, 여전히 반응이 없다. 나는 내 몸을 붙잡고 있는 안전띠를 풀고서 차 밖으로 빠져나왔다. 몸을 일으키자, 온몸이 두들겨 맞은 것처럼 아팠다. 차는 도로 옆 비탈길에 멈춰 있었다. 나무가 아니었으면 아마 저 아래까지 굴러떨어졌을 거다. 생각만 해도 등골이 오싹했다.

차 반대쪽으로 돌아가서 보조석 문을 열었다. 그런 다음 안전띠를 풀고서 승희를 차 밖으로 끄집어냈다.

"으으……."

그제야 승희도 정신이 돌아오는 모양이었다.

나는 승희를 부축해서 비탈길을 걸어 올라갔다. 시간이 얼마나 지났는지 몰라도 주변이 꽤 어둑어둑했다. 차 밖으로 나오면서 휴대폰을 챙겨 오긴 했지만, 시간을 확인할 겨를은 없었다. 일단 여길 벗어나 아내를 안전한 곳까지 데려간 후, 119에 도움을 청할 생각이었다.

하지만 도로에 가까워지면서 점점 이상한 기분이 들기 시작했다. 그 이유는 안개 때문이다. 이 안개가 어딘지 좀 이상했다. 보통 안개처럼 희뿌연 색이 아니라, 짙은 회색을 띠고 있었기 때문이다. 나는 이런 안개를 한 번도 본 적이 없다. 안개라기보다는 회색 분진에 더 가까운 느낌이다.

도로 위로 올라오자, 아예 주변이 잘 보이지 않을 정도로 회색 안개가 짙게 깔려 있었다. 그래서 그런지 도로 위는 귀기가 서린 듯 음산함마저 감돈다.

승희는 이제 정신이 거의 돌아온 모양이었다.

"이제 됐어. 안 잡아 줘도 돼."

승희는 내게서 몸을 떼며 말했다.

"무리하지 마. 너 조금 전까지 기절했었어."

"괜찮대도. 그보다 여기 왜 이래? 아까는 안 이랬잖아."

"모르겠어. 그 사이 날씨가 안 좋아진 건지……."

"보통 안개는 아닌 것 같은데."

"황사 같지도 않고. 대체 뭐지?"

"왠지 무섭다. 아……!"

승희는 오른손으로 머리를 누르며 얼굴을 찌푸렸다.
오른쪽 머리에서 여전히 조금씩 피가 흘러내리고 있었
다. 나는 그녀의 손을 내리게 하고서 상처를 확인했다. 찢
어진 부위는 그리 크지 않았지만, 그 부근에 제법 큰 혹이
생겼다. 내가 그곳을 살짝 만졌을 뿐인데도, 승희는 몹시
고통스러워했다. 아무래도, 사고가 났을 때 옆 유리에 머
리를 부딪힌 모양이다. 겉으로 봐선 그리 심각해 보이진
않았지만, 부위가 머리인 만큼 빨리 치료를 받는 게 좋을
듯했다.

나는 곧바로 119에 전화를 걸려고 바지 주머니에서 휴
대폰을 꺼냈다. 한데 이상하게도 휴대폰 전원이 꺼져 있
었다. 배터리가 다 됐을 리는 없다. 다시 부팅을 시도해
보았지만, 휴대폰은 켜지지 않는다. 당황하는 내 모습을

옆에서 본 승희가 왜 그러냐고 물었다. 나는 휴대폰이 켜지지 않는다고 대답했다. 그러자 승희가 자신의 휴대폰을 꺼냈다. 한데 승희 것도 전원이 꺼져 있었다. 마찬가지로 부팅이 되지 않는다.

"어?! 뭐야? 왜 그러지? 둘 다 안 될 리는 없잖아."

"그러게."

내 휴대폰은 충전 중이었는데, 사고가 난 후에는 차 지붕 위에 떨어져 있었다. 백번 양보해서 그때 충격으로 고장 났다고 하더라도, 승희의 휴대폰까지 작동이 안 되는 건 이해하기 어려운 일이다. 승희는 휴대폰을 계속 재킷 주머니에 넣어 두었기 때문이다. 그러니 똑같이 고장 난다는 건 말이 되지 않는다.

"어떡하지?"

승희는 걱정스러운 눈빛으로 나를 보며 말했다.

정말이지 난감하기 짝이 없었다. 어떻게 이런 일이 한꺼번에 일어날 수 있는지 도무지 이해할 수 없었다. 하지만 지금은 그런 걸 따지고 있을 때가 아니다.

"여기서 지나가는 차를 기다리든가, 아니면 마을이 있는 곳까지 걸어가 보는 수밖에 없을 것 같아."

"마을이 어디 있는 줄 알고?"

"도로를 따라 걷다 보면 나오지 않을까?"

승희는 잠시 고민하더니 이곳에서 기다리자는 쪽을 택했다. 나 또한 같은 생각이었다. 승희가 머리를 다치기도 했고, 이렇게 짙은 안개 속에서 도로를 따라 걷는 건 아무래도 위험하다는 생각이 들어서였다.

하지만 우리는 그 선택을 얼마 못 가서 바꿔야만 했다.

갑자기 승희가 펄쩍 뛰며 비명을 질러 댔다. 무엇을 보고 놀랐는지, 하얗게 질린 얼굴을 한 채 손가락으로 자기 발밑을 가리켰다.

"왜 그래?"

"저기……! 저기 좀 봐 봐! 이상한 게 있어!"

"이상한 거?"

회색 안개 때문에 땅바닥조차 잘 보이지 않아서, 하는 수 없이 쪼그려 앉은 채 그곳을 유심히 살펴보아야 했다. 승희가 가리킨 곳엔 웬 버섯들이 피어 있었다. 크기로 봐선 송이버섯 정도 돼 보였다. 이런 버섯이 도로 갓길에 피어 있는 게 좀 이상하긴 했지만, 그렇다고 비명을 지를 정도는 아니었으므로 나는 그때까지도 승희가 왜 그렇게 놀란 건지 이해할 수 없었다.

하지만 곧 그 이유를 알게 됐다.

갓 부분에 동그란 돌기 같은 것들이 여러 개 나 있었다. 처음엔 그것이 버섯의 독특한 외형인가 보다 생각했다. 한데, 그것이 움직이는 것을 보고 나서야 생각이 바뀌었다. 좀 더 정확히 말하면, 그것들이 나를 보고 있었다. 버섯의 갓 부분에 난 동그란 돌기들은, 사실 눈이었다. 흰자와 검은자가 선명한, 마치 사람의 것처럼 생긴 눈이었다.

나는 너무 놀라 자리에서 벌떡 일어나 뒷걸음질 쳤다.
그러자 승희가,

"오빠도 봤지? 그거 눈 맞지?"

라며 떨리는 목소리로 내게 물었다. 나는 그저 고개를 끄
덕일 수밖에 없었다.

"끼야아아아악—!"

그때, 갑자기 어디선가 들려온 섬뜩한 비명에 우리는
놀란 얼굴로 서로를 마주 보았다.

"뭐야? 방금 그 소린?!"

승희가 눈을 동그랗게 뜬 채 나를 올려다보며 말했다.

나는 재빨리 주변을 둘러보았다. 짙은 회색 안개 너머
에서 뭔가 불길한 것이 떠돌고 있는 듯한, 기분 나쁜 상상
이 떠올랐다.

과연 이대로 여기 있어도 괜찮은 걸까? 정말 다른 차가
지나가기는 하는 걸까?

아니, 그보다⋯⋯, 여긴 대체 어디인 거지?

승희는 불안한 듯 내 옆에 꼭 붙어 서서, 큰 눈동자를
이리저리 굴리고 있었다. 그 두려움이 나에게까지 전해
져 왔다. 나는 도저히 참을 수 없어서 승희의 팔을 붙잡고
말했다.

"가자. 여기 있으면 안 될 것 같아."

승희는 이유도 묻지 않고 나를 올려다보며 고개를 끄
덕였다. 아마 본능적으로 직감한 모양이다. 뭔가 알 수 없

는 위험이 다가오고 있다는 것을.

◇◇◇◇◇

우리는 도로를 따라 걸었다. 처음엔 어느 방향으로 갈지 고민했다. 왔던 길로 되돌아갈지, 아니면 계속 가던 방향으로 갈지. 내 기억으론 여길 지나오면서 한동안 민가를 보지 못했던 듯싶다. 그러니 되돌아간다면 한참을 걸어야 한다는 뜻이다. 게다가 아까부터 그쪽에서 비명이 들려오는 것 같아서 더더욱 되돌아가는 건 꺼려졌다.

안개 속에선 여전히 섬뜩한 비명이 울리고 있었다. 처음엔 사람이 내는 소리라고 생각했는데, 이제는 짐승 소리처럼도 들린다. 정말 모르겠다. 이런 소리는 난생처음 들어 본다. 차라리 산짐승 소리라면 이보다 무섭진 않을 것이다.

소리는 조금 사이를 두고 계속 이어졌다. 참다못한 승희가 몸을 움츠리며 멈춰 섰다.

"무서워, 오빠."

"괜찮아. 내가 옆에 있잖아. 그냥 조용히 하고 계속 걸으면 돼. 그러면 아무 일도 없을 거야."

나는 무서운 걸 티 내지 않으려고 일부러 태연한 척 말했다.

우리는 다시 걷기 시작했고, 승희는 내 옆에 찰싹 붙은 채로 움직였다. 얼마쯤 가자, 소리는 사라졌지만, 그렇다고 두려움까지 사라진 건 아니었다.

"가다 보면 마을이 나오겠지? 꼭 나와야 할 텐데."

승희는 불안한 목소리로 혼자 중얼거렸다.

다행히도 승희 머리의 출혈은 이제 멎었다. 머리에 난 혹은 그대로였지만, 그건 병원에 가면 어떻게든 치료할 수 있을 듯 보였다. 문제는 오늘 중으로 갈 수 있느냐 하는 점이다. 아무리 걸어도 마을은커녕 작은 민가조차 나타나지 않았다. 가뜩이나 회색 안개 때문에 앞이 잘 보이지 않는데, 도로 양옆으로 산과 숲이 에워싸고 있어서 우리가 지나온 길에 마을이 있었다고 한들 알아볼 수 없었을 것이다.

그렇다고 숲을 가로질러 가자니, 그건 또 너무 위험할 듯했다. 이대로 가다 보면 언젠가 숲이 끝나는 지점이 나타날 테니까, 그걸 믿고 계속 가 보는 수밖에 없었다. 휴대폰만 고장 나지 않았어도 이처럼 미련한 짓은 하지 않아도 될 텐데, 하는 분함이 머릿속에서 떠나지 않았다.

"근데 우리 왜 사고가 난 거야? 난 기억이 안 나."

걷는 걸 힘들어하던 승희가 10분 만에 입을 열었다. 그러고 보니 정작 사고에 대한 얘긴 한마디도 하지 않았다. 그도 그럴 게, 나도 사고 당시의 상황이 전혀 기억나지 않았다. 이상할 정도로, 사고 직전의 기억만 쏙 빠져 있었다.

"나도 모르겠어. 눈 떠 보니까 이렇게 돼 있었어."

"오빠가 운전했잖아. 그런데 기억이 안 난다고?"

"나도 그게 이상한데, 아무리 떠올려 보려 해도 기억이 안 나. 마치 기억상실에라도 걸린 것처럼."

"아, 난 내가 머리를 다쳐서 그런 줄 알았지. 근데 오빠도 그렇다고 하니까 이상하네. 어떻게 그럴 수 있지? 둘 다 똑같이 기억이 안 난다니. 이게 말이 돼?"

"휴대폰도 똑같이 고장 났잖아."

"그러니까! 너무 이상해. 게다가 회색 안개에 이상한 버섯까지. 내가 지금 꿈을 꾸는 건가 싶다니까."

'혹시 우리, 이상한 길로 잘못 들어선 건 아닐까?'

나는 아까부터 줄곧 머릿속을 맴돌던 생각을 말하려다가 그만두었다. 괜히 승희를 더 불안하게 만들고 싶지 않았다. 게다가 그 말을 입 밖으로 꺼내는 순간, 정말로 현실이 되어 버릴 듯해서 두렵기도 했다. 뭐라 설명할 순 없지만, 왠지 그런 느낌이 강하게 들었다.

"오빠, 저기 봐! 저거 사람 아냐?"

갑자기 승희가 손가락으로 앞을 가리키며 말했다.

승희 말대로 저 앞에 어렴풋이 사람 형상이 보였다. 승희는 이제 살았다는 듯 손을 흔들며, 다가오는 사람을 향해 도움을 청하려고 했다. 하지만 나는 어쩐지 기분이 찜찜해서 그냥 지켜보고만 있었다. 그 사람은 왠지 걸음걸이도 이상해 보였다. 길을 따라 똑바로 걸어오는 게 아니라, 마치 술에 취한 듯 비틀거리며 도로 중앙으로 주춤주

춤 걸어오고 있었다.

나는 급하게 승희의 팔을 내리게 한 후, 조용히 하라고 말했다. 승희는 왜 그러냐는 눈빛으로 나를 쳐다보았다.

"이렇게 안개가 심하게 낀 날에 도로를 걷는다고? 좀 이상하지 않아?"

"시골 사람이잖아. 이 근처에 살면 그럴 수도 있지, 뭐."

승희는 별로 대수롭지 않아 했다.

"저 봐. 걸음걸이도 이상해."

"약주 한잔하셨나 보지. 오빠, 우리는 그냥 휴대폰만 빌리면 돼. 저 사람이 술을 마셨든 말든 무슨 상관이야. 안 그래?"

"알았어. 대신, 내가 먼저 가서 확인해 볼게. 넌 여기서 잠깐 기다려."

"후우—, 오빠 걱정이 너무 많아."

나는 승희를 남겨 둔 채, 다가오는 사람을 향해 빠른 걸음으로 다가갔다.

어쩌면 그녀 말대로 이곳 주민일지도 모른다. 하지만 지금까지 겪은 이상한 일들을 돌이켜보면 조심해서 나쁠 건 없다.

빌어먹을 안개 때문에, 그 사람과의 거리가 30미터 정도로 가까워졌는데도 여전히 얼굴이며 생김새를 알아볼 수가 없었다. 다만, 전체적인 외형으로 보아 여자인 것만 추측할 수 있었다. 여자는 내 존재를 알아차리지 못한 건지, 아니면 술에 취해서 아예 신경조차 쓰지 않는 건지, 여전히 갈지자걸음으로 이쪽을 향해 다가왔다. 나는 먼저 말을 걸까 하다가 그만두었다. 얼굴이 확실히 보이면 그때 말을 거는 게 낫겠다 싶어서였다.

여자가 10미터 이내로 들어서자, 서서히 모습이 드러나기 시작했다. 한데 그 생김새가 어쩐지 좀 이상했다. 몇 걸음 더 가까이 다가가면 확실히 알 수 있을 듯했다.

마침내 회색 안개 사이로 여자의 실체가 드러났다. 순간, 나는 곧바로 숨을 삼켰다. 여자는 실오라기 하나 걸치지 않은 알몸이었다. 하지만 그건 중요치 않았다. 정작 나를 충격에 빠뜨린 건 여자의 나체가 아닌, 기괴한 몰골이었기 때문이다.

그녀의 얼굴은 거의 형체를 알아볼 수 없을 만큼 무언가로 뒤덮여 있었다. 그것은 손바닥만 한 버섯들이었다. 마치 나무에 기생한 것처럼 수십 송이의 버섯들이 그녀의 얼굴과 상반신에 잔뜩 붙어 있었다.

그 충격적인 모습에 경악한 나는, 이성적인 사고가 마비된 채 자꾸만 뒷걸음질 쳤다. 괴물이다. 이건 그냥 괴물이라고밖에 달리 표현할 말이 없었다.

그러다 번뜩 승희가 떠올랐다. 그녀에게 이쪽으로 오지 말라고 말해 줘야 한다. 나는 고개를 돌려 소리쳤다.

"승희야! 오지 마! 이쪽으로 오지 마!"

"뭐라고? 그게 무슨 소리야?"

안개 저편에서 승희의 목소리가 들려왔다.

"그냥 시키는 대로 해! 이쪽으로 오면 안 돼! 내가 갈 테니까 그냥 거기 있어!"

"왜 그러는데?!"

"잔말 말고 그냥……, 악!"

느릿느릿 걸어오던 괴물이 갑자기 쏜살같이 달려왔다. 당황한 나는 뒷걸음질 치다가 그녀와 함께 뒤로 넘어지고 말았다. 흉측한 얼굴에서 유일하게 남은 건 입뿐이었다. 그 입이 쩍 벌어지더니, 누렇게 썩어 가는 이빨이 모습을 드러냈다. 괴물의 입에서 꺽꺽대는 소리가 흘러나왔다.

괴물은 엄청난 힘으로 나를 짓눌렀다. 공포에 질린 나는 괴물을 떼어 내려고 안간힘을 썼다. 가까이서 본 그 얼굴은 형용할 수 없을 정도로 끔찍했다. 얼굴을 뒤덮은 버섯은, 도로 갓길에 자라난 그 기괴한 송이버섯과는 다른 종처럼 보였다. 버섯 주위로 실 같은 균사가 넓게 퍼져 있었다. 그것들은 마치 살아 있는 것처럼 꿈틀대며 움직였다. 쩍 벌린 괴물의 입에서 끈적한 점액질 같은 침이 주르륵 흘러내렸다. 그녀는 썩어 버린 누런 이를 위협적으로 드러내며, 내 목을 향해 입을 들이댔다.

"아악! 저리 가!"

나는 간신히 그녀의 머리를 손으로 밀며 저항했다. 손에 닿는 버섯과 피부의 질감은 몸서리가 쳐질 정도로 차

갑고 미끈거렸다. 괴물은 기필코 내 목을 물어뜯겠다는 의지로 머리를 자꾸만 들이밀었다. 그때, 머리 위에서 승희의 목소리가 들렸다.

"오, 오빠……?"

내 말을 안 듣고 결국은 오고야 말다니. 목소리만 들어도 지금 승희가 느끼는 공포를 짐작할 수 있었다. 괴물이 고개를 쳐들고서 승희를 쳐다보았다. 승희는 곧바로 비명을 터뜨렸다.

순간, 방심한 틈을 타서 나는 있는 힘껏 괴물을 옆으로 밀쳐 냈다. 그러곤 곧바로 일어나서 승희의 손을 잡고 미친 듯이 뛰기 시작했다. 회색 안개 속에서 오로지 우리의 가쁜 숨소리만 들렸다. 그 외엔 아무 소리도 들을 수 없었다.

3

정신을 차리고 보니, 어느새 우리는 도로가 아닌 흙길을 달리고 있었다. 짙은 회색 안개 때문에 도로가 언제 끝났는지조차 깨닫지 못했다. 승희가 너무 힘들어해서 잠시 멈추었을 때에야, 비로소 길이 달라진 것을 눈치챘다. 승희는 허리를 구부린 채 가쁜 숨을 몰아쉬었고, 나도 옆에서 잠시 숨을 골랐다. 승희는 이미 체력이 다한 듯하다. 다시 뛰라고 하면 아마 못 뛸 것이다.

나는 돌아서서 우리가 지나온 길을 바라보았다. 안개 너머에서 지금도 괴물이 우리를 쫓아오고 있을 것만 같아 두려웠다. 안전을 생각해서 좀 더 멀리 달아나고 싶지만, 지금 승희의 몸 상태로 봐선 아무래도 어려울 듯싶다.

"대체 뭐야? 그 사람 왜 그래?"

승희가 숨을 헐떡이며 말했다.

"사람이 아닌 것 같아."

"사람이 아니라고?"

"너도 봤잖아. 얼굴에 그런 게 돋아난 사람 본 적 있어?"

승희는 혼란스러운 듯 아무 말도 하지 못했다.

"분명 괴물이었어."

"근데 그 여자, 좀 이상하지 않았어?"

"어떤 점이?"

"그게 마치……. 기시감 같은 게 느껴진달까."

"기시감?"

"모르겠어. 설명하기 어렵지만, 아무튼 그랬어……. 으, 속이 메스꺼워."

이처럼 알 수 없는 말을 하는 걸 봐선, 아무래도 승희는 충격이 꽤 심했던 모양이다. 사실 나도 그녀 못지않게 큰 충격을 받은 터라, 불안함을 털어 내려고 자꾸만 무슨 말이든 내뱉고 싶었다. 하지만 그게 승희를 더 불안하게 할 것 같아서 꾹 참았다.

"우웩!"

갑자기 승희가 토해서 깜짝 놀랐다. 나는 그녀의 등을 살살 두드려 주었다.

"괜찮아?"

"이제 좀 진정됐어. 머리가 약간 어지러운 것만 빼면 괜찮아."

"머리 다친 것 때문에 그런가? 어디 봐 봐."

나는 승희의 머리에 난 혹을 살펴보았다. 아까보다 조금 더 커진 것 같기도 하고, 아닌 것 같기도 하다. 눈으로 봐선 잘 모르겠다. 내가 불안해하는 게 싫었는지 승희는 고개를 살짝 돌렸다.

"갑자기 뛰어서 그런가 봐. 이제 괜찮아."

승희는 그렇게 말했지만, 나는 전혀 안심이 되지 않았다. 빨리 병원에 가서 검사를 받아 봐야 할 것 같았다.

"이제부턴 걸어가자. 이 정도면 충분히 멀어진 것 같으니까."

"얼마나 더 가야 하는데? 나 너무 힘들어."

"조금만 힘내자. 가다 보면 분명 민가가 나올 거야."

승희는 울상을 지으며 마지못해 고개를 끄덕였다.

솔직히 나도 두려웠다. 이 길로 얼마나 더 가야 민가가 나올지 알 수 없었다. 아니, 애초부터 민가가 있긴 한 건지 의심스럽다. 그런 의문이 든 데엔 그럴 만한 이유가 한 가지 더 있었다.

승희에겐 미처 말하지 못했지만, 나는 아까 하늘을 보고 말았다.

하늘에는 검은 태양이 떠 있었다. 마치 개기일식이라도 일어난 것처럼 완전히 검게 변해 있었다. 하지만 오늘 뉴스 어디에도 개기일식이 나타난다는 소식은 없었다.

우리 주위를 둘러싼 모든 상황이 이상하게 흘러가고

있었다. 이젠 어떤 것을 보더라도 이성적 사고를 하기가 어려울 것 같다.

우리는 그저 정처 없이 앞을 향해 걷기만 했다. 갈수록 회색 안개가 더 짙어지고 있었다. 이 앞에 무엇이 있을지 짐작조차 할 수 없었다.

얼마쯤 갔을까. 저 멀리 크고 시커먼 형체가 눈에 들어왔다. 그것은 길가에 우뚝 솟아 있었다.

집이다! 분명, 집이 틀림없다. 그제야 난 가슴을 쓸어내렸다. 비로소 현실로 돌아온 기분이었다. 내 불길한 예상이 빗나간 게 이처럼 기쁠 수 없었다.

난 승희에게 들뜬 목소리로 그 사실을 알렸다. 그녀도 울 듯이 기뻐했다.

"아, 다행이다. 나 진짜 죽을 것 같았거든."

"거의 다 왔어. 어서 가자."

"응!"

이제 조금만 더 가면 이 지긋지긋한 회색 안개에서 벗어날 수 있다. 우리는 걸음을 재촉했다.

잠시 후, 우리는 안개에 휩싸여 있던 그 집 앞에 도착했다. 승희와 난 잠시 할 말을 잃었다. 조금 전까지 가졌던 기대와 설렘이 어느새 당혹감으로 바뀌어 있었다.

우리 예상과 달리 그건 평범한 집이 아니었다.

"왜 이런 곳에 절이 있는 거지?"

승희가 당황한 표정으로 말했다.

우리가 발견한 집은 민가가 아니라, 절이었다. 물론 민가가 아니더라도 사람만 살고 있으면 상관없지만, 이렇게 길가에 절이 세워져 있는 건 무척 생소한 광경이기에 우리는 그 앞에 서서 망설일 수밖에 없었다.

더욱이 그것은 절이라고 부르기도 민망할 정도로, 다 쓰러져 가는 불당 하나만 덩그러니 있을 뿐이었다. 기와는 군데군데 떨어져 나갔고, 처마 밑엔 거미줄까지 쳐져 있어서 안 그래도 으스스한 분위기를 한층 고조시켰다.

"일단 들어가 보자. 생각은 나중에 하고."

승희에게 그렇게 말하고서 나는 장지문에 대고,

"안에 누구 계십니까?"

라고 물었다.

한동안 대답이 없어서 나는 장지문 고리에 손을 뻗었다. 그 순간, 갑자기 문이 벌컥 열렸다. 우리는 깜짝 놀라서 동시에 뒤로 물러났다.

무섭게 생긴 스님 한 분이 서서 우릴 내려다보고 있었다. 툭 튀어나온 부리부리한 눈에 두껍고 짙은 눈썹, 굳게 다문 입은 마치 절 입구를 지키는 사대천왕을 떠올리게 했다. 나는 순간 그의 강렬한 외모에 압도당해 입이 떨어지지 않았다. 그러자 그가 먼저 입을 열었다.

"들어오시게."

그는 마치 우릴 기다리고 있었다는 듯 말하고서, 문을

열어 둔 채 불당 안으로 걸어갔다.

우리는 서로 눈치를 보다가 이윽고 신발을 벗고 안으로 들어갔다.

불당 안에는 우리 말고도 먼저 온 사람들이 있었다. 40대 정도로 보이는 중년 남자 두 명과 뚱뚱한 젊은 남자 하나가 한쪽 벽면을 차지하고 있었고, 그 반대편에는 모자와 마스크로 얼굴을 가린 소녀가 고개를 푹 숙인 채 앉아 있었다. 그 옆으로 어린 남자아이와 엄마로 보이는 여자가 있었는데, 아이는 몸이 아픈지 누워 있었고, 여자는 아이의 손을 잡은 채 걱정스러운 얼굴로 내려다보고 있었다.

안에 꽤 많은 사람이 모여 있는 걸 보고 처음엔 좀 놀랐지만, 그래도 사람들을 보자 안심이 됐다. 좀 전까지 긴장한 모습이던 승희의 표정도 적잖게 누그러졌다.

아마 그들도 우리처럼 길을 잃고 헤매다가 우연히 이곳을 발견한 조난자들인 듯했다. 확실히 이 절은 안개 속에서도 눈에 잘 띄기에 찾기 쉬웠을 터다.

하지만 그들의 차림새나 분위기가 모두 제각각이어서 왠지 이곳 주민으론 보이지 않았고, 그렇다고 딱히 여행객이나 등산객처럼 보이지도 않았다. 게다가 표정들이 하나같이 어둡고 근심이 가득해 보이는 것도 어쩐지 수상쩍었다.

그런 의구심이 들자, 슬금슬금 불안감이 다시 고개를 들었다.

그때, 누군가 우리에게 다가왔다. 중년 남자 중에 깡마르고 눈꼬리가 축 처진 사내였다. 그는 아래 테두리가 금색인 안경을 쓰고 있었는데, 꽤 지적인 느낌을 풍겼다.

"혹시 여기 오는 도중에 만났어요?"

남자는 다짜고짜 내게 물었다.

"뭘요?"

"괴물 말이에요, 괴물."

"아……, 네."

"물렸어요?"

"아, 아뇨. 공격을 받긴 했지만, 물리진 않았습니다."

"저기 누워 있는 애 보이죠? 괴물한테 목을 물렸대요. 상태가 아주 안 좋아요. 빨리 병원에 가지 않으면 큰일 날 것 같아요. 쯧쯧."

엄마로 보이는 여자는 아이의 손을 꼭 붙잡고 있었다.

"박상철이라고 합니다. 한배를 탔으니 통성명 정도는 해도 되겠죠?"

"한민규입니다. 이쪽은 제 아내, 진승희이고요."

순간 그의 얼굴에 당황한 표정이 스쳐 지나갔다.

"아……, 그러시구나. 역시 스님이 한 말대로네. 후후―."

그는 말하고서 묘한 웃음을 지었다. 아내는 기분 나쁜 듯 경계하는 눈초리로 남자를 쳐다보았다.

"그게 무슨 말씀이죠?"

"사람이 더 올 거라고 하더라고요, 저 스님이. 그뿐입니다. 별 뜻은 없어요."

아까 문을 열어 준 그 스님은 불상 앞에 앉아 염주를 굴리고 있었다.

"우리가 올 거란 걸 알고 있었단 말입니까?"

"당신뿐만이 아니에요. 여기 모인 사람들 전부, 저 스님은 이미 알고 있었던 것 같아요."

"그걸 어떻게 알죠?"

"저야 모르죠. 하지만 확실한 건, 저 스님은 보통 사람이 아니라는 거예요."

나는 그의 말을 전부 믿지는 않았지만, 스님이 수상하다는 점에는 동의했다.

상철이라는 이 남자는 사교성이 좋은 건지, 우리보다 먼저 온 다른 사람들과도 이미 통성명을 마쳤다고 했다. 그는 부탁하지 않았는데도 나서서, 사람들을 내게 소개해 주었다.

중년 남자 중 다른 한 명은 김남식이라고 했다. 그는 상철과는 정반대의 성향을 지닌 사람이었다. 날카로운 눈매와 불그레한 얼굴빛, 굵은 팔과 다부진 체구는 그가 고된 노동을 하는 사람임을 한눈에 알게 했다. 그는 술에 취한 사람처럼 초점이 흐릿한 눈으로 구석에 앉아 있었다. 상철에 따르면, 그는 상당히 거친 남자라고 한다. 이름을 물었을 때 거의 맞을 뻔했다고 상철은 너스레를 떨었다.

젊은 남자는 오대석이라고 했다. 체중이 100킬로그램은 거뜬히 넘을 것처럼 보였는데, 여기 모인 사람 중에 가장 지저분한 몰골을 하고 있어서 가까이 가기가 꺼려졌다.

모자와 마스크를 쓴 소녀의 이름은 윤선해였다. 선해는 모자 아래로 우리 쪽을 힐끔거리며 보고 있었다. 눈빛이 왠지 어두워 보이는 소녀였다. 선해는 이곳에 온 첫 번째 조난자로, 처음 봤을 때부터 칼을 지니고 있었다고 한다. 날이 짧은 과도였는데, 칼을 지니고 다니는 이유는 말해 주지 않았다.

마지막은 강유경과 그녀의 아들 정민이었다. 이곳으로 오는 도중에 정민은 괴물에게 목을 물어뜯겼다고 한다. 살점이 뭉텅 떨어져 나가서, 아직도 출혈이 멈추질 않았다. 급한 대로 옷을 찢어 지혈하긴 했지만, 이미 너무 많은 피를 흘려서 상태가 매우 위독해 보였다. 유경은 아들을 지키지 못한 게 자기 탓이라며 자책하고 있었다.

이 불당 안엔 스님을 제외하고 나와 승희까지 모두 여덟 명의 조난자가 모여 있었다.

"저 스님은 법명이 도암이래요. 그것 말고는 아는 게 없어요. 물어도 대답을 안 하고 계속 무시만 하더라고요. 쳇."

상철은 도암에게 불만이 많아 보였다.

"근데 그쪽은 어쩌다 이곳까지 오게 된 거죠?"

상철이 내게 물었다.

"여행을 가는 중이었어요. 그러다 갑자기 사고가 났는데, 눈을 떠 보니 세상이 온통 회색 안개에 뒤덮여 있더군요. 게다가 괴물까지⋯⋯. 처음엔 평범한 여자인 줄 알았는데, 얼굴과 몸에 이상한 게 잔뜩 붙어 있더라고요."

"버섯 말이죠? 나도 봤어요. 내가 본 건 남자였지만."

"남자?! 괴물이 하나가 아니었어요?"

"하나라면 여기 이렇게 머물러 있겠어요? 밖엔 그런 게 우글우글해요. 얼마나 더 있을지 감도 안 잡혀요."

"그럴 수가⋯⋯! 그럼, 전화는요? 경찰이나 구조대에 연락해 봤어요?"

상철은 어깨를 으쓱하더니 고개를 절레절레 저었다.

"휴대폰이 전부 고장 났어요. 아예 켜지지도 않아요. 아마 당신 것도 마찬가지겠죠?"

나는 벙찐 표정으로 고개를 끄덕였다.

"모든 전자 기기가 다 작동하지 않는 것 같아요. 아무래도 세상의 종말이 왔나 봅니다."

"종말⋯⋯!"

옆에서 듣고 있던 승희가,

"말도 안 돼."

라며 작게 속삭였다.

"아무리 그래도 이유는 있어야죠. 지금 이 상황은 너무 말이 안 되잖아요."

"아, 그냥 농담으로 한 말이에요. 진지하게 받아들이지 마세요. 나도 당신과 같은 생각이니까."

나는 상철이라는 남자의 태도가 별로 마음에 들지 않

았지만, 지금은 그런 걸 문제 삼고 싶지 않았다. 아내도 이 남자가 싫은지 아까부터 입을 다물고 있었다.

"무슨 대책이라도 세워야 하지 않나요? 아이가 다쳤는데. 이대로 계속 여기 있을 순 없잖아요."

"안 그래도 아까부터 그 생각을 하고 있었어요. 근데 여기 있는 사람 중에 생각이라는 걸 할 만큼 멀쩡해 보이는 사람이 없어서 그냥 입 다물고 있어야 했죠. 그나마 당신은 좀 나아 보이긴 한데……."

상철은 뭔가 못마땅한 표정을 지었다. 나는 기분이 좋지 않았다.

"왜요? 무슨 문제라도 있나요?"

"딱히 그런 건 아니지만……. 됐어요. 한 명이라도 있는 게 어딥니까."

그러면서 그는 기분 나쁜 웃음을 흘렸다.

"내 생각을 한번 말해 볼까요? 나는 저 도암이라는 작자가 의심스러워요. 마치 다 아는 것처럼 굴면서 정작 우리한테 아무 도움도 주지 않거든요. 종교인으로서 발 벗고 나서서 도와주진 못할망정 저렇게 침묵만 하고 있으니. 이상하잖아요. 안 그래요?"

확실히 그의 말엔 일리가 있다. 나와 승희는 이제 막 이곳에 왔지만, 대충 흘러가는 분위기만 봐도 조난자들이 도암을 별로 신뢰하지 않는다는 걸 느낄 수 있었다. 안전한 쉼터를 제공해 준 것만으로도 고마워해야 할 일이지만, 그 외엔 아무런 행동도 보여 주지 않고 오로지 가부좌를 튼 채 앉아서 염주만 굴리고 있으니, 방관자로 비칠 수밖에 없을 것이다. 나 또한 도암의 그런 태도를 이해할 수 없었다.

"우리에게 뭔가를 숨기고 있는 것 같아요. 저 사람."

"숨기다니요. 뭘요?"

"뭐겠어요. 이 사태에 관한 거지. 그렇지 않고서야 어찌 저리 혼자만 태평할 수 있겠어요. 다들 무서워하고 있는데 말이에요. 혼자만 알고 있으니까 저런 여유가 나오는 거죠."

"너무 나쁘게만 보는 거 아닐까요? 설사 안다고 해도, 뭐 하러 비밀로 하겠어요. 그래서 무슨 이득이 있다고."

"모르죠. 말하면 안 되는 무슨 이유가 있을지."

나는 더 이상 그와 이 문제로 논쟁하고 싶지 않았다.

"두고 보세요. 내 말이 맞는지 틀렸는지."

그가 제자리로 돌아가고 나서, 나는 승희와 잠시 이야기를 나눴다. 승희는 도암보다 상철을 더 경계했다.

"나 저 사람 싫어. 왠지 기분 나빠. 날 바라보는 눈빛도 그렇고, 스님을 자꾸 나쁘게 말하는 것도 그렇고. 아무튼 좀 수상해."

"나도 저 사람이 마음에 들진 않아. 하는 말을 다 믿는 것도 아니고. 일단 지금은 상황을 좀 지켜보자."

나는 불안해하는 승희를 어떻게든 안심시키고 싶었다.

하지만 지금은 그런 것보다, 승희 머리에 난 혹이 더 걱정이었다. 아까보다 좀 더 커진 느낌이다. 게다가 오른쪽 눈 부위도 약간 부은 것 같다. 정민이라는 아이도 위급하지만, 승희에게도 언제 어떤 문제가 생길지 알 수 없다. 빨리 병원에 가야 한다는 생각이 머릿속을 떠나지 않는다. 불안하고 두렵다. 뭔가 방법을 찾아야만 한다.

그때, 기도만 드리고 있던 도암이 사람들을 향해 돌아앉았다. 뭔가 할 말이 있는 듯한 모습이다. 도암이 돌아앉자, 지쳐 있던 사람들도 하나둘 관심을 보이기 시작했다. 정민이라는 아이만 빼고, 이제 불당 안에 있는 모든 사람이 도암을 바라보았다. 도암이 천천히 입을 뗐다.

"이미 눈치챈 사람도 있겠지만, 이곳은 당신들이 알던 세계가 아닙니다. 여러분은 현실의 길에서 벗어나고 말았어요. 안타깝게도, 여긴 망자들의 세계입니다."

순간 머릿속이 마비된 듯 아무 생각도 들지 않았다. 길을 벗어났다느니, 망자들의 세계라느니 하는 말이 피부로 선뜻 와닿지 않았다.

사람들의 반응은 제각각이었다. 누군가는 크게 놀란 듯 보였고, 누군가는 인상을 찌푸렸으며, 누군가는 피식 웃었다.

사실 어느 정도 짐작은 했지만, 이렇게 누군가의 입을 통해 듣게 되니 느낌이 전혀 달랐다. 솔직히 소름이 돋을 정도로 무서웠다.

물론, 아직은 그 말이 사실인지 알 수 없다. 승희는 눈을 동그랗게 뜨고서 나를 바라보았다. 하지만 나는 아무 말도 해 줄 수 없었다.

"씨발, 그럼 어딘데?! 저승? 지옥? 보아하니 천국은 아니겠네!"

남식이 화난 목소리로 말했다. 그는 외모만큼이나 입도 꽤나 거칠었다.

"그 어디도 아닙니다."

"그래서 어디냐고?!"

"스님, 말을 빙빙 돌리지 마시고 단도직입적으로 말씀해 주세요. 여기가 대체 어디라는 겁니까?"

이번엔 상철이 물었다.

그러자 도암의 입에서 두 글자로 된 낯선 단어가 튀어나왔다.

"파락입니다."

여기 있는 누구도 그 단어의 의미를 아는 사람이 없었다.

도암은 설명을 이어 갔다.

"파락이란, 이승과 저승 사이의 중간계를 뜻하는 말입니다. 그러니 여긴 이승도 저승도 아닌 셈이죠. 한마디로, 두 세계 사이를 잇는 다리인 겁니다. 보통의 영혼들은 잠시 머물다 가지만, 이승의 번뇌에서 벗어나지 못한 자들은 영원히 이곳을 헤매게 됩니다. 여러분이 밖에서 본 괴물이 바로 그런 자들이지요. 몸에서 **망자버섯**이 자라면,

자기 자신조차 기억하지 못하게 됩니다. 그때부터는 파락의 일부가 되어 영혼이 바스러져 먼지가 될 때까지 이곳을 떠돌게 됩니다. 어찌 보면 죽음보다도 더 무서운 형벌이라 할 수 있지요."

설명을 듣던 사람들의 낯빛이 점점 더 어두워지기 시작했다. 지옥이 아니라고 했지만, 설명에 따르면 지옥과 다를 바 없다는 생각이 들었다. 도암은 계속해서 설명을 이어 갔다.

"파락은 불안정한 세계이기에 곳곳에 틈새가 존재합니다. 이 틈새를 문이라고 부릅니다. 문을 통하면 이승과 파락 사이를 드나들 수 있습니다. 물론 그건 어디까지나 망자에 한해서지요. 산 자도 우연히 이 안으로 들어올 순 있지만, 자기 뜻대로 나갈 수는 없습니다. 파락이 그걸 허락하지 않기 때문이죠."

그제야 나는 '길에서 벗어났다.'라는 말의 뜻을 이해할 수 있었다. 우연이든 실수든, 여기 모인 사람들은 전부 길에서 벗어난 자들이다. 그리고 도암은 잔인하게도, 우리가 왔던 길로 되돌아갈 수 없다는 말을 하고 있었다.

4

"나갈 수 없다니! 그게 대체 무슨 소리죠? 그러면 여기서 죽을 때까지 있어야 한다는 소리인가요?"

정민의 엄마인 유경이 하얗게 질린 얼굴로 말했다.

어느새 우리는 도암의 말을 순순히 받아들이고 있었다. 누구도 그의 말이 황당무계한 헛소리라며 따지지 않았다. 모두가 마음 한구석에, 이곳이 현실이 아닐지도 모른다는 생각을 조금씩 가졌던 것 같다. 게다가 도암은 스님이라기보단 어딘가 선인 같은 느낌이 들어서, 그의 말은 이상하게도 설득력 있게 와닿았다.

유경의 질문에 도암은 대답 대신 그 큰 눈을 지그시 한번 깜빡였다.

"이건 말이 안 되잖아요. 들어올 수 있다면 나갈 수도 있어야죠! 그러면 우리 애는 어떻게 하라고요! 이대로 죽기만을 기다려야 한다는 소리예요? 아무런 대책도 없이?!"

유경이 흥분한 목소리로 말했다.

나는 그녀의 처지가 남 일 같지 않았다. 승희 역시 지금은 멀쩡해 보여도 언제 상태가 악화할지 알 수 없다. 만약 그렇게 된다면 나 또한 물불 안 가릴 것이다.

"스님! 제발 도와주세요! 뭔가 다른 방법이 없나요? 여기서 나갈 수 있는……?"

"혹시 방법이 있는데 말씀을 안 해 주시는 건 아닙니까?"

갑자기 상철이 그렇게 말하자, 사람들이 동요하기 시작했다. 그의 생각대로 도암이 뭔가를 숨기고 있다고 의심하는 모양이었다.

도암은 아무 대꾸도 하지 않았다. 그런 그의 침묵이, 오히려 사람들의 의심을 더욱 부추겼다.

상철이 이어서 말했다.

"그 증거가 바로 당신이잖아요. 아마도 당신은 오래전부터 이곳을 들락거리며 다 봤겠죠? 한두 번 와 보고 나서 이 세계를 알았을 리는 없을 테니까요. 그렇다는 건, 당신은 파락과 현실 세계를 자유롭게 왕래할 수 있다는 소리가 됩니다. 안 그렇습니까?"

도암은 잠자코 그의 말을 듣기만 했다.

"즉, 당신은 사람도 드나들 수 있는 문이 어디 있는지 알고 있는 거예요. 제 말이 틀렸나요? 틀렸다면 어디 한 번 말씀해 보시죠."

"정말인가요, 스님? 문이 어디 있는지 알고 계신가요? 아시면 말씀해 주세요! 우리 아들이 죽어 가고 있다고요!"

유경이 애타는 목소리로 도암에게 호소했다.

도암이 다시 입을 열었다.

"반은 맞고, 반은 틀렸습니다. 당신 말대로 나는 이곳과 현실을 왕래할 수 있습니다. 하지만 그건 어디까지나 소승이 오랫동안 수행을 쌓았기 때문에 가능한 것입니다. 여러분은 결코 그 문을 통해 나갈 수 없어요."

"말도 안 돼……"

유경이 절망한 표정으로 말했다.

"당신! 애초에 우릴 여기서 내보내 줄 생각이 없는 거 아냐?!"

이번엔 남식이 나서서 도암을 추궁했다. 남식은 상철의 주장을 사실로 받아들이는 듯했다.

나는 그가 아무런 근거도 없이 내뱉은 말이라고 생각하지만, 이곳의 분위기는 점점 그의 말을 신뢰하는 쪽으로 기울고 있었다.

"스님 말이 사실일 수도 있잖아요. 뭐 하러 스님이 우리에게 그런 짓을 하겠어요."

참다못한 승희가 나서서 말했다. 역시나 그녀도 나와 같은 생각을 하고 있었다.

"그거야 모르죠. 우리가 괴로워하는 모습을 보고 속으로 즐거워할지도. 어차피 자기는 다시 현실 세계로 돌아가면 그만이니까."

상철이 말했다.

"그건 그냥 억지잖아요!"

그러자 남식이 우리를 보고 낄낄 웃으며 말했다.

"미친! 아주 쇼를 하는구먼, 쇼를 해!"

"뭐야?! 당신 말 다 했어?! 내 아내가 틀린 말을 한 것도 아니잖아!"

그러자 뚱보 대석과 상철까지 가세해 우릴 비웃었다.

나는 너무 화가 나서 그들에게 한마디 하려고 했으나, 옆에서 승희가 내 팔을 붙잡으며 말리는 바람에 어쩔 수 없이 참을 수밖에 없었다.

"우리를 문이 있는 곳까지 안내해 주면 되잖아요. 그러면 스님 말이 사실인지 아닌지 알게 되겠지."

대석이 커다란 등짝을 벅벅 긁으며 말했다.

"맞아! 그러면 되겠네."

상철이 곧바로 대석의 말에 맞장구를 쳤다.

이 안에 있는 모든 사람이 그 의견에 찬성했다. 나와 승희는 아무 말도 하지 않았지만, 우리 또한 그 방법밖에 없다는 것에 암묵적으로 동의했다. 도암이 아무런 해결 방안을 제시해 주지 않는 이상, 그렇게라도 해 보는 수밖에 달리 도리가 없었다.

"끝내 이곳을 나가야겠다면, 한 가지 방법이 있긴 합니다. 여기서 그리 멀지 않은 곳에 여러분만이 나갈 수 있는 문이 하나 존재합니다."

갑작스러운 도암의 말에 사람들이 술렁이기 시작했다.

"하지만 저는 그 방법을 권해 드리고 싶지 않습니다. 그것은 매우 어렵고, 큰 위험이 따르는 일이니까요. 그러니 안전한 이곳에 남으시길 부탁드립니다."

도암이 경고했지만, 다들 귀담아들으려 하지 않고 자기 할 말만 늘어놓았다.

대석이,

"뭐야, 아까는 방법이 없다며?"

라고 투덜대자, 남식이,

"쳇, 이랬다저랬다 하는구먼."

이라고 불만을 표했다. 반면, 유경은,

"정말이죠? 나갈 수 있는 거죠?"

라며 희망을 드러냈다.

아픈 정민을 제외하고, 선해만 아무 반응도 보이지 않았다. 선해는 아까부터 줄곧 입을 다문 채, 마치 남의 일처럼 상황을 지켜볼 뿐이었다.

"알겠으니까, 어서 길 안내나 해 주시죠."

상철이 들뜬 목소리로 말했다.

"유감스럽게도 저는 이 불당을 벗어날 수 없습니다. 그 문은 여러분 스스로 찾아야 합니다."

"이건 또 뭔 소리야? 지금 장난하세요?"

"씨발! 그러면 우리보고 이 안개 속에서 어디 있는지도 모를 문을 찾으란 소리야?! 괴물들이 우글거리는 저 밖에서?! 당신 미쳤어?!"

남식이 불같이 화를 냈다.

"스님, 정말 이러실 겁니까! 이대로 우리끼리 나가면 괴물한테 죽임을 당하고 말 거라고요!"

유경도 그를 비난하고 나섰다.

"제가 없더라도 찾아갈 수 있습니다. 하늘에 떠 있는 검은 태양을 따라가세요. 그 방향으로 계속 가다 보면 매미 울음소리를 듣게 될 겁니다. 그러면 그 소리를 따라가세요. 거기에 문이 있을 겁니다."

"검은 태양……. 매미 울음소리?"

나는 도암이 한 말을 혼자 중얼거렸다.

"그런 거지 같은 정보로 어떻게 찾아가란 소리야!"

남식이 또다시 흥분해서 소리쳤다.

하지만 도암은 사람들의 비난에도 눈썹 하나 까딱하지 않았다.

그는 마치 돌부처처럼 앉아서, 사람들을 지그시 바라볼 뿐이었다.

"흥! 그런 식으로 나오시겠다?"

남식은 그렇게 말하고서 자리에서 일어나 어딘가로 걸어갔다. 그가 향한 곳은 선해가 앉은 자리였다.

"그것 좀 빌리자."

남식의 목적은 선해가 들고 있는 칼이었다.

하지만 선해는 빌려줄 마음이 없는지, 칼을 쥔 채 고개를 돌렸다.

"이게 어른이 말하는데 대답을 안 해?"

남식이 눈을 부라리며 겁을 주는데도 그녀는 끝까지 무시했다.

곧바로 손이 날아왔다. 얼마나 힘을 주고 때렸는지 선해의 몸이 옆으로 크게 휘청거릴 정도였다. 너무나 갑작스럽게 일어난 일이라 모두 놀라서 아무 말도 하지 못했다. 나도 당황해서 순간 입을 떼지 못했다.

남식은 손쉽게 선해를 제압한 뒤, 그녀에게서 칼을 빼앗았다. 이미 뺨을 얻어맞은 순간 선해는 저항할 의지를 잃어버린 것처럼 보였다.

뒤늦게 정신이 번쩍 든 나는 자리에서 벌떡 일어났다. 옆에서 승희가 불안한 눈으로 나를 올려다보고 있었다.

"지금 뭐 하는 겁니까?!"

나는 그에게 버럭 소리쳤다.

하지만 남식은 나를 가볍게 무시한 채 칼을 들고서, 이번엔 도암한테 다가갔다. 순간, 섬뜩한 예감이 목덜미를 훑고 지나갔다. 내가 말릴 새도 없이 남식은 칼로 도암의 오른쪽 팔을 베어 버렸다. 잘린 승복 사이로 서서히 피가 번지기 시작했다. 힘을 주어 칼을 꾹 누른 탓에, 상처가 꽤 깊게 난 모양이다. 그런데도 도암은 미동조차 없었다.

"뭐야, 진짜 사람이었네. 난 또 뭐라도 되는 줄 알았지."

나는 두려웠지만, 남식의 행동을 보고만 있을 순 없었다. 그의 광기는 언젠가 우리 모두를 위험에 빠뜨릴 것이다.

"그만 해요! 이게 뭐 하는 짓입니까?!"

나는 그를 막으려고 다가갔다.

그러자 그가 살기 어린 눈으로 나를 노려보며 칼을 겨누었다. 나는 순간 주춤했다.

"씨발, 좀 닥쳐. 다 우릴 위한 일이니까."

"당신이 뭔데 우릴 위한다는 겁니까! 여기 있는 사람 누구도 당신이 한 짓에 동의하지 않아요! 안 그래요?"

나는 동의를 구하듯 사람들을 둘러보았다. 하지만 모두 내 시선을 피할 뿐이다.

"봤지? 여기서 네 편 들어줄 사람 아무도 없어. 아, 참! 하나 있었네. 네 마누라!"

남식이 낄낄거리며 웃자, 상철과 대석도 덩달아 날 보며 조롱하듯 웃었다. 난 모욕감에 치가 떨렸다. 다들 머리가 어떻게 된 게 아닌지 의심스러웠다.

"아무리 여기가 현실이 아니라도 사람으로서 지킬 건 지켜야죠! 이러면 우리가 괴물이랑 다를 게 뭐가 있습니까! 안 그래요?"

내 말에 부끄러워졌는지 두 사람은 곧 웃음을 그쳤다.

하지만 남식만은 여전히 나를 보며 실실 웃었다.

그는 다시 칼을 들고 도암에게 다가갔다. 이번엔 칼을 도암의 목에 겨누었다.

"자, 결정해. 지금 당장 일어나서 우리와 함께 저 문으로 나가든지, 아니면 여기서 기어코 끝장을 보든지. 당신도 사람인데, 이런 곳에서 개죽음당하고 싶진 않을 거잖아. 안 그래?"

"당장 그만두지 못해?!"

그는 내 말 따윈 안중에도 없었다.

그렇다고 칼을 든 상대에게 함부로 다가갈 수도 없었다. 나는 이러지도 저러지도 못한 채, 마치 목줄에 묶인 개처럼 상대를 향해 짖어 댈 뿐이었다.

"여긴 현실이 아니라며? 그러면 법도 소용없겠네. 너하나 죽여도 아무 문제 없다는 거잖아."

남식은 웬만해선 물러서지 않을 기세였다. 나는 정말로 그가 도암을 해칠까 봐 두려웠다.

그때 갑자기 도암이 껄껄 웃기 시작했다. 그건 허세를 부리려는 웃음이 아니었다. 진심에서 우러나오는 웃음이었다. 남식도 그걸 느꼈는지 일순 표정이 굳어졌다.

"제가 여기서 죽는다 한들 뭐가 달라지겠습니까. 만약 그래야 한다면 그 또한 부처님의 뜻이겠지요."

"진짜로 죽고 싶어?"

남식이 살기등등한 얼굴로 말했다.

"죽음을 두려워했다면 파락에 들어오지도 않았을 겁니

다. 저한테 삶과 죽음은 그저 찰나에 지나지 않습니다. 허나 당신에겐 그렇지 않겠지요. 이승에 미련이 남을수록 번뇌만 커지는 법입니다. 번뇌의 크기만큼이나 괴로움도 커지겠지요. 결국 그것이 당신의 영혼을 병들게 할 겁니다."

"닥쳐! 이 새끼야!"

남식의 얼굴이 무서울 정도 붉게 달아올랐다.

"아마 다들 궁금해하실 겁니다. 본인들이 왜 파락에 오게 됐는지. 여러분이 이곳에 온 건 결코 우연이 아닙니다. 모두 필연에 의해 오게 된 것이죠. 그러니 부디, 기억을 떠올리세요. 이곳에 오기 전에 무슨 일이 있었는지. 그걸 떠올려야만 앞으로 나아갈 수 있습니다."

칼을 든 남식의 손이 덜덜 떨렸다. 그도 비로소 깨달은 모양이다. 도암은 그가 함부로 죽일 수 있는 인물이 아니라는 것을.

결국, 남식은 칼을 거두었다. 나는 그제야 안도의 한숨을 내쉴 수 있었다.

남식이 물러서자, 나는 곧바로 옷을 찢어 도암의 팔에 간단하게나마 지혈을 해 주었다. 나이 든 겉모습과 다르게, 그에게선 이상할 정도로 강렬한 기운이 흘러넘치고 있었다. 그 기운은 묘하게도 사람을 압도하는 힘이 있어서, 아마도 남식은 그 기운에 눌려 꼬랑지를 내린 게 아닐까 싶었다.

지혈을 마치고 나서, 나는 도암에게 질문을 던졌다.

"스님, 정말로 저희가 이곳을 나갈 수 있는 겁니까?"

아까부터 줄곧 그걸 묻고 싶었다. 도암이 거짓말할 사람처럼 보이진 않았지만, 처음에 했던 말과 상반된 얘길 하는 것이 영 마음에 걸렸기 때문이다.

그러자 도암이 우리를 보며 말했다.

"여러분 중에 오직 하나만 이곳에서 나갈 수 있습니다."

5

"어떻게 생각해?"

우리는 회색 안개로 뒤덮인 세상을 걷고 있었다.

되도록 승희와 거리를 두지 않으려고, 나는 그녀의 손을 꼭 잡았다. 조금이라도 승희의 모습이 보이지 않으면 겁이 났다.

얼마쯤 가다가 승희가 문득 그런 질문을 했다. 나는 그 질문의 의도를 이미 알고 있었다.

"우리 중의 하나만 나갈 수 있다는 거, 그걸 묻고 싶은 거지?"

"스님 말이 정말 사실일까? 만약 그렇다면……."

"아직 몰라. 그 사람 말이 틀릴 수도 있으니까."

"하지만 오빠는 믿잖아. 안 그래?"

"왜 그렇게 생각해?"

"난 알아. 오빠를 오래 봐 왔으니까."

승희에게 속마음을 들킨 것 같아 당황스러웠다. 사실 처음 도암에게서 그 말을 들었을 때, 나는 진심으로 그가 틀렸길 바랐다. 하지만 나도 모르는 사이, 내 무의식은 이미 그 말을 사실로 받아들이고 있었다.

승희는 그걸 꿰뚫어 본 것이다. 그녀는 나를 너무나 잘 알고 있다.

그래도 나는 솔직하게 말할 수 없었다. 오직 한 명만 나갈 수 있다니. 어떻게 그런 결정을 내리란 말인가. 물론 우리 둘 다 나갈 수 없을지도 모른다.

하지만 만약에 그녀와 나, 둘 중 하나를 선택해야만 한다면, 나는 주저 없이 승희를 택할 것이다. 그렇기에 나는 도암의 말을 믿지 않는 척해야만 했다.

"아까부터 말하려고 했는데, 조금만 살살 잡으면 안 돼?"

"뭐?"

"손 말이야. 아파 죽겠어."

"아, 미안. 나도 모르게⋯⋯. 진작 말하지 그랬어?"

"오빠가 너무 초조해하는 것 같길래⋯⋯."

"그래 보였어?"

"걱정 마. 나 어디 안 가니까."

승희의 얼굴에 미소가 떠올랐다.

"머리는 좀 어때?"

"많이 아프진 않아. 약간 쿡쿡 쑤시는 정도?"

하지만 그 말과 달리 머리의 혹은 점점 더 커지고 있었다. 게다가 이제 오른쪽 눈은 제대로 떠지지도 않을 정도로 많이 부어올랐다. 아마 통증도 꽤 심할 것이다. 그런데도 내가 걱정할까 봐 일부러 저렇게 말하는 것이리라. 마음이 아팠지만, 그녀의 바람대로 모른 척해 주었다.

남식을 비롯한 나머지 남자들은 우리보다 조금 앞서 걷고 있었다. 안개 때문에 잘 보이진 않았지만, 발소리와 숨소리는 똑똑히 들렸다. 우리 뒤로는 유경과 그녀의 아들 정민 그리고 선해가 따라오고 있었다. 유경은 아들을 등에 업고 있어서 자연스럽게 맨 뒤로 처졌다. 선해는 묵묵히 유경과 발걸음을 맞추며 함께 걸었다. 보기보다 꽤 착한 아이인 것 같았다. 한데 어쩌다 과도 같은 것을 지니고 있었을까? 사연이 궁금했지만, 나는 일부러 묻지 않았다. 어차피 대답하지 않을 게 뻔하니까.

그때, 도암은 우리에게 이런 말을 남겼다.

"오직 기억을 떠올린 자만이 문을 열 자격을 얻습니다. 하지만 거기엔 시험이 따르니, 그 시험을 통과해야만 문으로 나갈 수 있습니다. 명심하세요. 시험은 아주 어렵고, 큰 위험도 따릅니다. 만약 시험에 통과하지 못하면 끔찍한 고통을 겪게 될 겁니다. 제가 도울 수 있는 건 여기까지입니다. 부디 부처님의 가호가 있기를."

그 말을 끝으로 도암은 입을 닫았다. 눈을 감고서 깊은 명상에 잠긴 채, 어떠한 물음에도 대답하지 않았다.

남식도 더는 소용없다는 걸 알았는지, 아무 말도 하지 않았다.

어느 순간부터 남식은 마치 무리의 리더인 양 제멋대로 행동했다. 체격이 그보다 더 큰 대석도 그의 말을 잘 따랐다. 반면, 상철은 어쩔 수 없이 따르는 느낌이었다. 그는 누구에게 지시받는 것을 싫어하는 것 같았다.

이 둘을 제외한 나머지는 남식의 지시에 따르지 않고 각자 알아서 행동했다. 남식도 딱히 우리를 신경 쓰는 것 같진 않았다. 물론 아직까진 말이다. 나중에 문을 찾게 되면 그때 가서 어떻게 변할지 알 수 없었다.

"아무래도 기억을 먼저 떠올린 사람이 유리하겠지?"

승희는 아까부터 계속 그 생각을 한 모양이다.

"꼭 그렇지만은 않을걸? 일단은 시험을 볼 자격이 주어진다는 것뿐이잖아. 게다가 우리는 그 시험이 뭔지도 몰라. 스님 말로는 어렵다고 하니까, 상황이 어떻게 돌아갈진 가 봐야 알겠지."

"난 아무리 해도 기억이 안 떠올라. 오빠는?"

"나도 마찬가지야. 전혀 기억 안 나."

"그럼 우리는 틀렸네. 다른 사람들은 어떨까?"

"모르긴 몰라도, 쉽진 않을 거야. 이건 모두에게 똑같이 적용되는 것 같으니까.”

“답답하다, 정말. 대체 그사이에 무슨 일이 있었던 거지?”

길은 계속 이어졌지만, 가면 갈수록 어디가 어딘지 분간하기가 어려워졌다.

지금까지 겪은 걸 토대로 정리해 보면, 길은 대체로 폭이 넓었고, 양옆으로 숲이 우거져 있거나 산이 있기도 했다. 때론 물가가 나오기도 했는데, 그게 강인지 바다인지는 정확히 알 수 없었다. 방향은 오로지 검은 태양의 위치만으로 가늠할 뿐이다.

길에는 어김없이 이상한 버섯들이 잔뜩 피어 있었고, 앞으로 나아갈수록 회색 안개는 점점 더 짙어졌다. 나중에야 우리는 버섯과 회색 안개 사이의 연관성을 알아차렸다. 버섯들이 계속해서 미세한 포자를 날리고 있었는데, 그 포자들이 바로 회색 안개의 정체였다. 그건 이 세계에 엄청나게 많은 버섯이 자라고 있음을 의미했다. 아니, 어쩌면 온 세상이 버섯으로 뒤덮여 있을지도 몰랐다. 정말이지 상상만으로도 끔찍하다.

그나마 다행인 점은 아직 망귀[3]를 만나지 않았다는 것이다. 망귀는 우리가 본 그 괴물을 일컫는 말이라고 도암이 설명해 주었다.

만약 망귀가 나타났다면, 가장 먼저 선두에 선 사람들과 마주쳤을 텐데, 그러지 않은 것으로 보아 어쩌면 이 길

---

3) 망귀(忘鬼) - 파락에만 존재하는, 기억을 잃어버린 귀신.

에는 망귀가 없을지도 모른다.

나는 남식을 좋아하지 않았지만, 그가 선두에서 길을 열어 주고 있는 것은 마음에 들었다. 그 덕분에 뒤따라오는 사람들은 상대적으로 부담을 덜 수 있었다. 하지만 나는 그의 행동이 순수한 선의에서 비롯된 것이라고는 생각하지 않았다. 어쩌면 그는 가장 먼저 출구를 발견하고자 하는 욕심 때문에 앞서가는 것일 수도 있다. 그러나 그것이 확실히 도움이 되고 있다는 점은 부인할 수 없다.

승희는 계속해서 뒤를 돌아보았다. 뒤따라오는 사람들이 제대로 오고 있는지 걱정이 되는 모양이었다.

"우리 조금만 천천히 가면 안 될까?"

승희가 미안해하는 얼굴로 나를 보며 말했다.

나는 그러자고 했다. 어차피 앞서가는 사람들이 우리를 신경 쓰진 않을 테고, 나도 아까부터 뒤에 오는 유경과 선해가 걱정되었다. 나는 그들과 함께 걸을 생각으로 승희와 함께 잠시 멈춰 섰다.

거리가 꽤 벌어졌는지 그들은 금방 나타나지 않았다. 그로 인해 선두 그룹과 우리 사이의 거리는 계속 멀어지고 있었다. 우리는 뒤를 바라보며 그들을 기다렸다. 하지만 한참을 기다려도 그들은 오지 않았다. 발소리조차도 들리지 않았다. 절을 나선 지 시간이 꽤 흘렀음에도, 나는 그들이 이렇게나 멀리 떨어져 있었음을 미처 알아차리지 못했다. 안개가 정신까지 흐리게 한 걸까? 우리는 점점 초조해지기 시작했다. 그들이 오지 않는 것도 불안했지만, 이렇게 가만히 서 있는 것도 불안하긴 마찬가지다. 안개 속에서 갑자기 뭔가가 튀어나오지 않을까 하는 두려움에 신경이 바짝 곤두섰다. 나는 속으로 그들이 제발 빨리 나타나 주기만을 바랐다.

"왜 이렇게 늦지? 혹시 무슨 일이 생긴 거 아냐?"

승희가 걱정스러운 목소리로 말했다.

"그 여자애도 함께 있잖아. 괜찮을 거야."

"아직 어린애잖아. 괴물이라도 만났으면 어떡해?"

"그랬으면 비명을 질렀거나 도와 달라고 소리쳤을 거야."

"만약 길을 잃었다면?"

"설마 그럴 리가……. 오는 길에 갈림길도 없었잖아."

"역시 아니겠지?"

"너무 걱정하지 마. 곧 올 거야."

하지만 난 이미 최악의 경우를 대비해, 그들을 찾으러 가야 할지 고민하고 있었다. 만약 찾으러 간다면 승희도 데리고 가야 하는데, 그게 가장 큰 걸림돌이었다. 아픈 그녀를 데리고 되돌아가는 게 과연 옳은 일인지 판단이 서질 않았다. 그렇다고 혼자 이곳에서 기다리게 하거나 선두를 따라가라고 할 수도 없다. 그건 너무 위험한 짓이다. 결국 이러지도 저러지도 못한 채 기다리는 시간만 계속 길어지고 있었다.

그때, 저 멀리 안개 속에서 누군가 걸어오는 소리가 들렸다.

"이제 오나 봐."

승희가 안개를 바라보며 말했다.

나는 크게 안도했다. 그들을 찾으러 가지 않아도 돼서 정말 다행이다.

"여기에요! 이쪽이에요!"

승희는 그들을 향해 소리쳤다.

나는 머리 위로 팔을 들어 크게 흔들었다. 멀리서는 안 보여도 50미터 안으로 들어오면 눈에 띌 것이다.

그때 불현듯 무서운 생각이 머릿속을 스쳤다.

'만약 우리가 착각한 거라면……? 혹시 저들이 아니라 면……?'

머리 위로 흔들던 오른팔에 순간 소름이 확 돋았다.

나는 즉시 팔을 내리고 승희에게 소리치는 걸 멈추라 고 시켰다. 승희는 왜 그러냐며 나를 돌아보았다.

"너무 오래 걸린 게 아무래도 좀 수상해. 혹시 모르니까 조심하자."

"아……, 알았어."

발소리가 점점 가까워지고 있었다. 이젠 50미터 근처 까지 다가온 것 같았다. 그런데도 아직 두 사람의 모습은 안개에 가려 보이지 않았다. 나는 여차하면 승희의 손을 잡고 뛸 생각으로 다시 한번 그녀의 손을 꽉 잡았다. 이번 엔 승희도 불평하지 않았다.

이제 바로 근처까지 왔다. 드디어 안개 속에서 실루엣이 보이기 시작했다. 둘이었다. 점점 선명해지는 그들의 모습은 누가 봐도 유경과 선해였다. 승희는 가슴을 쓸어내리며 다행이라고 말했다.

"늦어서 미안해요. 걱정했죠?"

유경이 아이를 업은 채로 걸어오며 말했다. 얼굴에 힘든 기색이 역력했다. 한참을 저러고 왔으니 얼마나 지쳤을까? 나는 그녀가 몹시 측은했다.

"아니에요. 아이 업고 오느라 많이 힘들었죠?"

승희가 위로를 건넸다.

"괘, 괜찮아요. 그보다 미안해서 어떡해요. 괜히 우리 때문에……."

"신경 쓰지 마세요. 우리는 괜찮아요."

"아……, 네."

갑자기 분위기가 어색해졌다. 그녀는 은근히 낯을 가리는 모양이었다.

유경이 다시 입을 뗐다.

"중간에 아이가 갑자기 발작을 일으켜서 그만……."

"정말요? 어쩐지 많이 늦으시더라니. 지금은 괜찮아요?"

"네, 다시 잠들긴 했는데 걱정이에요. 열도 심하고."

"저런……."

"이 학생이 옆에 있어 줘서 큰 힘이 됐어요."

유경은 옆에 있는 선해를 가리켰다. 선해는 여전히 아

무 말이 없었다. 뭐라도 한마디 할 법한데, 일절 입을 열지 않았다. 참 특이한 아이였다.

"애가 아파서 큰일이네요. 어떡하지?"

"어쩔 수 없죠. 빨리 여기서 나가는 길밖엔……."

유경은 말끝을 흐렸다. 한 명만 나갈 수 있다는 도암의 말이 신경 쓰였나 보다.

하지만 정말 그 말이 사실이라면, 유경은 자신과 아들 중 하나를 선택해야만 한다.

과연 그럴 수 있을까?

설령 아들을 선택하더라도, 아픈 아들 혼자서 무사히 현실로 돌아갈 수 있을지 의문이었다. 어느 쪽이든 가혹한 선택인 건 마찬가지였다.

"많이 무겁죠? 제가 대신 업을까요?"

나는 유경에게 말했다. 어차피 함께 갈 거라면 내가 아이를 업는 쪽이, 속도가 더 빠를 것 같았다. 게다가 유경은 이미 많이 지친 상태였다. 얼마나 더 가야 할지 모르는 상황에서 체력이 바닥나기라도 하면 큰일이었다.

"아, 아뇨. 괜찮아요. 제가 그냥 업고 갈게요."

"많이 지치셨잖아요. 계속 더 가야 하는데."

"정말 괜찮아요. 아직 갈 만해요. 걱정하지 마세요."

"그러다 쓰러져요. 그러지 말고 저한테……."

"글쎄, 괜찮다니까요! 아……! 죄송해요."

갑자기 유경이 버럭 화를 내는 바람에 우리 부부는 크

게 당황했다.

나를 못 믿어서 저러는 걸까? 오늘 처음 만났으므로 이해할 수는 있지만, 그래도 저렇게까지 화를 내니까 왠지 좀 무안했다.

"그만 가죠? 여기 더 있을 거 아니면."

갑자기 침묵을 깬 건 선해였다. 몇 시간을 함께 있었지만 목소리를 들은 건 처음이었다. 음침한 이미지와 달리 목소리는 여리고 차분했다. 덕분에 어색해진 분위기에서 벗어날 수 있었다.

우리는 다시 길을 떠났다. 이미 선두 그룹과 꽤 거리가 벌어져서, 그들을 따라잡는 건 아무래도 무리였다. 그렇다고 그들이 우릴 기다려 줄 것 같지도 않았다. 그냥 검은 태양을 따라 계속 걸을 수밖에 없었다.

얼마 후, 유경이 아까 그 일에 대해 다시 한번 사과를 건넸다. 나는 괜찮다며 신경 쓰지 말라고 했다. 그걸 계기로 우리는 다시 대화를 이어 나갔다.

그녀는 아들과 함께 파락으로 오기 전, 오늘 있었던 일에 관해 이야기해 주었다.

"오늘은 일을 마치고 학교에 갔었어요. 정민이 담임 선생님을 만나서 상담했죠. 아이가 학교생활에 잘 적응하지 못하는 것 같다고 하더라고요. 그 얘길 들으니 너무 속상했어요. 다 제 탓이었죠. 혼자서 아이를 키우느라 제대로 신경 쓰지 못한 거예요. 하지만 어떡해요. 최선을 다해도 한계가 있는데. 여자 혼자 애 키우는 게 얼마나 힘든지 아세요? 정말 다 포기하고 싶을 때가 한두 번이 아녔어요. 그런데도 버틸 수 있었던 건 정민이 덕분이에요. 우리 아들 자는 모습을 보면 아무리 피곤해도 힘이 났어요. 아기 때도 얼마나 예뻤는지 몰라요. 그걸 생각하면 포기할 수 없는 거예요. 그래서 이 악물고 계속 버텼죠. 조금만, 조금만 더 고생하자. 정민이가 클 때까지 조금만 더 버티자. 언젠가 우리 아들이 엄마가 고생한 걸 알아줄 날이 올 거야. 그때까지만……."

그 얘기를 들으니 어째서 유경이 그렇게 아들에게 집착하는지 한편으론 이해가 갔다. 나는 그런 그녀가 존경스럽기까지 했다. 하지만 다른 한편으론 그녀의 집착이 무섭게 느껴지기도 했다. 나는 그녀에게 파락으로 오기 전에 무슨 일이 있었는지 기억나느냐고 물었다. 그러자 그녀는 잠시 생각하다가 입을 열었다.

"제가 마지막으로 기억하는 건, 학교를 나와서 집으로 돌아가는 길에 신발 판매장에 들렀던 거예요. 정민이가 새 운동화를 갖고 싶다고 해서 하나 사 줬어요. 전에 사준 운동화가 많이 낡았더라고요. 그러고 나서 집으로 돌아갔던 기억이 나요."

"그다음은 기억이 안 나세요?"

"네, 아무리 기억해 내려 해도 마치 머릿속에 안개가 낀 것처럼 떠오르지 않아요. 참 이상하죠? 분명 오늘 있었던 일인데."

"저도 그래요. 아마 여기 있는 사람들 전부 다 그럴 거예요."

"여긴 대체 뭘까요? 스님은 지옥이 아니라고 했지만, 아무리 봐도 여긴……."

"그분 말씀이 맞을 거예요. 우리, 이렇게 멀쩡히 살아 있잖아요. 안 그래요? 그러니까 다 같이 나갈 수 있는 방법을 찾아봐요."

그녀의 기운을 북돋아 주려고 한 말이었으나 그다지 효과가 있어 보이진 않았다.

"우리 살아 있는 거 맞겠죠?"

유경이 어두운 표정으로 내게 물었다.

나는 주저 없이 대답했다.

"물론이죠."

"고마워요."

우리는 계속 길을 걸었다.

그 후, 선두 그룹과 만날 때까지 우리는 서로 아무 말도 하지 않았다.

6

"무슨 일이죠?"

우리는 생각보다 빨리 선두 그룹과 만났다.

하지만 그건 우리 걸음이 빨라서가 아니었다. 세 사람은 더 이상 앞으로 나아가지 못하고 길 위에 서 있었다.

나는 그들 중 말이 통하는 상철에게 이유를 물었다.

"앞에 망귀들이 있어요."

상철은 낭패라는 듯 고개를 가로저었다. 우리가 가는 길에 망귀가 없길 바랐지만, 그건 희망 사항일 뿐이었다. 승희와 유경의 얼굴에 공포가 드리워졌다. 특히 아들을 업은 유경은 거의 절망에 가까운 표정이었다.

"앞에 몇이나 있죠?"

"우리가 본 것은 넷이었어요. 근처까지 갔다가 발견하

고 바로 돌아왔습니다. 어쩌면 더 있을지도 몰라요."

"넷이라……."

남자 셋이 망귀 넷을 상대하는 건 쉽지 않을 것이다. 하지만 망귀를 무시한 채 그냥 빠르게 뛰어 통과한다면 불가능한 일도 아니다. 그러나 그들은 그 방법을 택하지 않았다. 상철이 말한 것처럼, 앞에 다른 망귀가 더 있을지도 모른다는 것이 그 이유였다. 그걸 무시한 채 뛰어갔다가, 앞에서 어슬렁거리는 망귀들과 마주치면 죽은 목숨이나 다름없을 것이다. 더욱이 뒤에서 쫓아오는 망귀들까지 합세하면 그야말로 진퇴양난이 되어 버리기 때문이다.

게다가 대석은 고도 비만인 사내다. 그가 뛰어 봤자 얼마나 갈 수 있겠는가. 그러면 남은 두 사람만이 이 길을 뚫고 나가야 한다. 앞에는 짙은 회색 안개가 끼어 있어서 도중에 무슨 일이 벌어질지 알 수 없다. 저 앞에 길이 막혀 있을지, 절벽이 있을지도 모르는 상황에서 무턱대고 달리는 것은 자살 행위나 마찬가지다.

나는 그들이 앞으로 나갈 수 없던 사정을 이해할 수 있었다.

"다른 방법은 생각해 봤어요? 이 길 말고, 옆으로 돌아서 간다든가."

"그것도 힘들어요. 이 옆에 뭐가 있는지 봤어요?"

"아뇨."

"경사지예요. 그것도 엄청나게 가파른 경사지. 발 한 번 잘못 내디뎠다간 그대로 굴러떨어질 거예요. 게다가 높이가 얼마나 되는지도 알 수 없고. 그러니 옆길은 생각도 하지 마세요."

"하아, 어떡하지."

검은 태양은 우리를 이 길로 인도하고 있었다. 절에서 나온 지도 한참 지났다. 도암의 말이 맞는다면, 이제는 슬슬 매미 울음소리가 들려야 한다. 어쩌면 저 길을 지나야만 들을 수 있을는지 모른다. 하지만 이 길을 안전하게 지날 방법이 전혀 떠오르지 않았다.

승희와 유경이 걱정스러운 눈으로 나를 바라보고 있었다. 나에게서 해결 방법을 기대하는 것 같았지만, 유감스럽게도 그들에게 해 줄 말이 없었다.

"어떡하긴 뭘 어떡해? 그냥 냅다 뛰어야지!"

남식이 한심하다는 얼굴로 우리를 보며 말했다.

그의 허리띠 사이에는 선해에게서 빼앗은 칼이 끼워져 199 있었다. 이런 야비한 작자가 그런 말을 하니 나도 모르게 쓴웃음이 나왔다.

"여자들은 어떡하고요? 애를 업고 있는 엄마는요? 이 사람들이 괴물보다 빨리 뛸 수 있을 거라 봅니까?"

"왜 내가 그런 것까지 신경 써야 하는데? 어?! 살고 싶으면 각자 알아서 하는 거지."

"대석 씨라고 했죠? 당신은요? 당신도 뛸 수 있겠어요?"

나는 일부러 대석에게 물었다.

그러자 대석은 아무 말도 못 한 채, 급격히 표정이 어두워졌다.

"그럼 어떡하자고? 계속 여기 서서 저 괴물들이 퇴근할 때까지 기다리자는 거야?"

"……."

"이보다 더 좋은 방법이 있으면 어디 한번 말해 봐. 잘 난 척만 하지 말고."

"남식 씨는 달리기에 자신 있나 보죠?"

"왜? 내가 못 달릴까 봐?"

"아뇨, 아마 남식 씨는 여기 있는 누구보다 빠를 겁니다."

"그야 당연하지."

"그러니 이렇게 해 보는 건 어때요? 남식 씨가 바람잡이가 되는 겁니다. 당신이 저 망귀들의 주의를 끄는 동안, 다리가 느린 우리가 이곳을 통과하는 거죠. 어때요?"

"이 미친 새끼가 처 돌았나! 지금 나보고 미끼 노릇을 하라고?!"

"왜요? 겁나요? 어린 여자애나 스님한테는 아무렇지 않게 폭력을 쓰면서, 망귀는 겁나나 보죠?"

"이 개새끼가!"

갑자기 그가 내 멱살을 잡더니, 허리띠 사이에 끼운 칼을 빼 들고 나를 위협하기 시작했다. 그는 분노에 눈이 멀어 당장에라도 나를 찌를 것처럼 보였다. 뒤에서 승희와 유경이 동시에,

"안 돼!"

라고 말하는 소리가 들렸다. 나는 폭력에 굴하지 않고 끝까지 그를 노려보았다.

"잊었나 본데, 여긴 파락이야. 너 하나 죽여도 아무 문제 없어."

그가 살기 어린 눈으로 말했다.

"아무래도 당신은 여기가 잘 어울리는 것 같네."

"이 씨발……!"

"워! 워! 그만! 진정하세요, 남식 씨."

상철이 우리 사이에 끼어들었다.

"우리끼리 싸우면 어쩌자는 거야. 그만 진정하시고, 칼 집어넣어요."

"어차피 한 명만 나갈 수 있다면, 대가리 수 하나라도 줄이는 게 이득 아냐?"

그 말에 상철이 순간 주춤하는 게 보였다.

"장담할 수 있어? 사람을 죽이고도 여길 나갈 수 있는지."

내가 그렇게 말하자 남식의 표정이 달라졌다. 그도 거기까진 예상하지 못한 모양이다.

"민규 씨 말이 맞아요. 혹시 모르잖아요? 괜히 뒤탈이라도 나면……."

"쳇!"

남식이 마지못해 내 멱살을 놓아주었다.

"입 조심해. 혀 잘리기 싫으면."

나는 겁먹은 승희를 향해, 걱정하지 말라는 뜻으로 빙 긋 웃어 보였다.

"결국 아무것도 해결된 게 없네. 이럴 거면 차라리……"

대석이 힘들어하는 얼굴로 말했다.

"차라리 뭐요? 다시 거기로 돌아가자고요?"

상철이 한심하다는 투로 말했다.

"솔직히 도암인지 뭔지 하는 그 땡중 말만 믿고 온 거잖아요. 다시 가서 그 새끼를 조져 보면 뭐라도 나오지 않겠어요?"

"이야, 이 친구 머리가 좀 돌아가네. 대석이라고 했지? 내가 형이니까 말 놓을게."

남식이 그렇게 말하자 대석은 눈치를 보며 고개를 끄덕였다.

"그래, 다시 돌아가자? 좋아. 그럼 그렇게 해. 까짓것 왔던 길로 다시 돌아가면 되지, 뭐. 근데 말이야. 그 중놈을 조져도, 아무것도 안 나오면? 그땐 어떡할래? '아, 실수!' 이 지랄을 하고 다시 여기로 올래?"

대석은 아무 말도 못 했다.

"대석아, 그럴 거였으면 출발하기 전에 했어야지. 그리고 어딜 봐서 그 중놈이 입을 열게 생겼냐? 아마 이 칼로 육포를 떠도, 입도 뻥끗 안 할걸?"

대석은 괜히 마른침을 삼켰다. 그는 그 말을 꺼낸 걸 후회하는 듯 보였다.

"아니면 말이야. 네가 미끼가 돼 보는 건 어때? 돼지처럼 살도 뒤룩뒤룩 쪘겠다, 망귀들이 고기 파티하자고 아주 환장하며 달려들 것 같은데? 크크!"

"괜히 나한테 지랄이야……."

대석이 거의 들리지 않을 만큼 작은 소리로 말했다.

하지만 남식에게는 그 말이 충분히 들린 모양이었다.

그는 칼을 거꾸로 쥔 채 대석에게 다가갔다.

"뭐라고, 이 새끼야?"

"아, 아뇨. 죄송합니다……!"

이번엔 상철이 말릴 새도 없이, 남식이 칼 든 손을 치켜들었다.

"저것들, 눈이 안 보여요."

갑자기 선해가 던진 말에 남식은 동작을 멈추고 그녀를 돌아보았다.

다른 사람들도 모두 그녀를 바라보았다.

"버섯 때문에 그래요. 그러니까 소리만 안 내면 우릴 못 알아볼 거예요."

"아! 맞아. 그때 그놈도 눈에 버섯이 자랐었어!"

상철이 바로 맞장구쳤다.

선해 말대로 처음에 나를 공격했던 여자 망귀도 눈은 물론 얼굴 대부분이 버섯으로 뒤덮여 있었다.

"일리 있는 얘기예요."

나는 선해의 생각에 동의했다.

"저도 찬성해요. 아이를 업고 뛰는 건 불가능하지만, 천천히 가는 거라면 할 수 있어요."

유경도 동의했다.

"음, 해 볼 만하겠어. 나도 찬성!"

"저, 저도요!"

상철과 대석도 모두 찬성표를 던졌다.

"만약 그 말이 틀리면 어떻게 되는지 알지? 우리 다 죽는 거야."

남식이 딴지를 걸었다.

"확실해요. 놈들은 우릴 못 봐요."

선해는 확신에 찬 목소리로 말했다.

"네가 그걸 어떻게 알아?"

"그냥 알아요."

"너 혹시 전에도 여길 와 봤나?"

선해는 대답하지 않았다.

남식이 '요것 봐라?' 하는 표정으로 그녀를 바라보았다.

"너도 그럼 스님처럼……?"

"왜 그렇게 말이 길어요? 가기 싫어요? 싫으면 여기 남든가."

선해의 당돌한 태도에 남식은 기가 찬 듯 피식 웃었다.

"그래요. 얘기는 나중에 하고 그 말대로 해 봅시다. 저 놈들이 친구들이라도 불러오면 큰일이니까."

상철이 재빨리 분위기를 수습했다.

우리는 더 이상 묻지 않고 선해의 말대로 해 보기로 했다.

선해는 누가 시키지도 않았는데 스스로 선두에 섰다. 무리하지 않아도 된다고 일렀지만, 그녀는 고개만 끄덕일 뿐 내 말을 듣지 않았다.

선해를 선두로 나와 승희, 상철, 대석, 유경과 정민 그리고 맨 뒤에 남식이 따라왔다. 사실 따지고 보면 맨 앞줄과 뒷줄이 가장 위험하기에, 남식이 맨 뒤에 선 것은 나름 합당해 보였다.

우리는 아주 천천히 안개 속으로 걸어 들어갔다. 앞에 무엇이 있는지 알려면 최소한 50미터 이내로는 들어와야 한다. 하지만 그것도 매우 흐릿한 형상만 보일 뿐이다. 사물의 윤곽이 좀 더 뚜렷해지려면 30미터 이내로는 들어와야 한다. 그때부터 대상을 구분할 수 있다.

안개 때문에 극도로 시야가 줄어든 상황에서 믿을 건 청각뿐이었다. 우리는 모든 감각을 청각에 집중하며 걸었다. 보이지도 않는 저 앞에서 먼저, 놈들의 소리가 들려왔다.

끄르르르……, 끄끅……, 끄끅…….

오직 성대만 움직여서 내는 듯한 섬뜩한 소리.

짙은 회색 안개 속에서 들려오는 놈들의 그 소리는 우리를 점점 불안하게 했다.

그런 상황에서도 선해는 침착하게 앞으로 나아갔다. 아마 내가 선두에 섰어도 저렇게 차분하진 못했을 것이다.

고작 고등학생 정도밖에 안 돼 보이는 소녀가, 이런 상황에서 어찌 저리도 침착할 수 있는지 그저 감탄스러울 뿐이었다.

그때 갑자기 선해가 멈춰 섰다. 뒤따라오던 일행 모두 그녀를 따라 멈출 수밖에 없었다. 선해가 나를 돌아보더니, 검지를 세워 입가에 대면서 작은 소리로 이렇게 말했다.

"앞에 하나 있어요. 조심하세요."

나는 곧바로 그녀의 말을 뒷사람에게 전달했다.

우리는 다시 앞으로 나아갔다. 얼마 후, 선해의 말대로 앞에 망귀가 하나 서 있었다. 역시나 실오라기 하나 걸치지 않은 알몸이었다. 남자였고, 얼굴과 몸에 징그러운 버섯을 주렁주렁 달고 있었다. 선해가 먼저 낮은 자세로 그 옆을 살금살금 지나갔다. 예상했던 대로 놈은 선해를 보지 못했다. 하지만 청각은 살아 있는지, 고개를 두리번거리며 소리 나는 곳을 찾는 듯했다. 선해는 무사히 그 옆을 통과하고 나서 얼른 오라며 내게 손짓했다.

나는 그녀가 했던 대로 자세를 낮추고 그 옆을 지나갔다. 가까이서 놈을 보니 두려움으로 심장이 요동쳤다. 혹시라도 소리를 내지 않을까 조마조마하면서 나는 그 옆을 통과했다. 그 뒤로 사람들이 한 명씩 망귀 옆을 지나왔다.

가장 걱정했던 건 유경이었다. 그녀는 아이를 업고 있어서 어쩔 수 없이 자세를 완전히 낮출 수가 없었다. 망귀

의 눈이 보이지 않는데도 굳이 자세를 낮춰서 걷는 이유
는 선해의 지시 때문이었다. 앞서 선해는 만에 하나 놈들
중에 눈이 아직 퇴화하지 않은 녀석들이 있을 수도 있으
니, 되도록 자세를 낮추라고 말했다. 눈이 보일 수도 있다
는 말에 불안하긴 했지만, 어린 선해가 저렇게 앞장서서
가니 아무도 불만을 품지 않았다. 게다가 어차피 우리에
게는 다른 선택지가 없었다.

　구부정한 자세로 망귀들 사이를 지나는 유경의 모습이
너무 위태로워 보여서, 우리 부부는 그녀가 통과할 때까
지 숨을 꾹 참고 지켜보았다. 망귀 한 마리를 지나자, 안
개 속에서 또 다른 망귀가 모습을 드러냈다. 곧이어 두 마
리가 더 나타났다. 그들은 어슬렁거리다가도 갑자기 예
상치 못한 행동을 해서 우리의 간담을 서늘케 했다.

　첫 번째 관문은 모두 무사히 통과했다. 하지만 문제는
그다음부터였다. 그곳에서 얼마 떨어지지 않은 곳에 다
섯 마리의 망귀들이 모여 있었다. 남자 셋과 여자 둘. 그
들은 우리가 지나가는 길목에 자리를 잡고 앉아 마치 식
사를 즐기듯 무언가를 뜯어 먹고 있었다. 우리는 어쩔 수
없이 그들을 피해 크게 돌아서 갈 수밖에 없었다.

　그 옆을 지나오면서 나도 모르게 그쪽으로 시선을 돌
리고 말았다. 그건 분명 사람이었다. 우리와 똑같은 사람.
어쩌면 우리처럼 파락으로 건너온 사람인지도 모른다.
이제는 망귀들에 의해 거의 해체된 상태여서 온전한 사

람의 형태를 취하고 있진 않았지만, 그가 입은 옷을 보면 알 수 있었다. 나는 토할 것 같은 기분을 간신히 억누른 채 그곳을 지나왔다.

여러 마리가 모여 있는 것 말곤, 다른 위험 요소는 없어 보였다. 그들은 눈앞의 음식에만 정신이 팔려 있어서 다른 것에는 관심조차 두지 않았다.

그런데 그만 대석이 실수를 저지르고 말았다. 육중한 몸무게 때문에 자세를 낮추며 걷기가 어려워 네발로 기어가던 그가, 바닥에 핀 눈 달린 버섯을 보고 소스라치게 놀라 비명을 지른 것이다.

그가,

"악!"

하고 소리를 지르자, 일순간 우리 일행은 얼어붙은 듯 걸음을 멈추었다. 모두가 경악한 표정으로 그를 바라보았다.

끄륵……? 끄르륵……?

소리를 들은 망귀 한 마리가 고개를 쳐들었다. 얼굴엔 피 칠갑을 한 채 인육을 질겅질겅 씹으며 우리 쪽을 바라보았다.

"저 미친 새끼!"

남식이 성난 얼굴로 대석을 보며 말했다.

예기치 못한 상황에 모두가 당황해 어찌할 바를 모르고 서 있었다.

그때 선해가 우릴 보고 소리쳤다.

"뛰어요!"

그제야 상황을 파악한 사람들이 일제히 달리기 시작했다.

안개 속에서 망귀들이 우리를 쫓아오는 소리가 들렸다. 다들 겁에 질려 있어서 도망치는 것 말고 다른 것은 생각할 수 없었다.

그때, 뒤에서 비명이 들려왔다. 목소리로 보아 유경이 틀림없었다. 돌아보니 이미 안개에 가려 그녀의 모습이 보이지 않았다. 아무래도 뛰다가 넘어진 모양이었다. 아이를 업은 채로 뛰는 것은 역시 무리였다. 나는 승희에게 먼저 가라고 하고서, 그녀를 돕기 위해 되돌아갔다.

남식이 제 한 몸 살자고, 유경을 버린 채 혼자만 뛰어오고 있었다. 그는 나를 쳐다보지도 않고 지나가 버렸다. 얼마 안 가, 바닥에 쓰러져 있는 유경이 눈에 들어왔다. 나는 재빨리 다가가 그녀를 일으켜 세우며 말했다.

"정민이 제가 안을게요! 어서요!"

유경은 즉시 아이를 내게 건넸다. 아이의 몸이 불덩이처럼 뜨거웠다. 색색거리는 얕은 숨소리는 지금 아이의 상태가 몹시 위태롭다는 걸 말해 주고 있었다. 나는 아이를 안고서 유경과 함께 달리기 시작했다.

망귀들이 바로 등 뒤에서 쫓아오는 것 같았다. 그들의 발소리와 숨소리가 아주 가깝게 느껴졌다. 하지만 아이를 안고 있어서 빨리 뛸 수가 없었다. 게다가 지친 유경까지 끌고 가야만 하는 상황이었다. 간격이 점점 좁혀지고 있었다. 이제는 안개 속에서 그들의 모습이 보일 정도로 가까워졌다.

'잡힌다! 이대로 가면 붙잡히고 만다! 버려! 아이를 버려! 안 그러면 네가 죽어!'

누군가 내 귀에 대고 그렇게 외치는 것 같았다. 나도 모르게 아이를 안은 손에 힘이 빠지기 시작했다.

"안 돼!"

나는 일부러 소리를 버럭 질러서 유혹을 물리쳤다. 한순간이지만, 그런 생각을 했던 나 자신이 부끄러웠다. 나는 이를 악문 채 계속 달렸다.

그때 맨 앞에서 누군가 소리쳤다.

"매미다! 매미 소리야!"

7

치르르르— 치르르르—

한여름에 창문을 열어 두면 어김없이 어딘가에서 매미 울음소리가 흘러 들어왔다. 선풍기 바람을 쐬며 그 소리에 귀 기울이다 보면, 어느새 나도 모르게 잠에 빠져들곤 했다.

회색 안개 속에서 헤매는 지금도 그때 기억이 선명하게 떠오른다.

"헉! 헉! 헉!……."

나는 불덩이 같은 아이를 안고서, 보이지도 않는 안개 속을 뛰고 있었다. 먼저 간 사람들의 모습은 보이지 않았다. 언제부턴가 날 따라오던 유경의 모습도 보이지 않았다. 두렵다. 마치 이 세상에 아이와 단둘만 남은 듯싶다.

그런데도 매미 울음소리만은 선명하게 들려왔다. 나는 무작정 그 소리를 따라갔다. 덕분에 두 번의 갈림길에서 소리로 방향을 정할 수 있었다. 소리를 따라간다는 게 어떤 건지 정확히 설명하기 어렵다. 소리는 퍼져나가기 때문에 대상과 멀수록 방향을 특정하기가 매우 어려워진다. 그런데도 나는 소리가 들려오는 방향을 왠지 알 것 같았다. 신기하게도 소리는 마치 도로 위의 주행 유도선처럼 정확히 나를 그곳으로 안내하고 있었다. 어쩌면 극도로 예민해진 청각 덕분에 방향을 알 수 있었는지도 모른다. 아니면, 설명하기 어려운 어떤 신비한 힘이 나를 이끌었던가.

아무튼 나는 매미 울음소리를 따라 계속 뛰어갔다. 그러다 보니 어느새 길에서 벗어나 숲속을 뛰어가고 있었다. 소리의 진원지가 바로 저 앞에 있다는 확신이 들었다. 나는 죽을힘을 다해 뛰었다. 어느샌가 날 쫓아오던 망귀들의 소리가 들리지 않았다. 하지만 아직 안심할 수 없었다. 사람들을 만나기 전까진.

얼마 후, 안개가 조금 옅어지면서 누군가의 모습이 눈에 들어왔다. 승희였다. 그녀는 등을 돌린 채로 안개 속을 바라보고 있었다. 그녀가 바라보는 곳에서 다른 사람들의 목소리가 들려왔다. 어쩌면 이미 문을 발견했는지도 모른다. 공포로 떨렸던 심장이 이번엔 흥분으로 떨리기 시작했다.

내가 다가가자, 승희가 돌아서서 나를 바라보았다.

"오빠!"

곧바로 그녀가 달려와 나를 와락 끌어안았다. 팔을 쓸 수 없어서, 대신 그녀의 머리에 입을 맞추었다.

"오빠 안 와서 내가 얼마나 걱정했는지 알아?"

"미안. 좀 늦었지?"

"괜찮아. 왔으면 됐지……. 근데 유경 씨는?"

"먼저 오지 않았어?"

"아냐. 아직 안 왔어. 난 오빠랑 같이 오는 줄 알았는데."

"설마……! 승희야, 잠깐 아이 좀 맡아 줘."

"뭐 하게? 설마 거길 다시 가려고?!"

"가서 데려와야지. 이대로 놔둘 순 없어. 미안, 다녀올게."

승희에게 아이를 막 넘기려던 순간, 안개 속에서 누군가 뛰어오는 소리가 들렸다. 나는 잠시 긴장한 얼굴로 안개 속을 바라보았다.

이윽고 모습을 드러낸 건 유경이었다. 그녀는 숨을 헐떡이며 뛰어왔다.

"아, 다행이다. 정말 다행이야."

승희가 눈물을 글썽거리며 말했다.

유경은 오자마자 아이부터 품에 안았다. 그러곤 나에게 몇 번이고 감사 인사를 건넸다. 나는 그녀가 쓰러질까 봐, 그게 더 걱정이었다.

"좀 쉬세요. 안색이 안 좋아요."

그녀는 알겠다고 하고서, 사람들이 모여 있는 곳으로 걸어갔다.

그제야 긴장이 풀리는지 슬슬 피로가 몰려오기 시작했다. 하지만 지금은 쉴 때가 아니다. 나는 느슨해진 마음을 다잡고서 승희와 함께 사람들이 모여 있는 곳으로 걸어갔다.

"오빠, 나 할 말이 있어."

갑자기 승희가 내 팔을 잡으며 말했다. 나는 멈춰 서서 그녀를 돌아보았다.

"이런 일이 생길 줄 알았으면 미리 말하는 건데……. 미안해. 내 실수야."

승희의 표정이 자못 심각해 보여 나는 괜히 겁이 났다.

"왜 그래? 뭔데?"

"실은 말이야. 나……. 아!"

승희는 말하다 말고 갑자기 머리를 붙잡고서 고통스러워했다.

"승희야, 괜찮아?!"

"아……, 머리가……. 머리가 너무 아파!"

승희의 얼굴이 금세 붉어졌다. 통증 때문인지 그녀의 몸이 바들바들 떨렸다. 호흡도 거칠어졌고, 급기야 코피까지 쏟았다.

"승희야, 날 봐! 숨 쉬어! 어서!"

"그게 잘……, 안 돼."

"그래도 해야 해! 자, 날 따라 해……."

승희는 억지로라도 나를 따라 호흡하려고 애썼다.

잠시 후, 호흡이 안정되자 그녀를 괴롭히던 증상도 함께 사라졌다. 그제야 나는 승희의 머리에 난 혹이 전보다 더 커진 것을 알았다. 심지어 오른쪽 눈은 붉게 충혈되고 있었다. 상태가 빠르게 악화하고 있다. 이대로 가면 걷잡을 수 없게 될지도 모른다. 마음이 조급해진다. 승희를 빨리 이곳에서 나가게 해야 한다. 더 늦기 전에.

"이제 괜찮아. 놀랐지?"

승희가 내 손을 잡으며 말했다.

'괜찮을 리 없잖아! 빨리 여길 나가야 한다고! 안 그러면……!'

그 말이 입안에서 맴돌았지만, 나는 끝내 내뱉지 않았다.

"이쪽으로 와 보세요! 빨리!"

그때, 사람들이 모인 곳에서 유경이 우리를 부르는 소리가 들렸다.

"가 보자."

승희가 내 손을 잡아끌며 말했다.

"아까 하려던 말은 뭐였어? 중요한 얘기인 것 같은데."

나는 아까부터 그 말이 계속 신경 쓰였다.

"아……. 이따가 얘기해 줄게. 지금은 사람들 있는 곳으로 가 보자. 빨리."

승희가 재촉하는 바람에 나는 어쩔 수 없이 그녀를 따라갈 수밖에 없었다.

앞서 온 사람들은 **그것**을 보며 당혹감을 감추지 못했다. 나 또한 그들과 같은 심정이었다.

"이게 대체 왜 여기에⋯⋯?"

"장난해?! 지금 장난하냐고!"

"뭐야, 이거? 내가 지금 헛것을 보고 있나?"

사람들의 반응은 한결같았다. 보고도 믿을 수 없다는 표정들이었다.

우리 앞에 나타난 건, 한마디로 말해 누군가의 짓궂은 장난이었다. 그것도 아주 지독한 장난. 그러니 화가 나고 어이가 없는 게 당연했다.

"똑같아. 완전히 똑같은 절이야."

그랬다. 지금 눈앞에 있는 것은 우리가 처음 머물렀던 그 절과 모든 점이 완벽하게 똑같은 절이었다. 떨어져 나간 기왓장, 처마 밑에 처진 거미줄, 심지어 장지문에 난 구멍의 위치까지도 같았다. 마치 그대로 복사해서 붙여 넣기라도 한 것처럼. 다른 게 있다면 저 안에서 매미 울음소리가 흘러나오고 있다는 것뿐이었다.

치르르르— 치르르르—

두려웠다. 솔직히 나는 이곳이 두렵고 싫었다. 뭔가 알 수 없는 강렬한 불쾌감이 내 몸을 훑고 지나갔다. 저 안으로 들어가기 싫었다. 왠지 발을 들여놔선 안 될 것 같은 불길한 예감이 들었다. 그건 나만 그런 게 아닌 듯했다. 다른 사람들도 들어가길 주저하고 있었다. 아마 본능적으로 느낀 것이리라.

어째서 도암이 우리에게 이곳을 알려 주려 하지 않은 건지 그제야 알 것 같았다. 하지만 이미 와 버렸다. 여기서 되돌아가는 건 있을 수 없는 일이다.

다들 겁을 먹은 채, 누구도 불당 안으로 들어가려 하지 않았다. 남식조차도 그 앞에서 망설이고 있었다. 다들 누군가 대신 나서 주길 바라는 눈치였다.

결국, 내가 앞장설 수밖에 없었다. 나는 장지문으로 다가가 문고리를 손에 쥐었다. 손바닥이 땀으로 흥건했다. 천천히 문고리를 당겨 문을 열자, 안에서 익숙한 향냄새가 풍겨 왔다.

나도 모르게 오싹 소름이 돋았다. 나는 용기를 내서 안으로 들어갔다.

◇◇◇◇◇

불당 안엔 스님 한 분이 가부좌를 튼 채 앉아 있었다. 한데 승복 색깔이 특이하게도 흰색이었다. 저런 승복은 여태껏 본 적이 없다. 하지만 그보다 더 이상한 것이 눈앞에 있었다. 승복 색깔 따윈 대수롭지 않게 만들어 버릴 정도로, 그야말로 기괴하고 충격적인 광경이었다.

그것은 벽에 달라붙은 거대한 매미 유충이었다. 아직 껍질을 벗지 못한 유충이, 불상이 있어야 할 자리를 대신 차지하고 있었다. 거구의 대석보다도 몸집이 훨씬 더 컸다. 머리는 거의 천장에 닿을 정도다. 무시무시할 정도로 거대한 곤충과 맞닥뜨리니 나도 모르게 오금이 저렸다.

"헉! 이, 이건 또 뭐야?!"

사람들이 불당 안으로 들어왔다. 그들 또한 매미 유충을 보고서 경악을 금치 못했다. 유경은 아예 비명을 지르며 뒷걸음질 쳤다. 승희도 하얗게 질린 얼굴로 그것을 바라보고 있었다.

사람들이 모두 들어오자, 매미 울음소리가 뚝 그쳤다.

"오시느라 수고 많으셨습니다."

흰색 승복을 입은 스님이 우릴 향해 돌아앉았다.

"어?! 당신은……!"

다들 또 한 번 놀라고 말았다. 이 불당의 주인은 다름 아닌, 도암이었다. 얼굴도 목소리도 완벽하게 똑같은 도암이었다. 하지만 어딘지 모르게 처음 보았던 도암과는 분위기가 미묘하게 달라 보였다.

"도암 스님이세요?"

유경이 그를 보며 물었다.

"부르고 싶은 대로 부르세요. 어차피 이름 같은 건 무의미하니까."

"지랄하고 자빠졌네! 너 뭐야?! 여기 대체 어떻게 왔어?!

말해!"

남식이 흥분한 목소리로 소리쳤다.

"소승은 항상 이곳에 머물고 있습니다. 그러니 여러분은 언제든 저를 찾아오시면 됩니다."

"헛소리 말고 묻는 말에 대답이나 해! 여긴 어떻게 왔냐고?!"

"혹시 문을 통해 온 게 아닐까요?"

상철이 말했다.

"문?"

"자기만 드나들 수 있는 문이 있다고 했잖아요. 그 문을 통하면 파락의 어느 곳이든 갈 수 있는 게 아닐까요?"

"오! 일종의 마법 포털 같은 건가?"

대석이 눈을 빛내며 말했다.

갑자기 남식이 칼을 빼 들었다.

"그게 사실이면 우리한테도 보여 줘 봐. 자, 어서."

도암은 말없이 그를 보며 염주만 굴리고 있었다.

"흥! 끝까지 말을 안 하시겠다? 좋아, 어디 한 번 해 봐. 이번엔 네 놈 손가락을 잘라 줄 테니까."

남식이 스님을 향해 성큼성큼 걸어갔다.

나는 재빨리 그 앞을 가로막았다. 그가 희번덕거리는 눈으로 나를 노려보았다.

"비켜. 두 번 말 안 한다."

"여기까지 힘들게 왔잖아요. 도암이 가르쳐 준 대로. 지금까지 도암이 한 말 중에 틀린 게 있었습니까?"

나는 그의 눈을 똑바로 보며 말했다. 여기서 밀리면 모든 게 끝장이다. 일말의 희망조차 기대할 수 없게 된다. 죽는 한이 있어도 그를 말려야 한다.

남식의 눈은 여전히 분노로 가득 차 있었다.

"아직 끝나지 않았어요. 우리 중의 한 명이 나가게 될 거라고 했잖아요. 그게 당신이 될 수도 있는데, 그 기회를 날려 버릴 겁니까?"

"흥!"

"다른 사람들도 모두 같은 생각일 거예요. 누가 될지 알 수 없지만, 장담컨대 저 스님이 죽으면 모든 게 물거품이 될 겁니다. 영원히 이곳을 빠져나갈 수 없다고요."

남식을 제외한 모든 사람이 내 말에 공감하고 있었다. 남식도 그것을 알기에 섣불리 행동할 수 없었다.

"남식 씨, 진정하고 우리 이성적으로 생각합시다. 민규 씨 말이 맞아요. 뭐 하러 위험을 자초합니까. 일단은 시키는 대로 해 봅시다. 해 봐서 안 되면 그때 가서 손을 써도……."

"윽!"

상철의 말이 끝나기도 전에 날카로운 칼날이 내 옆구리를 파고들어 왔다.

너무나 갑작스럽게 일어난 일이라 나는 어안이 벙벙했다. 믿을 수 없었다. 칼은 날이 보이지 않을 정도로 내 몸에 박혀 있었다. 나만큼이나 사람들도 놀랐는지 입을 다물지 못했다. 그들 사이에서 승희의 얼굴도 보였다. 마치 자기가 찔리기라도 한 것처럼 충격과 고통으로 표정이 일그러져 있었다.

나는 고개를 들어 남식을 바라보았다. 그는 야비하게 웃지도, 죽일 듯이 나를 노려보지도 않았다. 오히려 표정은 굳어 있었고, 눈동자는 심하게 흔들렸다. 자신이 무슨 짓을 저질렀는지 그제야 깨달은 듯한 얼굴이었다. 하지만 끝까지 자기 잘못을 인정하려 하진 않았다. 그는 그런 인간이었다.

옆구리에서 칼날이 빠져나갔다. 남식은 주춤거리며 뒤로 물러났다. 나는 그 자리에 서서 옆구리를 손으로 틀어막았다. 뜨끈한 핏물이 손가락 사이로 흘러나왔다.

승희가 비명을 지르며 내게 달려왔다.

8

피해가 막심하지만, 그래도 그를 막을 수 있어서 다행이다.

옆구리에서 피가 멈추질 않는다. 그나마 다행인 건 과도라서 상처가 그리 깊진 않다는 것이다. 출혈만 막을 수 있다면 어떻게든 버텨 보겠는데, 지금으로선 그것조차도 쉽지 않아 보인다.

"기억을 떠올린 자만이 시험에 응할 수 있습니다. 준비되셨다면 저기에 손을 얹으세요."

흰옷의 도암은 그렇게 말하며, 거대한 매미 유충을 손가락으로 가리켰다.

"뭐 하자는 수작이야?"

남식이 삐딱하게 서서 말했다.

승희는 분노에 찬 눈빛으로 그를 노려보았다.

나를 칼로 찌른 이후, 남식은 사람들 사이에서 공포의 대상이 되었다. 아무도 그의 말에 반박하거나 이의를 제기하지 않았다.

"말 그대로입니다. 준비된 분은 손을 얹으시면 됩니다. 그러면 파락이 여러분을 판단할 것입니다. 이곳에서 나가도 되는지 아닌지를."

"그럼, 저 벌레가 파락의 주인이라도 된다는 소립니까?"

상철이 물었다.

"저것은 그저 파락의 일부일 뿐. 파락엔 주인이 따로 존재하지 않습니다. 저것은 굳이 말하자면, 심사관이라 할 수 있겠군요."

"심사관? 대체 뭘 심사한다는 거죠?"

"그건 파락이 알아서 할 겁니다. 여러분은 오직 잃어버린 기억을 떠올리시기만 하면 됩니다."

"기억이라……. 젠장, 기억이 나야 말이지."

상철은 끌끌 혀를 찼다.

"시간은 많으니 천천히 떠올려 보세요. 분명 기억이 돌아올 겁니다."

하지만 나와 승희 그리고 정민에겐 시간이 그리 많지 않았다. 우리 중 누군가는 기억을 떠올리기 전에 죽을지도 모른다. 가장 유력한 후보는 나와 정민이었다. 한데 정민에겐 그보다 더 심각한 문제가 있었다.

"스님, 지금 우리 아이가 몹시 아파요. 기억은커녕 정신을 차리지도 못해요. 어떡하면 좋죠? 뭔가 다른 방법이 없을까요?"

유경이 간절한 눈빛으로 그에게 물었다.

"유감스럽게도 다른 방법은 없습니다. 이곳에서 성불하도록 빌어 주는 것밖엔……."

"성불하라니요? 지금 우리 아들보고 그냥 죽으란 소리예요? 어떻게……! 어떻게 그런 말씀을 하실 수가 있어요!"

"어이, 아줌마. 애는 틀렸어. 포기해."

남식이 벽에 기대앉아, 칼끝으로 정민을 가리키며 말했다.

"누가 당신한테 물어봤어?!"

유경이 버럭 소리를 질렀다.

그러자 남식의 눈이 또다시 번뜩이기 시작했다.

유경은 위험을 느꼈는지, 곧바로 시선을 누워 있는 아이한테로 돌렸다. 다행히 이번엔 남식도 그냥 넘어가는 듯했다.

그때, 대석이 손을 들고 도암에게 물었다.

"만약 시험에 떨어지면 그땐 어떻게 되는 거죠? 뭔가 엄청난 벌칙이라도 받나요?"

"시험에 떨어진 사람은 심연을 들여다보게 됩니다."

도암은 지그시 그를 바라보며 말했다.

"심연? 그게 뭔데요?"

"뭔가 깊은 곳을 말하는 것 같은데요? 종교적인 의미일 수도 있고."

상철이 대신 말했다.

"뭐야, 고작 그게 다라고? 아이 씨, 괜히 쫄았네! 좆나 위험할 거라더니. 쳇!"

"우리는 이미 위험을 헤치고 왔잖습니까? 그 괴물들을 뚫고서. 파락도 양심이 있으면 더 이상 우릴 괴롭히면 안 되죠."

"그럼, 만약에 기억을 떠올리지 못한 사람이 시험에 도전하면요?"

이번에도 대석이 질문했다.

그러자 갑자기 도암의 표정이 싸늘히 굳어졌다.

"어떤 식으로든 시험을 더럽힌 자는 무서운 처벌을 받게 됩니다. 모든 구멍에서 피가 흘러나오고, 살과 뼈가 녹아내리는 끔찍한 고통을 겪게 되지요. 그러니 혹여라도 그런 생각을 가졌다면 그만두는 게 좋을 겁니다. 파락은 절대 실수하는 법이 없으니까요."

도암의 경고에 대석 얼굴에서 웃음기가 싹 사라졌다.

"아, 아무튼 기억을 먼저 떠올리는 사람이 유리하다는 거네?"

"뭐, 그렇겠죠."

상철이 꽤 여유로워 보이는 얼굴로 말했다.

그러자 맨 뒤에서 남식이 헛기침을 했다.

그는 마치 보란 듯이 칼을 빙글빙글 돌리며 사람들을 슥 쳐다보았다.

그건 누가 봐도 협박이었다. 만약 나보다 먼저 유충에 손을 대는 사람이 있으면 가만두지 않겠다는 뜻이다.

상철과 대석도 그걸 아는지 시선을 피한 채 고개를 숙였다.

이제부턴 시간과의 싸움이다.

사람들은 자리에 앉아 조용히 생각에 잠긴 채 기억을 떠올리고 있었다.

유경은 그 와중에도 아들 이름을 부르며, 어떻게든 정민이 정신을 차리게 하려고 애썼다. 하지만 정민은 이미 몸이 축 늘어져서 손가락 하나도 움직이지 못했다. 그동안 피를 너무 많이 흘린 탓이었다. 마치 내 미래를 보는 것 같아 두려웠다.

"있잖아. 아까 하려고 했던 말, 말인데."

승희가 나지막한 목소리로 말했다.

나는 옆구리를 손으로 꾹 누른 채로 승희에게 몸을 기대고 있었다. 이미 내 바지 윗부분은 피로 흠뻑 젖어 있었다.

"무슨 말?"

"아까 말이야. 여기 들어오기 전에 밖에서……."

"아, 그랬지. 해 봐. 궁금하다."

나는 아무렇지 않은 척 웃으며 말했다.

승희는 고개를 숙인 채 잠시 말이 없었다. 뭔가 큰 결심이 필요한 듯 보였다. 그럴수록 나는 더 궁금했다. 이윽고, 그녀가 고개를 들었을 때 눈가에 맺혀 있던 눈물 한 방울이 또르르 흘러내렸다.

　　"미안해. 나, 실은 임신했어."

　　"임신……?"

　　순간, 뇌 기능이 정지된 것 같았다. 이런 상황에 너무나 어울리지 않는 단어여서, 나는 그 의미를 바로 떠올리지 못했다. 하지만 곧 깨닫고서 깜짝 놀랐다. 너무 놀라서, 순간 아픈 것도 잊을 정도였다.

　　"4개월째래. 미리 말 못 해서 미안해. 실은 오늘 말하려고 했어. 함께 바다를 보면서……."

　　"그랬었구나. 아쉽네."

　　"응?"

　　"바다를 보면서 들었으면 더 좋았을 텐데. 흐흐."

　　"그러게……. 근데 아마 얘기 안 했을 거야. 자기랑 차 안에서 싸웠잖아. 나 그때 완전 삐쳤었거든? 절대 말 안 해야지 하고 다짐했었다고."

　　"미안. 난 혼나도 싸다. 그치?"

　　"괜찮아. 이미 다 용서했으니까."

　　나는 그만 웃음이 터지고 말았다.

　　"왜 웃어?"

　　"그냥 웃겨서. 왠지 이곳에서 우리만 여유를 부리고 있는 것 같잖아. 다들 어떻게든 기억을 떠올리려고 안간힘을 쓰는데, 우리만 상관없는 대화를 나누고 있잖아. 그래서 웃었어."

"하긴, 그러네. 근데 억지로 끄집어낸다고 해서 떠오를까? 내 머릿속은 그 부분만 완전히 백지거든."

"나도 그래."

"나 학교 다닐 때도 암기 과목은 유독 약했거든? 시험 전날에 외운 것도 기억이 안 날 정도니까 말 다 했지. 그래서 솔직히 자신 없어. 그러니까 오빠만이라도 잘 떠올려 봐."

"알았어. 그럼 내가 먼저 떠올린 다음에 너한테 알려 줄게. 어차피 우리는 같은 차에 타고 있었잖아. 내가 기억해 내면 분명 너도 떠오를 거야."

"오! 그러면 우리 동시에 손을 대 볼래? 혹시 알아? 부부는 일심동체니까 하나로 쳐줄지."

나는 또다시 웃음이 터졌다. 그 바람에 칼에 찔린 옆구리가 아파서 웃다가 신음을 냈다.

승희가,

"괜찮아?"

라며 내 팔을 잡았다.

그 순간, 갑자기 머릿속에 뭔가가 떠올랐다가 사라졌다. 1초 정도밖에 안 되는 극히 짧은 순간이었지만, 사고가 나기 직전의 기억이 어렴풋하게 떠올랐다.

"번쩍하면서 폭발음이 났어."

"응? 방금 뭐라고 했어?"

"사고가 나기 직전에 갑자기 눈앞이 번쩍하면서 폭발음이 났었어."

"기억났구나? 그치?!"

"그래 봤자 아주 잠깐이야. 결국 왜 사고가 났는지는 모르잖아."

"아냐! 그건 기억이 돌아오고 있다는 뜻이야!"

"그런가?"

"맞아, 틀림없어! 오빠! 조금만 더 노력해 봐. 그 전에 무슨 일이 있었는지 떠올려 봐!"

"그게……. 노력해서 되는 게 아니잖아. 아까도 그냥 떠오른 거야. 네가 팔을 잡는 순간 갑자기 확 떠오르더라고. 내가 떠올리려고 해서 떠오른 게 아녔어."

"그래도 해 봐야지!"

승희는 조금 전과 달리 별안간 열을 올리기 시작했다.

하지만 아무리 쥐어짜도 그 이상은 떠오르지 않았다. 머릿속이 완전히 꽉 막힌 기분이었다.

그때, 누군가 내 옆으로 다가왔다. 선해였다. 내게 뭔가 할 말이 있어 보이는 눈치였다.

"잠깐 저랑 얘기 좀 해요. 따로."

"따로? 그냥 여기서 하면 안 될까?"

"잠깐이면 돼요. 시간 많이 안 뺏을게요."

이 과묵한 애가 왜 갑자기 나랑 단둘이 얘기하자는 걸까?

승희는 아무 말도 하지 않았다. 왠지 부탁을 들어줄 때까지 돌아가지 않을 것 같아서 하는 수 없이 그러자고 했다. 말하지 않았는데도 승희가 먼저 자리를 비켜 주었다. 그녀는 불당 구석 자리로 가서 두 다리를 가지런히 모은 채 웅크리고 앉았다. 그러고는 멍하니 유충을 바라보았다.

"아저씨, 기억났어요?"

선해가 큰 눈망울로 나를 보며 물었다.

"아주 조금. 사고가 난 순간에 잠깐 보였던 게 떠올랐어. 그뿐이야."

"아뇨. 그것 말고요. 다른 거요."

"다른 거? 기억해야 할 게 또 있는 거야? 파락에 오기 직전의 기억만 떠올리면 된다고 하지 않았나?"

"아저씨는 좀 달라요. 기억해 내야 할 게 한 가지 더 있어요."

"나만 다르다고? ……너 뭔가 알고 있는 거야?"

"자세한 얘기는 못 해요. 스스로 찾으셔야 해요. 이제 거의 다 왔어요."

"무슨 소리야? 알아들을 수 있게 설명해 봐!"

선해가 한 말 때문에 나는 몹시 혼란스러웠다. 이제는 머리가 다 지끈거린다.

대체 나보고 뭘 더 기억해 내라는 건지 알 수가 없다. 사고 직전의 기억조차 떠오르지 않는 나한테.

"너 뭐야? 너 우리랑 같은 조난자 맞아? 아니면, 너도 혹시 도암과 같은 편이야?"

"아저씨랑 같아요."

"근데 어떻게 그리 잘 알아? 너 아까 망귀가 우리를 볼 수 없다고 했을 때도 그랬어. 마치 다 아는 것처럼. 말해 봐. 너 여기 처음 아니지? 전에 와 봤지? 그치?"

"아니라고 했잖아요!"

선해가 처음으로 감정을 드러냈다.

"좋아, 알았어. 그렇다고 쳐. 근데 왜 날 도와주는 거지? 내가 먼저 기억해 내면 너는 여기서 못 나가잖아. 근데 왜?"

선해는 잠시 고민하다가 입을 열었다.

"왜냐면……. 난 여기서 나갈 생각이 없으니까요."

"뭐?"

"그러니까 아저씨만이라도 여기서 나가세요."

"거짓말하지 마. 이런 지옥 같은 곳에 남고 싶은 사람이 어디 있다고."

"저한테는 현실이 더 지옥이에요. 어차피 같은 지옥이라면 차라리 여기가 나아요."

"그러면 왜 우릴 따라온 건데? 그냥 거기 있었어도 됐잖아."

"다 아저씨 때문이에요!"

"나 때문이라고?"

"하아, 답답해! 왜 그렇게 바보 같아요?! 다른 사람 신경 쓰지 말고 아저씨 자신만 신경 쓰라고요!"

선해의 목소리가 높아지자, 다른 사람들이 우리를 쳐다보기 시작했다. 승희도 근심 어린 표정으로 이쪽을 바라보고 있었다.

머리가 아팠다. 승희를 살리는 일만으로도 머리가 복잡한데, 갑자기 이런 얘기까지 들으니 머리가 터져 버릴 것 같았다. 나는 머리를 감싸 쥐었다. 잠깐만이라도 쉬고 싶었다. 소파 위에 누워 시원한 선풍기 바람을 쐬며 잠을 청하고 싶었다. 그 작은 행복이 지금은 너무도 간절했다.

그때였다.

"기억났어! 기억났다고!"

불당 안에서 누군가 환호하듯 소리쳤다.

첫 번째로 기억을 떠올린 사람은 다름 아닌, 대석이었다.

9

일순간, 불당 안에 정적이 감돌았다.

사람들이 얼빠진 표정으로 대석을 바라보았다. 대석이 자리에서 벌떡 일어나자, 그들의 얼굴에 곧 먹구름이 드리워지기 시작했다.

대석은 당당하게 도암 앞으로 걸어갔다. 그 순간, 남식이 눈에 들어왔다. 그 역시 자리에서 일어서 있었다. 갑작스러운 대석의 행동에 미처 손쓸 타이밍을 놓친 듯했다. 그는 분노한 듯 입술을 잘근잘근 씹으며 대석을 주시했다.

승희도 대석을 바라보고 있었지만, 표정에서는 어떠한 감정도 드러나지 않았다. 하지만 나는 그녀의 마음을 알 것 같았다.

"기억해 내세요. 아무리 고통스러워도."

선해는 그 말을 남긴 채 돌아섰다. 나는 무슨 말이라도 하려고 했지만, 왠지 입이 떨어지지 않았다. 무기력함이 나를 짓눌렀고, 복잡한 감정이 가슴속에서 소용돌이쳤다.

도암은 말없이 손을 들어 대석에게 시험에 응하라고 권했다.

대석은 자신만만한 얼굴로 유충 앞으로 다가갔다. 유충의 등껍질 위에 손을 데려다가 그는 잠시 주춤했다. 긴장되는지 괜히 바지에 손을 한 번 닦았다.

"대석아, 잘 생각하고 결정해."

남식이 뒤에서 뼈 있는 말을 던졌다.

"야! 넌 여기서 잘 살아. 난 돌아갈 테니까."

대석이 히죽거리며 그를 비웃듯 말했다.

남식이 분노를 참지 못하고 욕설을 퍼부었지만, 이제 그런 저급한 협박은 그에게 통하지 않았다.

대석은 오른손을 유충의 등껍질 위에 올려놓았다.

처음에는 아무 일도 일어나지 않았다. 하지만 곧 그는 비명을 지르며 왼손으로 자기 머리를 움켜쥐었다. 나는 무언가 잘못되었음을 직감했다.

대석은 유충에게서 손을 떼려고 했지만, 마치 전기에 감전된 것처럼 그의 오른손은 떨어지지 않았다.

그 순간, 갑자기 머리가 쪼개질 듯이 아팠다.

나는 허리를 숙인 채 두 손으로 머리를 감쌌다. 주위에서도 신음이 터져 나왔다. 다른 사람들도 나와 같은 고통을 겪는 듯 보였다. 모두가 머리를 감싼 채 바닥에 쓰러져 괴로워하고 있었다.

그리고 다음 순간, 내 머릿속으로 수많은 장면이 쏟아져 들어오기 시작했다. 그것은 마치 누군가의 인생에서 특정 장면들만을 편집하여 만든 영상 기록물 같았다. 수백 편의 영상이 파노라마처럼 이어지며 내 머릿속을 빠르게 스쳐 지나갔다. 사람이 죽기 직전에 자신의 인생이 주마등처럼 스쳐 지나간다고 하는데, 혹시 그런 건가 싶었다.

하지만 이건 내 기억이 아니라, 대석의 기억이었다.

정신을 차린 것은 그로부터 얼마 후였다. 다른 사람들도 나처럼 방금 정신을 차린 모습이었다. 머리가 어지럽고 속이 약간 메스꺼운 것 외에 특별한 증상은 없었다. 어느새 승희가 내 곁에 와 있었다. 그녀도 나와 같은 후유증을 겪고 있는 것 같았다.

"괜찮아?"

"속이 울렁거려……. 오빠, 나 좀 전에 이상한 경험을 했어. 꿈은 아닌 것 같은데, 마치 머릿속에 수많은……."

"나도 봤어. 아마 여기 있는 사람들도 다 봤을 거야."

"무서워. 이거 대체 뭐야?"

"잘 모르지만, 어쩌면 경고가 아닐까?"

"경고?"

"파락이 우리에게 보내는 경고 메시지 말이야. 이곳에서 나가려면 어떤 각오를 해야 하는지 보여 주려는 게 아니었을까?"

"서, 설마……."

유충 아래에 쓰러져 있던 대석이 뒤늦게 눈을 떴다. 그는 화들짝 놀라며 일어나 주변을 둘러보았다. 그러고는 곧 실망감에 찬 얼굴로 탄식하며 말했다.

"뭐야, 집이 아니었어?"

나와 승희를 비롯한 다른 사람들이 대석 곁으로 모여들었다. 그들은 마치 그를 벌레 보듯이 내려다보았다. 대석은 왜 사람들이 자신을 그렇게 바라보는지 이해하지 못하는 표정이었다.

"쓰레기 같은 새끼!"

그를 보자 나도 모르게 욕이 튀어나왔다.

"뭐? 쓰레기? 당신 지금 말 다 했어?!"

"짐승만도 못한 놈! 너 같은 새끼는 욕먹어도 싸!"

이번엔 유경까지 나서서 그를 비난했다.

"이 아줌마가 미쳤나! 나한테 왜 그러는데?!"

"다 봤어. 네가 무슨 짓을 했는지."

나는 분노에 찬 목소리로 말했다. 그러자 그의 눈이 휘둥그레지면서 얼굴에 핏기가 가셨다.

우리가 들여다본 기억 속에서, 그는 어린 소녀들의 성착취물을 온라인 메신저에 올려 판매한 악질적인 인간이었다. 심지어 피해자들의 개인 정보를 알아내서 게시물과 함께 공개했고, 그것을 빌미로 협박해서 강제로 성매매를

시키기까지 하는 등, 그야말로 인간 말종이 아니고선 할 수 없는 짓을 서슴지 않고 저질렀다. 그 더러운 기억 속에서 나를 가장 분노케 한 것은, 신상이 공개된 피해자 중 수치심을 이기지 못하고 극단적인 선택을 한 아이를 그들끼리 비웃으며 조롱하는 모습이었다. 만약 그 소녀가 내 가족이었다면, 나는 지금 이 녀석을 갈기갈기 찢어서 망귀들에게 던져 주었을지도 모른다.

"크큭, 보아하니 탈락인가 보네. 꼴 좋다. 돼지 새끼."

남식이 그를 내려다보며 아까 대석이 했던 대로 똑같이 비웃어 주었다.

"탈락이라고? 내가 왜?! 분명히 기억났다고!"

대석은 기억을 되짚어가며 말을 이어 갔다.

"그때 난 약속이 있어서 외출 준비를 하는 중이었어. 막 나가려는데, 갑자기 가슴이 너무 아파서 숨을 쉴 수가 없더라고. 그러다 결국, 가슴을 부여잡고 바닥에 쓰러졌지. 너무 고통스러웠는데, 그 와중에 어디선가 매미 울음소리가 들렸어. 여름도 이미 다 지났는데 말이지. 아무튼 거기까지가 내 마지막 기억이야. 그리고 눈을 떠 보니 이곳에 와 있었어. 전부 다 기억나. 그런데 대체 왜 내가 탈락이냐고?! 어째서! 이봐, 스님! 당신이 말해 봐. 내가 왜 탈락한 건데?!"

"그 이유를 정말 모르는 거야?"

내가 도암 대신 말했다.

"이, 이유가 뭔데?!"

"그런 쓰레기 같은 짓을 해 놓고도 그런 소리가 나와? 넌 여기보다 더 지독한 곳으로 가야 해. 만약 지옥이 있다면, 거기가 네 자리일 거다."

"좆까! 씨발! 내가 뭘 잘못했어! 다 걔네가 돈 벌려고 한 짓인데. 난 그냥 제안만 했을 뿐이야. 그게 다야. 내가 사람을 죽였어, 뭘 했어?!"

나는 그의 뻔뻔한 태도에 더 화가 치밀었다. 당장에라도 남식에게서 칼을 빼앗아 그의 혀를 잘라 버리고 싶었다. 아니, 이런 인간에겐 그런 형벌조차도 아깝다. 그보다 더 끔찍하고 고통스러운 방법으로 벌을 주어야 한다. 난 그렇게 생각했다.

"왜 그런 눈으로 보는데? 니들은 뭐 다를 줄 알아?! 나보다 깨끗할 것 같냐고!"

대석이 발악하듯 소리쳤다.

"닥쳐, 이 개자식아!"

나는 분노를 담아 그의 얼굴에 주먹을 날리려고 했다.

그런데 그때,

"나 기억해?"

갑자기 선해가 앞으로 나서며 말했다.

순간 모두가 어리둥절한 표정으로 그녀를 바라보았다.

나도 처음에는 그런 선해의 행동을 이해하지 못했다.

대석이 말이 없자, 선해는 모자와 마스크를 차례로 벗

기 시작했다. 비로소 맨얼굴이 드러나자, 그의 표정이 얼어붙기 시작했다.

"너……! 네가……, 왜?"

선해는 경멸하는 눈길로 그를 내려다보았다. 저 여린 얼굴에서 어떻게 저런 섬뜩한 표정이 나올 수 있는지 의아했다. 그녀의 분노는 지켜보는 나조차도 얼어붙게 했다.

"칼로 사람을 죽이는 것만 살인이 아냐. 네가 한 짓은 칼로 죽인 것보다 훨씬 더 나빠. 그러니까……. 이제 그만 꺼져."

"뭐? ……허억!"

갑자기 대석이 천장을 올려다보며 크게 숨을 삼켰다. 마치 무서운 것을 보기라도 한 듯 눈을 휘둥그렇게 뜨고 입을 떡 벌렸다.

"뭐야, 이 새끼 왜 이래?"

남식이 놀란 얼굴로 말했다.

대석은 손가락으로 천장을 가리키며,

"저기! 저기!"

라고 소리쳤다. 하지만 그가 가리킨 곳에는 텅 빈 천장밖에 없었다. 그런데도 그는 마치 귀신이라도 본 것처럼 겁에 질려 몸을 뒤틀었다. 239

"뭔데? 거기에 뭐가 있어?"

상철이 물었다.

"눈……, 눈이……. 검은…… 눈이……. 아, 안 돼……. 나를 보고 있어…… 나, 날…… 아악!"

대석은 절망에 사로잡혀 자기 머리카락을 거칠게 쥐어뜯기 시작했다. 그가 얼마나 힘을 주었는지 머리카락이 한 움큼씩 뽑혔고, 심지어 두피가 벗겨지기까지 했다. 그런데도 그는 멈추지 않았다. 허옇게 뒤집힌 눈에서는 실핏줄이 터져 피눈물이 흘렀고, 그의 육중한 몸은 활처럼 뒤로 꺾이더니 결국엔 척추가 부러지고 말았다.

"끄거거걱……. 꺼걱……!"

한껏 벌어진 입에서 고통스러운 신음이 연방 흘러나왔다. 그의 고통이 얼마나 끔찍한지는 소리만으로도 충분히 짐작할 수 있었다. 지켜보던 유경은 견디지 못하고 귀를 틀어막았다.

사람들이 겁을 먹고 뒤로 물러났다. 오직 선해만이 그가 고통스러워하는 모습을 바로 앞에서 지켜보고 있었다.

도대체 무엇이 그를 이렇게 만든 건지 이해할 수 없었다.

그때, 도암이 나직이 말했다.

"그는 파락의 심연을 들여다보았습니다."

"파락의 심연? 그게 그런 뜻이었어?"

상철이 겁먹은 얼굴로 말했다.

"파락은 인간의 어두운 내면을 먹고 삽니다. 그 어둠이 바로 파락을 유지하는 양분이죠. 심연은 특히나 깊고 어두운 광기로 가득 찬 곳입니다. 조금이라도 어둠에 물든 자는 그곳을 들여다보는 것만으로도 미쳐 버리게 되지요.

하물며 죄 많은 자들이야 오죽하겠습니까. 잊지 마세요. 심연 역시 여러분을 들여다본다는 것을. 그 앞에서 인간은 그저 한낱 먼지일 뿐입니다."

도암의 설명을 들은 사람들은 그 공포의 실체를 완전히 이해하지는 못했지만, 본능적으로 그것을 두려워하는 듯 보였다.

이윽고 대석이 경련을 멈췄다. 그는 몸이 뒤틀린 채로 죽은 듯 가만히 있었다. 사람들은 아무 말도 하지 않았다. 나도 그들처럼 입을 다문 채 가만히 서 있었다. 이곳에 있는 누구도 그의 비참한 죽음을 불쌍히 여기지 않았다. 이 순간만큼은 모두가 한마음이었다.

하지만 그게 끝이 아니었다.

그 끔찍한 광경이 뇌리에서 채 가시기도 전에, 더 충격적인 일이 일어났다.

그의 입에서 수백 마리의 매미 유충이 쏟아져 나온 것이다. 그것들은 대석의 몸을 하나하나 분해해서 거대한 유충의 몸 안으로 운반하기 시작했다. 100킬로그램이 넘는 거구가 불과 몇십 분 만에 흔적도 없이 완전하게 분해되어 사라졌다. 241

10

대석이 죽고 나서 한참이 지났는데도, 아직 두 번째 도전자가 나오지 않았다.

시험에 탈락한 자가 어떤 처벌을 받는지 다들 똑똑히 봤으니, 몸을 사리는 게 당연했다.

남식은 아까부터 칼로 마룻바닥을 긁으며 시간을 보냈고, 유경은 아들에게서 잠시도 눈을 떼지 않았다. 반면, 상철은 대석의 죽음 이후로 뭔가 심경에 변화가 생긴 듯했다. 그는 식은땀을 흘릴 정도로 몹시 불안해하는 모습을 보였다.

승희와 나는 서서히 죽어 가고 있었다. 승희는 그 후로 급격히 몸 상태가 나빠져서 입을 다문 채 앉아만 있었고, 나도 계속되는 출혈로 기력이 빠르게 쇠해져 갔다.

우리 중에 유일하게 선해만이 아무런 영향도 받지 않은 듯 보였다. 선해는 더 이상 모자와 마스크로 얼굴을 가리지 않았다.

선해와 대석 사이에 그런 사연이 있으리라곤 전혀 예상하지 못했다. 나중에 선해가 직접 들려준 이야기는, 대석이란 자가 얼마나 인간쓰레기인지를 다시 한번 느끼게 해 주었다.

"그 사람과는 랜덤채팅으로 알게 됐어요. 대화가 잘 통해서 우리는 한동안 얘기를 나눴어요. 그러다 그가 본심을 드러내기 시작했죠. 저보고 고액 알바 할 생각 없느냐며 사진 몇 장만 보내면 돈을 준다고 했어요. 순간 잘못된 선택을 하고 말았죠. 그게 시작이었어요. 그는 더 수위 높은 사진을 보내지 않으면 제 신상을 유포하겠다고 협박했고, 저는 그 말을 따를 수밖에 없었어요. 그러다 결국엔 성매매까지 요구하더군요. 그때 깨달았죠. 내가 죽지 않으면 이 일은 끝나지 않을 거라는 걸. 하지만 그냥 죽고 싶진 않았어요. 날 이렇게 만든 그놈에게 반드시 복수하고 싶었죠. 죽을 마음을 먹으니까, 그때부터 못 할 게 없더라고요. 그래서 그에게 연락했죠. 첫 경험을 모르는 사람과 하고 싶지 않다고. 그게 무슨 의미인지 금방 알아채더군요. 그날 바로 만나자고 약속을 잡았어요. 저는 모자와 마스크로 얼굴을 가린 채, 칼을 숨기고 그를 만나러 갔죠."

선해는 잠시 이야기를 멈추고서 자조 섞인 웃음을 지

었다.

그녀가 겪었던 고통이 왠지 저 웃음 속에 녹아 있는 것 같아, 나는 마음이 아팠다.

"운명의 장난인지, 그 사람을 만나러 가는 길에 그만 사고를 당하고 말았어요. 나중에 정신을 차려 보니 이곳에 와 있더라고요. 그런데 설마 여기서 그를 보게 될 줄 누가 알았겠어요."

선해는 씁쓸한 표정으로 이야기를 끝마쳤다.

나는 그들의 재회가 단순한 우연은 아닐 거라고 생각했다. 첫 번째 도암이 말하지 않았던가. 우리가 이곳에 온 것은 필연이라고. 어쩌면 여기 있는 모든 이들이 현실에서의 인연으로 연결되어 있는지도 모른다.

그렇다면 도암이 기억을 떠올리라고 했던 말도, 사실은 서로의 인연을 밝히라는 뜻이 아니었을까? 그렇게 해야만 이 파락의 시험을 통과할 수 있는 게 아닐까?

문득 그런 생각이 머릿속에 떠올랐다. 하지만 내 기억은 여전히 회색 안개 속에 가려져 있었다. 나는 부디 내 목숨이 다하기 전에 기억이 되살아나길 바랐다. 그래야만 승희를 이곳에서 구할 수 있을 테니까.

그런데 한 가지 신경 쓰이는 게 있었다. 그건 선해가 내게 했던 말이다. 그녀는 나만 다른 사람들과 다르다며 한 가지 기억을 더 떠올리라고 했다. 그 말의 의미를 아직도 모르겠다. 내가 기억하지 못하는 것은 파락에 들어오기 직전에 겪은 사고 당시의 기억뿐이다. 그런데 또 다른 것을 떠올리라니, 대체 무엇을 말인가?

선해는 무언가를 알고 있는 듯했지만, 절대로 말해 주지 않았다. 그녀는 그것이 나를 돕는 일이라고 생각하는 것 같다.

나는 궁금했다. 그녀는 왜 나를 돕는 것이며, 어째서 나에 대해 알고 있는가.

죽기 전에 그 비밀을 풀 수 있길 바란다.

그렇게 두 번째 도전자가 나오지 않는 사이, 걱정했던 일이 일어나고 말았다.

정민이 숨을 거둔 것이다.

유경은 망연자실한 얼굴로 아들의 이름을 불렀다. 조금 전 내가 아이의 상태를 살폈을 때는, 이미 맥박이 뛰지 않았다. 손쓸 새도 없이 죽고 말았다. 물론 알았다고 해도 막을 수 없었을 것이다. 아이를 품에 안고 달릴 때부터 나는 이미 예감하고 있었다. 살릴 수 없겠구나. 당장 여길 나가도 힘들겠구나. 슬프지만, 그게 현실이었다.

유경은 한동안 오열하며 슬퍼했다. 우리 부부와 선해도 그녀 곁에서 슬픔을 함께했다. 반면, 다른 두 사람은 관심을 보이지 않았다. 남식은 우는 소리가 듣기 싫은지 더 신경질적으로 마룻바닥을 긁어 댔고, 상철은 혼자만의 고민에 빠져 있어 이쪽엔 눈길조차 주지 않았다.

갑자기 선해가 무슨 말인가 하려다가 급하게 입을 다물었다. 뭔가 중요한 말인 듯했지만, 그녀는 끝끝내 입을 열지 않았다. 옆에서 본 그녀의 눈빛이 무척 슬퍼 보였다.

얼마 후, 유경이 울음을 그치고 아들의 손을 꼭 잡으며 말했다.

"엄마가 미안해. 그동안 많이 아팠지? 우리 아들, 이제 편히 쉬렴."

보는 것만으로도 괴로울 만큼 마음이 무거웠다.

우리는 침울한 표정으로 유경을 지켜보았다.

"씨발, 난 너희 같은 새끼들이 좆나 싫어."

그때, 잠자코 있던 남식이 갑자기 입을 열었다.

"한 놈은 혼자만 착한 척 지랄을 떨지 않나, 또 한 놈은 좆나게 오지랖을 부리질 않나, 한 년은 지가 다 아는 줄 알고 지껄이고, 또 한 년은 하루 종일 애새끼 때문에 민폐나 끼치고……. 차라리 아까 뒈진 대석이가 나았어. 최소한 가식은 안 떨었으니까."

"그게 지금 할 소립니까?! 자식을 잃은 사람 앞에서!"

나는 화가 나서 소리쳤다.

"못 할 건 뭐 있어? 어차피 여긴 현실 세계도 아닌데. 안 그래?"

"현실 세계는 아니더라도 사람의 도리는 지켜야죠! 그게 사람 아닙니까?!"

"사람? 크큭……. 하하하!"

남식이 미친 사람처럼 웃어 댔다.

"내가 재미있는 이야기 하나 해 줄까? 어떤 사람이 말이야. 자기가 고의로 그런 것도 아닌데, 하필 그날 재수가 없어서 사람을 죽게 했어. 그런데 그걸 가지고 사람들이 살인자다, 악마다, 짐승 새끼다, 이러면서 그 사람을 매도하기 시작하는 거야. 근데 솔직히 그 사람도 억울하잖아. 자기가 그러려고 그런 것도 아닌데. 결국 세상이 모두 그를 손가락질하는 상황에 몰린 거지. 그래서 감옥에도 들어가, 다니던 직장에서도 잘려, 돈도 물어 줘, 평생을 반성하며 살겠다고 편지까지 써서 줘, 할 수 있는 건 다 했는데도 돌아오는 건 비난밖에 없더란 말이야. 결국, 가진 것 다 잃고 희망이 안 보이니까 매일 술만 퍼마시며 사는 거지. 그러던 어느 날 평소처럼 술을 마시다가 갑자기 꼭지가 돈 거야. 내가 그렇게 잘못했어? 내가 일부러 그랬냐고! 에잇, 씨팔 좆 같은 세상, 어디 다 같이 죽어 보자! 그러곤 차를 몰고 나갔어. 그다음에 어떻게 됐을 것 같아?"

남식은 웃는 얼굴로 우리를 한번 휘둘러보았다.

"액셀을 좆나게 밟고 길 건너는 사람들을 향해 그대로 돌진! 캬아~ 사람들이 무슨 볼링 핀처럼 쓰러지고 날아가고. 아주 가관인 거지. 더 웃긴 건 말이야. 그 운전자는 자신이 사고를 낸 이후로 오랜만에 크게 웃을 수 있었다는 거야. 솔직히 얼마나 통쾌했겠어. 안 그래? 크크큭!"

끔찍한 이야기를 늘어놓고 재미있어하는 그에게 공감

해 줄 사람은 아무도 없었다. 나는 그가 미쳐 버린 게 아닌지 의심스러웠다.

"그거 당신 이야기잖아. 안 그래?"

선해가 확신에 찬 눈빛으로 말했다.

남식은 굳이 부정하지 않았다. 그는 입가에 미소를 띤 채,

"그렇다면?"

이라고 말했다.

갑자기 유경이 몸을 부들부들 떨며 자리에서 일어섰다. 그녀는 치가 떨리는 모습으로 남식을 바라보았다.

"수유역 앞 횡단보도⋯⋯. 거기 맞아?"

나는 유경이 무슨 말을 하나 싶었다. 그런데 깜짝 놀라는 남식의 반응을 보고 나서야 비로소 그들의 관계를 눈치챘다.

"뭐야? 당신이 그걸 어떻게⋯⋯? 아! 설마 아줌마였어? 그때 길 건너던 사람이?"

남식은 무릎을 탁! 치며 놀라워했다.

"아이와 건널목을 건너는데 갑자기 차 한 대가 우리를 향해 달려왔어. 너무 놀라서 우린 그 자리에서 얼어붙었지. 어떤 여자애가 우릴 향해 소리치며 달려왔지만, 소용없었어. 피하기엔 너무 늦었거든⋯⋯. 그래, 이제 다 기억 나. 그 무서웠던 순간이."

유경은 주먹을 꽉 움켜쥔 채, 그를 죽일 듯이 노려보았다.

두 사람의 악연이 밝혀지는 순간이었다. 역시 짐작했

던 대로 우리는 모두 인연의 끈으로 묶여 있었다.

나도 모르게 몸서리를 쳤다. 이제야 알 것 같다. 어째서 파락이 우리를 한 장소로 인도한 것인지. 파락은 이미 우리를 시험하고 있었다. 서로의 인연이 밝혀졌을 때, 우리가 어떻게 행동하는지 보려고 이런 식으로 판을 짜 놓은 것이리라.

나는 돌아서서 도암을 바라보았다. 흰옷을 입은 저자는 그저 관찰자에 불과했다. 이곳에서 우리가 무엇을 해도 절대 개입하지 않는, 감정이 없는 관찰자다. 저 거대한 매미 유충처럼 그 역시 파락의 일부일 뿐이다.

"안 돼요! 아줌마!"

선해의 다급한 목소리에 나는 재빨리 돌아보았다.

어느새 유경이 남식에게 달려들어 그에게서 칼을 빼앗으려 하고 있었다.

"이 살인자 새끼! 죽어! 죽어 버려!"

"유경 씨! 그러지 마요!"

내가 달려가서 그녀를 말리려는 순간, 상황은 이미 벌어지고 말았다.

유경은 남식에게 안긴 채 움직임을 멈췄다. 그녀의 다리가 바들바들 떨리는 것이 보였다. 곧이어 그녀는 바람 빠진 풍선처럼 스르르 무너져 내렸다. 그녀의 가슴팍이 피로 물들어 갔다. 나는 망연자실한 채 서 있을 수밖에 없었다. 승희도 내 옆에서, 나와 같은 심정으로 그녀를 바라보고 있었다.

"그러게 적당히 했어야지."

남식은 목을 뚝뚝 꺾으며, 그녀를 버려둔 채 자리를 떴다.

나는 그녀 앞에 무릎을 꿇고 앉아, 파르르 떨리는 두 손을 잡아 주었다. 유경은 고통스럽게 숨을 헐떡였다. 명치 쪽에 난 자상이 너무 깊었다. 내가 해 줄 수 있는 건, 그녀가 눈을 감을 때까지 곁에 있어 주는 것뿐이었다.

"곧 괜찮아질 거예요. 조금만 참아요."

나는 그렇게밖에 말해 줄 수 없어서 괴로웠다.

그런 내 마음을 아는지, 유경은 가만히 고개를 끄덕였다.

그러곤 힘겹게 입을 뗐다.

"그때……, 나도 들었어요……. 그 소리……. 매미 울음소리를……."

그녀의 눈에서 불씨가 빠르게 꺼져 가고 있었다.

"정민아……. 우리 아가……. 엄마한테 와야지……."

유경은 헛것을 보는 듯 멍한 눈으로 그렇게 말했다.

나는 그녀의 손을 더욱 힘주어 잡았다.

"유충이 나오지 않았어요."

갑자기 옆에서 선해가 그런 말을 꺼냈다.

나는 무슨 소리냐고 그녀에게 물었다.

"정민이 몸에서 유충이 나오지 않았다고요. 지금쯤 나왔어야 하는데, 안 나왔어요."

"그건 시험에 탈락해서 그런 거 아니었어?"

"아니에요. 여기서 죽은 사람은 전부 몸에서 유충이 나왔어요. 시험과 상관없이."

나는 두 가지 사실에 놀랐다. 하나는 선해가 말한 이유 때문이었고, 다른 하나는 그녀가 이곳에서 사람이 죽는 걸 본 게 처음이 아니라는 사실이었다. 어느 정도 예상은 했지만, 역시나 선해는 이전에도 이곳에 와 본 적이 있는 게 틀림없다.

그녀에게 묻고 싶은 게 많았지만, 지금은 그러고 싶지 않았다.

"정민이는 분명 좋은 곳으로 갔을 거예요. 몸에서 유충이 나오지 않았다는 건 영혼이 파락을 떠났다는 뜻이니까요. 그러니 이제 미련 갖지 말고 보내 주세요. 그게 정민이를 위해서도, 아줌마를 위해서도 좋은 일이에요."

선해는 진심 어린 눈빛으로 유경을 바라보며 말했다.

"그게 그런 뜻이었어?"

내 물음에 선해는 가만히 고개를 끄덕였다.

"그러면 시험에 통과한 거야?"

아까부터 우리 얘기를 엿듣고 있었는지, 갑자기 상철이 다가와서 물었다.

251

"현실 세계로 돌아간 거냐고 묻는 거라면, 그건 아니에요. 그냥 영혼이 가야 할 곳으로 갔다는 뜻이에요."

상철은 금세 실망한 표정을 지었다.

"그럼 이제……. 우리 아들, 아플 일도 없겠네요……. 다행이다.”

선해의 말을 이해했는지, 유경은 아까보다 한결 편안해진 얼굴을 하고서 그렇게 말했다.

나는 곧바로, 죽은 정민을 안고 와서 그녀 옆에 나란히 뉘었다. 그러곤 그녀가 아들의 손을 잡을 수 있게 해 주었다.

“고, 고마워요…….”

“이제 편히 쉬세요.”

“네에…….”

그녀는 한숨을 쉬듯 대답하고 나서 더 이상 말이 없었다.

나는 그녀의 눈을 감겨 주었다.

그 순간, 두 모자의 몸에서 희뿌연 아지랑이가 일렁이는가 싶더니 곧이어 흰 연기가 피어오르기 시작했다. 마치 다 타 버린 재가 하늘로 날아오르듯, 그들의 몸이 서서히 분해되어 흩어지고 있었다. 처음에는 그 광경에 당황했지만, 곧 옆에 있는 선해의 얼굴을 보고 그것이 잘된 일임을 깨달았다. 그녀의 얼굴에 깊은 안도감이 서려 있었다. 나는 뒤로 물러나 그 모습을 말없이 지켜보았다. 두 모자의 재가 작은 소용돌이를 일으키며 하늘로 솟구치자, 그 모습이 마치 서로를 안아 주는 것처럼 보여서 내 가슴이 또다시 먹먹해졌다.

잠시 후, 두 사람의 모습이 완전히 사라지고 나서야 나는 조용히 자리에서 일어섰다. 순간, 몸이 크게 휘청였다. 피를 너무 많이 흘려서 이젠 다리에도 힘이 들어가지 않

MADAND MIRROR

02 사라진 아내가 차려 준 밥상

같이
읽고 싶은
이야기

완독	년	월	일
별점	☆ ☆ ☆ ☆ ☆		

읽으면서 느꼈던 감정들

○ 기쁜	○ 수줍은	○ 쓸쓸한	○ 놀라운
○ 그리운	○ 흥분되는	○ 피가 끓는	○ 억울한
○ 벅찬	○ 황홀한	○ 괘씸한	○ 난처한
○ 후련한	○ 뭉클한	○ 미칠 것 같은	○ 골 때리는
○ 끝내주는	○ 참담한	○ 끔찍한	
○ 전율을 느끼는	○ 애처로운	○ 진땀 나는	
○ 따사로운	○ 공허한	○ 숨가쁜	
○ 감미로운	○ 외로운	○ 막막한	
○ 짜릿한	○ 애틋한	○ 소름 끼치는	
○ 생생한	○ 안타까운	○ 충격적인	

가장 와닿았던 문장은?	
가장 인상적인 캐릭터는?	
한마디로 이 책을 표현한다면?	

TXTY

았다. 몸에서 식은땀이 줄줄 흐르고 한기가 느껴졌다. 나도 이제 얼마 남지 않았다. 어쩌면 다음 차례는 내가 될지도 모른다. 두렵다. 승희를 이대로 놔둔 채 먼저 죽을지도 모른다는 사실이 몹시 두려웠다.

"오빠, 괜찮아?"

승희가 나를 부축하며 걱정스러운 얼굴로 물었다. 잠시 현기증이 났을 뿐이라고 말했지만, 그녀는 믿으려 하지 않았다. 승희도 나만큼이나 이 상황을 두려워하고 있었다.

이럴 때 기억이 돌아오지 않는 나 자신이 너무도 원망스러웠다. 이젠 정말 시간이 얼마 없다. 승희를 돌려보내려면 지금 당장 기억을 떠올려야 한다. 지금 당장!

"왜, 왜 이래요?!"

상철의 당황한 목소리가 뒤에서 들려왔다.

돌아보니 남식이 그와 함께 있었다. 남식은 상철의 어깨에 팔을 두르고서 칼로 그를 위협하고 있었다.

"아까부터 당신을 쭉 지켜봤는데 말이야. 혼자만 잔뜩 인상을 쓰고 있더란 말이지. 난 그게 영 마음에 걸려."

"그럼 웃어야 합니까? 지금 상황이 이런데!"

"그게 아니라, 왜 대석이 뒈지고 나서 갑자기 표정이 싹 바뀌었느냐, 이 말이야. 설마 대석이 죽은 게 슬퍼서? 아니지. 오늘 만난 사이에 슬프고 자시고 할 게 뭐 있어. 안 그래?"

"그치만……. 사람이 죽었는데……."

"하하! 그런 인간이 저 아줌마가 쓰러질 땐 쳐다도 안 봐? 심지어 아들도 죽었어. 그때도 가만히 있더구먼."

상철은 난처한 듯 눈동자를 이리저리 굴렸다.

"내가 맞혀 볼까? 넌 대석이 죽어서 충격을 받은 게 아니야. 그 새끼의 기억을 보고 충격을 받은 거지. 왜냐하면, 그 기억 속에 너와의 연결 고리가 있었거든."

상철은 이제 표정을 숨기지 못했다. 그가 느끼는 두려움이 고스란히 얼굴에 드러났다.

"그래서 고민됐겠지. 기억이 돌아온 대석도 시험에 떨어졌는데, 설마 나도 그렇게 되는 게 아닌가 하고."

남식은 그의 목을 팔로 휘감았다.

"말해 봐. 기억이 돌아왔지? 그치?"

11

남식도 이미 눈치채고 있었다. 여기 모인 사람들 모두 인연의 끈으로 연결되어 있다는 것을. 아마도 자신과 유경의 인연이 밝혀진 후에 그런 생각이 확신으로 굳어진 것 같다. 상철에게는 단지 운이 나빴다고 할 수밖에 없었다.

"그게 뭐 어쨌다는 겁니까? 당신이랑 아무 상관 없잖아요!"

상철은 최후의 발악을 하듯 그렇게 말했다.

하지만 그는 바로 옆에 있는 남식의 눈도 똑바로 보지 못했다.

"왜 상관이 없어? 상관이 있지. 네가 기억을 되찾아서 시험에 통과해 버리면, 나머지는 전부 나가리될 판인데. 당연히 상관이 있지."

"뭐, 뭘 어쩌려고요?"

"생각해 보니까 나한테 가장 유리한 상황은 니들을 전부 죽이고 나만 남는 거더라고. 솔직히 처음부터 그런 생각을 안 해 본 건 아닌데, 그게 참……. 사람 된 도리로 쉽지 않더라. 내가 무슨 피에 굶주린 살인귀도 아니고. 그래서 당신한테 선택권을 주려고 해. 아주 공평하게. 아마 당신도 마음에 쏙 들걸?"

"……?"

"두 가지 중에 골라. 지금 당장 저 유충 위에 손을 얹고 시험을 받든지, 아니면, 내 손에 죽든지."

"뭐라고요?!"

"왜? 공평하잖아. 잘하면 여길 나갈 수도 있는데. 이보다 더 좋은 제안이 어디 있어?"

"내, 내가 왜 그래야 하는데!"

"어차피 나가려면 시험을 받아야 하잖아. 아니면, 평생여기서 살래?"

남식의 악마 같은 논리에 상철은 궁지에 몰리고 말았다.

"내가 알아서 할 겁니다. 당신은 신경 쓰지……!"

남식이 그의 눈앞에 칼을 들이댔다.

"이 양반, 참 말귀 못 알아듣네."

"히익!"

칼끝이 점점 그의 눈으로 다가갔다.

"그만둬! 당장!"

나는 그를 향해 소리쳤다. 하지만 몸에 힘이 없어서 목소리가 제대로 나오지 않았다.

　"넌 거기 가만히 있어. 나대지 말고……. 아! 미리 말해 두는데, 넌 선택권 없다. 넌 내가 따로 손봐 줄 테니까 얌전히 기다리고 있어. 자, 그럼 어느 쪽 눈부터 도려내 줄까? 왼쪽? 오른쪽?"

　상철은 벌벌 떨며 머리를 흔들었다.

　"그, 그만! 제발! ……알겠습니다. 하, 할게요! 시험받을 게요!"

　그제야 남식은 만족스러운 듯 씩 웃으며 그를 놓아주었다.

　상철은 하는 수 없이 유충 앞으로 걸어갔다.

　"준비되셨다면 저기에 손을 얹으세요."

　이번에도 도암은 똑같은 말을 건넸다.

　상철은 내키지 않는 듯 유충을 향해 손을 뻗었다. 손이 덜덜 떨리는 게 멀리서도 보였다. 그는 몇 번이고 유충의 등껍질 위에 손을 데려다가 그만두기를 반복했다. 뒤에서 남식의 험악한 욕설이 날아왔다.

　"병신 새끼가 장난치나! 이번에도 못 하면 넌 내 손에 257 죽어!"

　나는 남식이 저러는 이유를 알 것 같았다. 그는 어차피 상철이 시험에 통과하지 못하리라는 것을 알고 있다. 그걸 알면서도 시험을 강요한다는 건, 이 상황 자체를 즐기고 있다고 생각할 수밖에 없었다. 어떤 마음인지는 모르겠으나, 그는 사람들이 고통받는 모습을 즐기는 것 같다.

무엇이 그를 이토록 잔인하게 만든 걸까?

현실에서의 망가진 삶이? 아니면, 파락이라는 특수한 장소가?

이유는 모르겠지만 확실한 건, 그는 자신도 제어할 수 없을 만큼 내면의 광기에 사로잡혀 있다는 것이다.

"모, 못 하겠어요! 제발 부탁입니다! 내가 잘못했어요!"

상철은 끝내 유충에 손을 대지 못했다. 그는 바닥에 엎드린 채, 엉엉 울면서 스스로 자신의 죄를 고백하기 시작했다.

"전 쓰레기입니다. 쓰레기라고요. 흑흑……. 선해 학생이 겪은 그 사건이 알려지자, 세상이 발칵 뒤집혔죠. 매일 수많은 기사가 쏟아져 나왔고, 다들 그 얘기만 해 댔어요. 이, 이런 말 하면 이해를 못 하시겠지만, 전 그런 내용의 글에 악플 다는 걸 즐겼습니다. 딱히 그 사건에 관심을 가진 건 아니에요. 그냥 제 글에 흥분하는 사람들의 모습을 보는 게 좋았습니다. 마치 제가 그들을 가지고 노는 것 같았거든요. 왜 그런 거 있잖습니까? 괜히 줄지어 가는 개미들을 건드려 보고 싶은 충동이요. 그래서 그 사건에도 똑같은 짓을 했습니다. 피해자들을 마구 조롱하고 욕했어요. 심지어 자살한 소녀한테도요. 정말이지……. 제 자신이 너무 추하고 부끄럽습니다. 죄송합니다……."

상철은 고개를 들지 못한 채, 계속해서 죄송하다는 말만 반복했다. 그것이 진심인지, 아니면 단지 이 순간을 모면하기 위한 연극인지는 알 수 없었다. 다만, 그가 악플이나 다는 비열한 어른이며, 형벌에 대한 두려움 때문에 비굴해진 인간인 것만은 분명했다.

나는 고개를 돌려 선해를 바라보았다. 그 사건의 피해자 중 하나인 그녀는 상철의 고백을 가만히 지켜보고 있었다. 거기엔 분노도, 경멸도, 냉소도 섞여 있지 않았다. 그녀의 얼굴은 마치 도암처럼 무표정했다. 어쩌면 그것이 그녀가 보여 줄 수 있는 최고의 복수가 아닐까, 하는 생각이 들었다.

"누군가 절 찾아냈어요. 제 댓글을 보고 화가 난 사람이었겠죠. 하필이면 그 아이디가, 제가 전에 다녔던 회사의 업무용 아이디와 같았던 겁니다. 한참 전 일이라 저도 까먹고 있었죠. 설마 그걸 찾아내리라곤 꿈에도 몰랐습니다. 그걸 실마리로 추적해서 결국엔 제 신상 정보를 알아낸 겁니다. 무서웠습니다. 손이 떨릴 정도로 무서웠어요. 그때부터 사람들의 복수가 시작됐습니다. 제일 먼저 제 직장으로 항의 전화가 걸려 왔습니다. 거의 업무를 볼 수 없을 정도로 하루에도 수십 통씩 걸려 오더군요. 그뿐만이 아니었습니다. 그들은 제 SNS로 아들이 다니는 학교와 아내의 직장 주소까지 알아냈습니다. 그때쯤엔 제 주변 사람들 대부분이, 제가 단 악플에 대해 알고 있었어요.

그게 불과 일주일 사이에 일어난 일들이었습니다. 당연히 전 다니던 직장에서 쫓겨나고 말았죠. 아내는 아들을 데리고 친정으로 가 버렸습니다. 잠잠해질 때까지 거기 있겠다더군요. 하지만 전 알았죠. 그럴 일은 없을 거라는 걸. 전 이미 사회적으로 사망 선고를 받은 거나 마찬가지였습니다. 제가 새 직장에 다닌다 한들 그들이 가만히 있겠습니까? 이미 모든 신상 정보가 공개된 마당에요. 세상이 무너지는 것 같았습니다. 결국…… 도망치는 것 말곤 방법이 없었어요. 죽기로 작정하고 약을 먹었습니다. 의식이 흐려지는 와중에, 제 귀에 이상한 소리가 들리더군요. 분명 매미 울음소리였어요. 저도 그 소리를 들었던 겁니다. 이제 기억이 나네요."

세 사람 모두 똑같이 매미 울음소리를 들었다는 걸 보면, 아마도 그것이 파락으로 건너가기 전에 나타나는 공통된 현상인가 보다.

상철은 거기까지 말하고서 자신의 고백을 마쳤다.

"아주 고해 성사를 하고 자빠지셨네. 여긴 성당이 아니라 절이야, 이 양반아! 정신 차려!"

남식은 그의 팔을 붙잡고서 강제로 그를 일으켜 세웠다.

"도망쳐서 온 곳이 고작 이 거지 같은 곳이라니. 쯧쯧, 당신도 참 운이 없네."

"제발……. 그만해요……. 부탁입니다……."

"나랑 약속했잖아. 둘 중의 하나만 선택하기로. 잊었어?"

"나한테 왜 이래요, 정말⋯⋯."

"죄를 지었으면 벌을 받아. 그게 진정한 속죄야. 그 빌어 먹을 것들도 나한테 속죄하라고 좆나 지랄해 댔거든. 그래 서 시원하게 해 줬어. 그러니까 너도 해. 내가 도와줄게."

남식은 상철의 팔을 잡아 유충 앞으로 끌고 갔다. 그러 곤 강제로 유충에 손을 대게 하려고 했다.

"아악! 안 돼! 싫어!"

상철은 온몸을 비틀며 저항했다. 그의 얼굴이 공포로 일그러지기 시작했다.

"차라리⋯⋯! 차라리 당신 손에 죽을게! 제발 이것만 은!"

"어이구, 그러셔? 그럼 내가 사형을 선고하지. 형벌은 벌레 만지기야. 흐흐흐!"

"그만해, 이 미친 새끼야!"

나는 곧바로 남식의 얼굴에 주먹을 날렸다. 그는 광기 에 사로잡혀 있어서 내가 다가오는 것도 알지 못했다. 아 쉽게도 내 주먹엔 힘이 제대로 실리지 않아, 그에게 큰 충 격을 주진 못했다. 그래도 상철을 구하는 데는 충분했다.

남식은 얼굴을 감싸며 나를 죽일 듯이 노려보았다.

"이 새끼가 돌았나!"

곧바로 그의 주먹이 날아와 내 얼굴에 꽂혔다. 단 한 방 에 나는 그대로 나가떨어졌다. 그때부터 일방적인 주먹 질이 시작됐다. 얼굴이 피떡이 된다는 게 이런 거구나 싶었다. 눈, 코, 입에서 점점 감각이 사라져 갔다. 코피가 목으로 넘어와서 비릿한 피 맛이 입안에 감돌았다. 그런데도 그는 여전히 주먹질을 멈추지 않았다. 그의 얼굴에 분노라는 두 글자가 선명하게 새겨져 있었다.

귓가에 승희의 비명이 들려왔다. 그 소리를 듣는 게 너무 힘들었다.

"그만하라고!"

찢어질 듯한 목소리와 함께 선해가 달려와 남식을 뒤에서 끌어안았다. 덕분에 나는 잠깐 고통에서 해방될 수 있었다. 하지만 그건 정말 잠깐이었다. 남식은 그 우악스러운 손으로 선해의 뺨을 후려갈겨 그녀를 기절시켰다.

그러곤 다시 돌아와 칼을 오른손으로 바꿔 들고서, 널브러져 있는 내 위에 올라탔다.

나는 불당 한쪽에서 울먹이며 벌벌 떨고 있는 승희를 바라보았다. 이대로 내가 죽어 버리면 그녀는 어떻게 되는 걸까? 그 생각을 하자 절로 몸서리가 났다. 어떻게든 승희를 돌려보내고 싶었는데, 이제 그 일말의 희망마저 사라져 버리는 게 아닐까 두려웠다.

"울지 마……. 오빠 괜찮아……."

하지만 승희는 눈물을 그치지 않았다. 어린애처럼 우는 모습에 마음이 아팠다.

"미친 새끼, 이거 끝까지 이러네? 흐흣―"

남식은 비열한 미소를 지으며 칼끝으로 승희를 가리켰다.

"보이냐? 네 마누라. 지금 뭐 하고 있어? 질질 짜고 있냐? 아님, 벌벌 떨고 있어? 지금 남편은 죽기 직전인데 그러고 자빠졌냐고? 하다못해 오늘 처음 본 여자애도 널 구하겠다고 지랄을 떠는데, 네 마누라는 지금 뭐 하고 있는 거냐고? 응?"

"다, 닥쳐……! 이 개자식아……."

"거참, 이상하네. 난 아무리 눈 씻고 찾아봐도 네 마누라가 안 보이는데. 넌 그게 보여?"

나를 욕하는 건 참을 수 있다. 하지만 내 아내에 대한 모욕은 도저히 참을 수 없었다. 난 팔을 허우적거리며 그를 때리려고 했다. 하지만 아무리 해도 주먹은 그의 얼굴에 닿지 않았다. 남식은 피식 웃으며 날 어린애처럼 가지고 놀았다.

"네가 미친 짓 하는 게 귀여워서 그냥 놔둔 거야. 솔직히 좀 웃기긴 했어. 아마 여기 있던 사람들 전부 같은 생각이었을걸? 저 미친놈 저거 또 지랄한다고 말이야."

"무슨…… 개소리를 하는 거야?"

"개소리가 아니고 진실을 말해 주는 거야, 진실을. 봐 봐! 눈을 크게 뜨고 보란 말이야. 저기 뭐가 있는지!"

그는 내 머리를 붙잡고 강제로 돌려 승희가 있는 쪽을 바라보게 했다. 승희는 여전히 울고 있었다. 이런 내 굴욕적인 모습을 그녀에게 보여 주고 싶지 않았다. 너무나 비참하고 화가 났다.

"보여? 거기 뭐 있냐? 크큭! 있긴 뭐가 있어. 아무것도 없구먼! 네 마누라는 없어! 존재하지 않는다고! 넌 처음부터 여기에 혼자 왔단 말이야! 하하하!"

난 그가 무슨 소리를 하는지 도무지 이해가 되지 않았다. 승희는 분명히 저기 앉아서 울고 있는데, 어째서 없다고 우기는 걸까? 그렇게 우기면 정말로 내가 믿을 거라고 생각하는 건가?

하지만 그의 웃음소리가 왠지 모르게 자꾸만 나를 불안하게 했다. 그는 웃음을 그치고 다시 나를 내려다보았다.

"도암이 그러더라. 마지막으로 한 명이 더 올 거라고. 근데 그 사람은 마음의 병을 앓고 있어서, 존재하지도 않는 아내가 있다고 믿는다는 거야. 크크큭! 그게 뭔 소린가 했지. 근데 직접 보니까 알겠더라고. 아주 가관이더구먼. 혼자 대화하고, 혼자 실실 쪼개고, 남편도 됐다가 아내도 됐다가. 혼자서 1인 2역 하느라 좆나 바쁘셨겠어. 안 그래?"

"대체……, 무슨 헛소릴 하는 거야!"

"도암이 사람들한테 부탁하더라고. 그 피도 눈물도 없는 땡중이 말이야. 네가 그런 행동을 해도 모른 척해 달라면서. 씨발, 난 좆도 관심도 없었어. 미친놈이랑 엮이기도 싫었고. 근데 사람들이 받아 주니까 아주 미쳐 날뛰데? 지가 미친놈인 줄도 모르고."

"헛소리하지 마! 난 안 미쳤어! 미친 건 너야!"

"알아. 나도 내가 미친 거. 근데 넌 나보다 훨씬 더 미친 놈이거든. 왜 동병상련이라는 말도 있잖아? 미친놈들끼리 서로 도와야지. 그래서 알려 주는 거야. 어때? 고맙지?"

"닥쳐……! 윽!"

칼날이 내 왼쪽 아랫배를 뚫고 들어왔다. 그는 거기서 그치지 않고, 손잡이를 돌려 상처를 후벼 팠다. 끔찍한 고통이 나를 짓눌렀다. 당장에라도 정신을 잃을 것만 같았다.

"좋게 생각해. 그래도 죽기 전에 진실은 알았잖아."

"넌……, 죽어도 여길……, 못 나가……!"

남식은 가소롭다는 듯 피식 웃으며 나를 더욱 괴롭혔다. 나는 이를 악물었다.

"나도 알아. 기억이 돌아온 순간부터 알았어. 여길 못 나가겠구나, 씨발! 근데 말이야. 내가 못 나가면 니들도 못 나가. 알겠어? 그냥 다 같이 죽자, 이거야! 히히히!"

"누구 맘대로!"

어느새 정신을 차렸는지, 선해가 또다시 남식에게 달려들었다. 이번엔 아예 그를 뒤에서 끌어안고 매미처럼 찰싹 달라붙었다. 그러곤 그의 귀를 사정없이 물어뜯었다. 남식의 입에서 비명과 욕설이 튀어나왔다.

"아악! 이런 미친년이!"

남식은 그녀를 떼어 내려고 이리저리 몸을 흔들어 댔지만, 선해는 죽을힘을 다해 끝까지 버텼다. 남식의 귀가 거의 뜯겨 나갈 것처럼 보였다. 마침내 그는 내 배에서 칼을 빼내 그걸로 선해를 찌르려고 했다.

칼끝이 그녀의 머리를 향하는 순간, 누군가 그의 손목을 덥석 잡아챘다.

상철이었다. 그는 겁에 질려 벌벌 떨면서도, 두 손으로 남식의 손목을 잡고 늘어졌다.

예상치 못한 합세에 남식도 당황한 모습이었다.

"이 새끼야! 이거 안 놔!"

"못 놔! 절대 못 놔!"

상철이 두 손으로 잡고 있었지만, 워낙에 약골이라 남식의 힘을 당해 내진 못했다. 그래도 칼이 선해를 향하는 것만은 막을 수 있었다. 한꺼번에 둘을 상대해야 하는 상황에 몰린 남식은 선해를 떼어 내지도, 그렇다고 상철을 뿌리치지도 못했다. 그는 어정쩡한 자세로 일어서서 벽쪽으로 다가갔다.

나는 고개를 들어 난도질당한 내 배를 바라보았다. 아랫배의 상태는 차마 눈 뜨고 보기 힘들 정도로 처참했다. 그 상태로 몸을 일으켜 보았다. 순간, 나도 모르게 비명이 터져 나올 뻔했다. 마치 창자가 끊어지는 듯 극심한 통증이 몰려왔다. 나는 피가 나도록 입술을 깨물며 억지로 통증을 견뎠다. 몸을 일으키려다가 문득 승희가 떠올랐다. 그녀를 보고 싶었지만, 차마 고개를 돌릴 순 없었다.

"오빠……."

나는 귀를 틀어막았다.

아직은, 아직은 그녀를 바라보아선 안 된다. 내 안의 어떤 목소리가 그렇게 말했다.

지금은 해야 할 일이 있다. 그걸 끝내고 나서 확인해도 늦지 않다.

나는 나지막이 중얼거렸다.

"금방 다녀올게."

억지로 몸을 일으켜서 그들이 있는 곳으로 터벅터벅 걸어갔다. 다리를 움직이는 것만으로도 끔찍하게 고통스러웠다. 한쪽 다리를 뗄 때마다, 벌어진 상처에서 피가 주룩주룩 흘러나왔다.

선해와 상철은 남식에게 붙어서 여전히 필사의 사투를 벌이고 있었다.

이젠 정말 끝내야 할 때다. 그와의 악연을 여기서 끝내버려야 한다. 나는 그렇게 다짐하고서 이를 악문 채 최후의 질주를 했다.

"비켜!"

그 소리에 가장 먼저 반응한 건 상철이었다. 그는 내가 달려오는 모습을 보자 기겁하며 옆으로 물러났다. 나는 그대로 달려가 남식을 끌어안았다. 그러곤 그를 밀면서 앞으로 나아갔다.

267

"이, 이 새끼가······!"

남식은 넘어지지 않으려고 억지로 버티면서 계속 뒷걸

음질 쳤다. 등에 선해가 올라타고 있어서 중심이 뒤로 쏠린 탓에, 그리 큰 힘을 들이지 않고도 그를 밀어붙일 수 있었다. 하지만 그것조차도 지금의 나에게는 무리였다. 구멍 난 아랫배에서 내장이 조금씩 밀려 나오는 게 느껴졌다. 배에 전혀 힘이 들어가지 않았다. 이대로 얼마나 더 버틸지 알 수 없었다.

하지만 끝내야 한다는 내 집념이, 나를 계속 움직이게 했다.

"아저씨!"

선해가 나를 향해 소리쳤다.

이제 거의 다 왔다. 조금만 더 가면 이 지긋지긋한 악연을 끝낼 수 있다.

그러고 나면, 나는 승희를 만나러 갈 것이다.

"선해야! 내려와!"

내가 말하자마자, 선해는 곧바로 다리를 풀고 남식의 등에서 내려왔다.

선해가 바닥에 쿵 하고 엉덩방아를 찧으며 넘어졌다.

나는 그대로 남식을 밀며 거침없이 나아갔다.

그 순간, 뭔가를 직감했는지 남식이 온 힘을 다해 버티기 시작했다.

사실, 그의 뒤에는 거대한 매미 유충이 있었다.

나는 그곳으로 놈을 밀어붙일 생각이었다. 하지만 안타깝게도 목표를 바로 코앞에 두고 멈춰 서고 말았다.

아무리 애를 써도 그는 밀리지 않았다. 그 또한 죽을힘을 다해 버티고 있었다.

"내가 이대로 당할 것 같아?! 천만에! 난 절대 안 죽어! 니들 다 죽이기 전까진!"

"넌 끝났어."

"좆까! 끝나긴 뭘 끝나! 아직 안 끝났어!"

"아냐, 끝났어……. 우리가 끝낼 거거든."

어느새 선해와 상철이 내 뒤로 다가와 힘을 보탰다.

그러자 절대 밀리지 않을 것 같았던 남식이 서서히 밀리기 시작했다. 그가 몸을 비틀어 옆으로 피하려고 하자, 이를 눈치챈 선해가 재빨리 그의 다리를 와락 끌어안았다.

당황한 남식의 얼굴에 순간 공포가 드리워졌다.

나는 한 손으로 그의 얼굴을 붙잡고 유충의 등껍질을 향해 밀어붙였다.

"하, 하지 마! 안 돼! 그러지 마!"

다급해진 남식의 입에서 잔뜩 겁먹은 목소리가 튀어나왔다.

얼굴이 점점 가까워지자, 그는 공포에 질린 얼굴로 애원했다.

살려 줘, 다시는 안 그러겠다, 한 번 더 기회를 다오, 제발 부탁해……. 그러다 먹히지 않자, 또다시 본색을 드러내며 우리를 향해 마구 저주를 퍼부었다.

그는 마지막까지 추하고 비겁했으며, 끝내 자신의 죄

를 반성하지 않았다.

그의 얼굴이 비로소 등껍질에 닿았다.

곧바로 파락의 시험이 시작됐다. 그의 일그러진 표정을 보고 그것을 알 수 있었다.

하지만 난 거기서 멈추지 않고 계속해서 그의 얼굴을 짓눌렀다.

그 순간, 물컹한 느낌이 들더니 머리가 등껍질 안으로 쑥 빨려 들어갔다. 대석과는 다른 반응이 일어나고 있었다. 왜 그런 건지는 알 수 없었지만, 그것이 그에게 더 큰 고통을 안겨 주고 있다는 것만은 확실했다.

남식의 입에서 새된 비명이 터져 나왔다. 하지만 그 소리도 머리가 완전히 등껍질 안으로 파묻히면서 함께 사라져 버렸다.

"파락이 진노했습니다. 시험을 더럽힌 자에게 합당한 벌을 내릴 것입니다."

도암이 엄중한 목소리로 말했다.

그 말이 끝나기 무섭게, 남식의 온몸에서 피가 흘러나오기 시작했다. 목 아래만 남은 그의 몸뚱이가 경련으로 꿈틀댔다. 곧이어 피부가 촛농처럼 녹아내렸다. 얼마 지나지 않아 정강이뼈가 제일 먼저 드러났는데, 나중엔 그 뼈마저도 형체를 알아보기 어렵게 녹아 버렸다.

내 눈엔 마치 유충이 그의 몸을 소화하고 있는 것처럼 보였다.

우리는 뒤로 물러나 남식의 끔찍한 최후를 말없이 지켜보았다.

이윽고, 우리 세 사람의 머릿속으로 남식의 기억이 빠르게 흘러 들어왔다.

우리는 아까처럼 엄청난 두통을 느끼며 바닥에 쓰러졌다.

영사기 속에서 필름이 지나가듯 그의 기억이 내 머릿속에서 쉴 새 없이 지나갔다. 그리고 나는 그 기억 속에서 그와의 짧은 인연을 발견했다.

화물차 기사인 그는 자신의 트럭을 몰고 평소처럼 도로를 달리고 있었다. 자신이 좋아하는 노래를 틀어 놓고, 창문을 열어 둔 채 담배를 피우며 한껏 여유를 부렸다. 그러다 앞에서 달리는 은색 SUV 차량을 발견하고, 곧 그 차를 추월하기 시작했다. 폭이 좁은 도로에서 앞 차를 위협적으로 추월한 그는 담배를 창밖으로 튕기며 노래에 맞춰 콧노래를 흥얼거렸다.

거기까진 그저 평범한 일상의 기억일 뿐이었다.

하지만 나는 거기서 바로 알 수 있었다. 그가 추월하던 은색 SUV 차량이 내 차라는 것을.

그것을 깨달은 순간, 갑자기 명치 쪽에 엄청난 통증이 느껴지기 시작했다.

거의 숨을 쉬기 어려울 정도로 강렬한 통증이었다.

그리고 그와 동시에 나는 다른 기억 속으로 빨려 들어

271

갔다. 그 기억 속에서 나는 운전대를 잡고 있었다. 아주 익숙한 모습이었다. 왜냐하면, 그곳은 바로 내 차 안이었기 때문이다.

그것은 내 기억 속 장면이었다. 사고 직전에 잃어버렸던 바로 그 시간대의 기억.

내 차 옆으로 트럭 한 대가 빠르게 지나갔다. 그러곤 마치 나를 조롱하듯 시끄럽게 경적을 울리며 점차 멀어져 갔다. 나는 화가 났지만, 대응하지 않고 평소처럼 침착하게 운전했다.

그런데 그 순간, 트럭에서 떨어져 나온 무언가가 빠르게 바닥을 튕기며 이쪽을 향해 날아왔다. 너무 빨라서 도저히 피할 겨를이 없었다. 그 직후 앞 유리가 펑 소리를 내며 폭발하듯 깨졌고, 나는 가슴에 엄청난 충격을 느끼며 그대로 의식을 잃고 운전대 위로 쓰러졌다. 그 짧은 순간에 나는 내 팔을 붙잡는 승희의 손을 볼 수 있었다.

그리고 기억은 거기서 끝나고 말았다.

◇◇◇◇◇

"일어났어?"

소파 위에서 눈을 떴을 때 제일 먼저 익숙한 냄새가 나를 반겼다. 주방에서 요리하던 승희는 이제 막 잠에서 깬 나를 보며 빙긋 미소 지었다. 나는 언제 잠들었는지도 모를 정도로 이곳에서 곯아떨어졌던 것 같다. 밖은 이제 슬슬 해가 저물고 있었다. 매미 울음소리도 더 이상은 들리지 않는다.

승희는 언제나처럼 계란말이를 만들고 있다. 승희가 만들어 준 반찬 중에서 나는 계란말이를 참 좋아한다. 생각보다 손이 많이 가는 반찬이라 나는 계란 프라이 정도면 대체로 만족한다고 했는데도, 승희는 늘 고집스럽게 계란말이를 만들어 주곤 했다. 어렸을 때 어머니가 만들어 준 계란말이를 무척 좋아했다면서, 이걸 만들 때 괜히 기분이 좋아진다고 했다. 그래서인지 얇게 편 계란 부침을 정성스레 돌돌 말고 있는 승희를 보고 있으면 나도 덩달아 기분이 좋아졌다.

나는 일어나서 승희에게 다가갔다. 그러곤 뒤에서 그녀를 살포시 안아 주었다. 승희의 몸에서 나는 향긋한 냄새와 기름 냄새가 묘하게 어우러졌다. 나는 그게 좋았다.

"안 돼. 오빠한테 기름 냄새 배."

"그게 뭐 어때서? 너랑 같은 냄새 나는 게 난 좋은데?"

"피—. 괜히 배고파서 그러지? 조금만 기다려. 금방 만들어 줄게."

"천천히 해도 돼. 급할 거 없어. 여기 서서 너 요리하는 모습도 보고 싶고."

"갑자기 왜 이래? 아까 무슨 꿈이라도 꿨어?"

승희가 힐끔 나를 돌아보았다.

"꿈? 그랬나? 기억이 안 나네."

273

승희 말대로 꿈을 꾼 것 같았다. 하지만 그런 느낌만 들 뿐, 내용은 전혀 기억나지 않았다. 그래도 별로 신경 쓰이지 않았다. 이제 그런 건 아무래도 상관없었다.

　"우리 저녁 먹고 산책이나 갈까?"

　승희가 마지막으로 계란말이를 뒤집으며 말했다.

　나는 그녀의 목덜미에 얼굴을 파묻었다.

　"그래, 그러자. 같이 손잡고 산책하자."

　생각할수록, 기억이란 건 참 쓸쓸한 것 같다. 기억 속에서는 분명히 함께였는데, 돌아와 보면 언제나 혼자다. 그녀의 목소리, 냄새, 촉감이 이처럼 생생한데도 그것은 오로지 기억 속에만 존재할 뿐, 현실의 어디에서도 그때 그것을 찾을 수 없다. 지금 이 모습도 기억으로 남아, 언젠가는 혼자서 떠올릴 날이 올 것이다. 나는 지금의 기억을 쓸쓸함으로 채우고 싶지 않아서 승희를 더욱 꼭 끌어안았다.

　아마도 이 냄새의 기억은 평생토록 잊지 못할 것이다.

　얼마 후, 나는 딱딱한 마룻바닥 위에서 눈을 떴다.

　그사이에 잠깐 꿈을 꿨나 보다. 아직도 코끝에서 냄새가 맴도는 것 같다.

　선해와 상철이 걱정스러운 얼굴로 나를 내려다보고 있었다.

　선해가 내 손을 잡고 있는데, 아마도 줄곧 그러고 있었던 모양이다.

"기억을 보셨어요?"

그렇게 말하는 선해의 눈가가 촉촉이 젖어 있었다.

"응…… 봤어. 전부 다."

그러자 상철이 기다렸다는 듯 입을 열었다.

"우리도 봤어요. 그 자식! 화물차를 운전하면서 판스프
링을 대충 걸쳐 놓고 달렸더라고요. 그게 빠지면서 뒤에
오던 차의 운전자를 덮친 모양이에요. 그 사고로 차 안에
있던 젊은 부부가 사망해서, 결국 감옥에 갔어요. 자기 잘
못으로 사고를 낸 줄도 모르고, 계속 억울하다고 하소연
했더라고요."

"저도 알아요. 그 사고로 죽은 게 바로 저니까요."

"네? 아니, 어떻게……?!"

"남식의 기억을 보다가 내 기억도 함께 떠올랐어요. 내
가 그와 엮여 있던 인연이 바로 그거였더라고요. 그래서
아마 이곳에서도 그렇게 치고받고 싸운 모양이에요……,
쿨럭……!"

"아저씨, 말 너무 많이 하지 마요. 상처가……."

"괜찮아. 어차피 난 틀렸으니까."

"말도 안 돼! 그러면 민규 씨는 죽었다는 소리잖아요?
근데 어찌 이렇게……?"

상철이 어리둥절해하며 말했다.

"아마 나는 지금 살아 있는 상태가 아닐 거예요. 그렇

275

지, 선해야?"

선해는 슬픈 얼굴을 한 채 아무 말이 없었다.

"선해, 넌 알고 있었잖아. 그치?"

"그게 무슨 소리예요, 민규 씨? 선해가 알고 있다니? 제발 알아들을 수 있게 설명 좀……."

"맞아요. 아저씨는 이미 죽었어요. 죽은 상태로 영혼이 파락으로 넘어온 거예요."

"뭐? 아니, 그게 말이 돼? 이렇게 피를 흘리고 있는데. 왜 멀쩡히 살아 있는 사람을 자꾸 죽었다고 하는 거야?"

상철은 도저히 이해되지 않는 모양이었다.

"파락에서는 죽은 자도 육신을 가져요. 파락 안에서만 적용되는 규칙이죠. 밖에 있는 저 망귀들도 모두 이승에서 죽은 영혼들이에요. 산 자와 죽은 자가 이곳에서는 모두 평등해요."

"그, 그럼 우리는? 우리도 이미 다 죽은 거야?"

"산 자는 몸에서 희미한 빛이 나요. 그걸로 구분할 수 있어요. 민규 아저씨에겐 그 빛이 안 보여요."

"희미한 빛? 난 아무 빛도 안 나는데. 그러면 나도 혹시……?"

"그건 아무나 못 봐요. 도암 스님처럼 이곳에 오래 머문 사람만 볼 수 있어요."

"아, 그렇구나. 아니, 잠깐! 그럼, 너도 이곳에 오래 머물렀다는 소리야?"

"네."

"어쩐지 여길 너무 잘 안다 싶더라. 그럼, 나한테도 보여? 내 몸에서도 빛이 나?"

"아저씨는……."

"아, 아니다! 말하지 마. 차라리 모르는 편이 나을 것 같아."

상철은 손사래를 치며 거절했다.

"아저씨, 제가 말한 거 기억하죠? 두 번째 기억을 떠올려야 한다는 거."

"응, 알아."

"기억나셨어요?"

나는 고개를 가로저었다.

그 기억이란 게 무엇을 말하는지 알 것 같아서 떠올리고 싶지 않았다.

선해가 안타까운 표정으로 나를 바라보았다.

"지금도 아내가 보여요?"

"응, 보여. 지금 내 옆에 있어."

승희는 내 왼편에 앉아서 사랑스러운 미소를 띤 채 나를 내려다보고 있었다.

"이제 그만 보내 드리세요. 그만큼 하셨으면 됐잖아요. 안 그러면 영원히 이 굴레에서 벗어날 수 없어요. 난 아저 277씨가 망귀로 변하는 것만큼은 보고 싶지 않아요."

"망귀? 민규 씨가 괴물이 된다고?"

"이곳에선 번뇌가 쌓이면 결국 망귀로 변해요. 번뇌란 이승에서의 미련이에요. 그걸 버리지 않으면 결국엔⋯⋯. 아저씨, 어쩌면 이번이 마지막 기회일지도 몰라요. 그러니까 제발 기억해 내세요. 제발요."

선해가 울먹이며 말했다.

"민규 씨, 뭔지 모르겠지만 노력해 봐요. 망귀가 되면 안 되잖아. 응?"

이제는 상철까지 나서서, 나에게 고통스러운 기억을 떠올리라 말하고 있었다.

나는 그게 싫었다. 다시는 승희를 잃고 싶지 않았다. 지금처럼 이렇게 나를 바라보며 미소 짓는 그녀의 얼굴을 보고 싶었다. 영원히. 영원히⋯⋯.

"나 괜찮아. 여기서 헤어지더라도 오빠와의 추억은 가져갈 거야. 그러니까 오빠도 그 추억을 가지고 가. 알았지?"

떠올랐다. 승희가 내게 했던 마지막 말⋯⋯. 한데, 지금 들리는 목소리는 승희가 아니다. 내 손을 꼭 잡은 선해의 목소리다.

나는 고개를 돌려 선해를 바라보았다.

"그 언니가 했던 말이에요. 지금까지 잊지 않고 있었어요. 언니도 아저씨가 그만 자기를 놓아주길 바랄 거예요."

나도 모르게 눈시울이 뜨거워졌다. 다시 그때의 감정이 되살아나는 듯했다.

선해가 그 말을 해 주지 않았다면, 아마 영원히 잊어버렸을지도 모른다.

나는 눈을 감고 잠시 회상에 잠겼다.

이제 모든 게 떠올랐다. 승희와 이곳에 처음 왔을 때의 일들, 그녀가 죽어 가면서 내게 했던 말들 그리고 그녀를 먼저 떠나보내야 했던 순간들까지……. 전부 선명하게 떠올랐다.

나는 다시 눈을 떴다. 여전히 승희가 날 바라보며 미소 짓고 있었다. 나는 그녀를 향해 작별 인사를 건넸다.

"미안해. 이렇게라도 널 붙잡아 두고 싶었어. 네가 없는 세상을 난 상상할 수 없거든. 시간이 더 있었으면, 너한테 사랑한다는 말을 더 많이 해 줬을 텐데. 그게 가장 아쉬워. 그동안 많이 사랑했고, 고마웠어. 좋은 추억들 모두 가져갈게. 사랑해, 승희야……. 잘 가."

흐르는 눈물과 함께, 승희의 모습이 아지랑이처럼 사라져 간다.

가슴이 찢어질 것 같다. 하지만 보내 줘야 한다. 승희와 약속했으니까.

"잘하셨어요, 아저씨."

선해가 눈물을 훔치며 밝게 웃었다.

나는 그녀가 웃는 모습을 처음 본다. 미소가 이렇게 예쁜 아이였는지 미처 몰랐다. 앞으로도 계속 그랬으면 좋겠다.

"이제 된 거야? 민규 씨가 기억을 다 떠올린 거야?"

279

"네, 이제 되셨어요. 드디어……."

선해 말에 따르면, 나와 승희는 이미 죽어서 영혼 상태로 이곳에 왔다고 한다. 그 후 승희를 먼저 떠나보낸 뒤, 나 혼자만 윤회를 수없이 반복해 왔다.

인간이 파락으로 넘어오는 경우는 모두 세 가지라고 한다. 우리 부부처럼 죽어서 영혼이 넘어온 일반적인 경우와 도암처럼 육체를 이승에 둔 채 유체 이탈 상태로 넘어온 특별한 경우 그리고 살아 있는 유체 상태 그대로 넘어온 아주 희귀한 경우가 있다고 한다.

어떤 경우든 파락에서 죽으면, 파락이 주는 육체를 가지고 되살아난다. 다만, 유체 이탈 상태와 유체 상태의 경우, 파락에서 죽으면 현실의 육체는 죽고 파락의 육체만 남는다. 즉, 완전히 망자가 되는 것이다. 그 상태로 파락을 벗어나 봤자 살아 있는 인간으로 되돌아갈 수 없다.

그 이후부터는 파락을 떠날 때까지 삶과 죽음을 계속 반복한다.

하지만 그때마다 점차 기억을 잃게 되고, 마지막에 가선 모든 기억을 다 잃고 만다. 그렇게 되면 망귀가 되어 이 세계를 배회하게 된다.

나는 지금까지 399번째 죽음을 맞았다. 이번에 죽으면 400번째다. 하지만 이번이 내 마지막 죽음이 될 것이다.

승희는 '첫 번째 죽음' 만에 이곳을 떠났다. 그녀는 나와 달리 미련을 남기지 않았다.

하지만 난 그녀의 죽음을 받아들이지 못했다. 그 고통에서 도저히 헤어 나올 수가 없었다.

그리고 그 고통이 내 영혼에 커다란 충격을 주고 말았다.

그 충격으로부터 나 자신을 보호하기 위해, 나는 상상의 아내를 만들어 냈다. 오직 나에게만 보이고, 말하고, 미소 짓는 허상을 말이다.

아마도 현실에서는 그런 증상을 정신 분열이라고 부르지 않을까 싶다.

나는 그렇게 허상의 아내와 함께 이 세계에서 많은 시간을 보냈다. 물론 죽고 나면 그전의 기억은 모두 사라진다. 내 기억은 항상 현실 세계에 머물러 있다.

그리고 이건 다른 사람들도 마찬가지다. 그들도 이미 수백 번 넘게 죽고 되살아나기를 반복하며 똑같은 과정을 거쳤다.

하지만 선해만은 예외였다. 그녀는 애초에 현실로 돌아가기를 거부했기에 시험에 도전할 일도 없었고, 그래서 죽을 일도 없었다.

선해는 우리와 만나기 훨씬 전에 이미 다른 영혼들과도 만났었다. 그들은 우리와 달리 현실에서 비교적 평온한 죽음을 맞은 사람들이었고, 대부분 자신이 죽었다는 281 사실을 인지하고 있었다. 그래서 굳이 파락의 시험에 도전하지 않고, 시간이 지나면 자연스럽게 저승으로 건너

갔다고 했다. 그녀가 유경과 정민의 죽음을 보고 그런 반응을 보였던 것도, 이미 그전에 다른 영혼들이 떠나는 모습을 봤기에 그랬던 것이었다.

그러다 결국엔 모두가 떠나고, 절에는 선해 혼자만 남게 되었다고 한다. 그리고 얼마 후, 새로운 사람들이 이곳을 찾아왔는데, 그들이 바로 우리였다.

그전까지 여기 모인 사람들은 딱히 인연의 끈으로 묶여 있진 않았다. 그래서 나중에 우리의 진실을 알았을 때, 선해는 무척 당혹스러워했다. 그것에 대해 도암에게 물었으나, 그는 파락의 의도를 인간이 다 알기는 어렵다며 확실한 답변을 해 주지 않았다고 한다.

그 긴 시간 동안 선해는 도암과 말동무를 하며 절에서 함께 지냈다. 도암은 파락에 관한 여러 정보를 선해에게 알려 주었다. 그녀가 파락에 대해 잘 아는 이유가 바로 그것이었다. 그런데도 선해는 다른 사람들의 일에 개입하려 하지 않았다. 도암이 그렇게 시킨 것도 있었지만, 본인도 남의 일에 끼어들고 싶어 하지 않았다.

그러던 어느 날부터 그녀는 점점 내가 눈에 띄기 시작했다고 한다.

그 일에 대해 선해는 이렇게 설명했다.

"정말 너무 답답했어요. 왜 그렇게까지 사람들을 도우려고 하는지 이해가 안 되더라고요. 정작 도움이 가장 필요한 사람은 본인인데도 말이에요. 저도 사람을 도우려다가 이곳에 오게 됐지만, 그건 아저씨하곤 달라요. 저는 우연히 그런 거지만, 아저씨는 위험할 걸 알면서도 사람들을 도왔으니까요. 그것도 몇백 번이나. 아저씨는 기억하지 못하겠지만 말이에요. 그때부터 조금씩 마음이 움직였던 것 같아요. 왠지 도와주고 싶다는 마음이 들었어요. 하지만 용기가 나지 않았죠. 무섭기도 했고요. 이유야 여러 가지가 있겠지만, 무엇보다 컸던 건 내가 과연 누군가를 도울 만한 자격이 있을까 하는 거였어요. 저는 사람을 죽이고 자살하려던 애니까요. 그런 제가 누군가를 돕는다는 게 이상하잖아요. 그래서 그냥 지켜볼 수밖에 없었어요. 윤회가 몇백 번을 반복할 때까지요. 그러다가 그일이 일어난 거예요. 제가 가지고 있던 칼을, 그 남식이라는 남자한테 들키고 말았어요. 제 실수였죠. 그걸 뺏기지 않으려고 몸싸움을 벌이다가 그만 제가 그를 다치게 했어요. 화가 난 그가 칼을 빼앗아서 저를 죽이려고 했죠. 저는 무서웠어요. 파락에서 처음 죽는 거니까요. 물론 다시 살아난다는 건 알고 있었어요. 하지만 지금까지의 기억은 모두 잃게 되죠. 그게 너무 무서웠어요. 그동안 이곳에서 내가 느꼈던 것, 도암 스님과 나눴던 시간이 모두 사라진다고 생각하니 눈물이 날 정도로 무서웠어요. 죽고 싶지 않았어요. 참 이상하죠? 자살하려고 마음먹었던 애가 파락에 와서는 오히려 살고 싶어 하다니. 그때 절 구해 준 게 바로 아저씨였어요. 저 대신 그 남자가 휘두른 칼에 찔리고 말았죠. 그런데도 아저씨는 제 걱정을 먼저 해 주셨어요. 바보같이. 그런 상처를 입고도 아저씨는 사람들과 함께 길을 떠나려 했어요. 저는 언제나처럼 홀로 남았고요. 왜 같이 안 가느냐는 질문에, 저는 파락을 떠나고 싶지 않다고 대답했어요. 집으로 돌아가고 싶지 않다고 했죠. 그러자 아저씨가 제게 이렇게 말했어요. 널 사랑하는 사람들을 슬프게 하지 말라고. 갑자기 머리를 한 대 얻어맞은 기분이었어요. 뭔가 잊고 있던 것을 다시 떠올린 느낌이었죠. 그때부터 이상하게도 용기가 생기더라고요. 그게 계기가 되었어요. 그동안 줄곧 생각만 하고 있었던 것을 실행에 옮기기로 결심한 거죠. 아저씨를 이곳에서 벗어나게 해 주고 싶다. 오로지 그 생각만 했어요. 그게 제 삶의 목표가 된 거예요."

그녀가 그렇게 마음먹고 나선 것은, 내가 이곳에서 298번째 죽음을 맞았을 때였다.

그때부터 그녀는 위험을 무릅쓰고 나를 도왔다. 아직 한 번도 죽음을 겪은 적이 없는 그녀는, 단 한 번의 죽음만으로 그동안의 기억을 모두 날려 버릴 수 있었다. 그렇기에 매우 신중하게 계산하고 행동해야 했다. 그 사이 몇 번의 위기가 찾아오기도 했는데, 그때마다 도암이 알려 준 정보로 목숨을 구할 수 있었다.

하지만 나를 구원하는 길은 결코 쉽지 않았다. 매번 달라지는 상황과 변수로 인해, 성공의 문턱까지 갔다가 실패하기를 수없이 반복해야만 했다. 그런데도 그녀는 포기하지 않고 계속해서 노력했다.

그 결과, 반복되는 경험 속에서 성공 확률을 높이는 몇 가지 패턴들을 발견해 냈다. 그중 하나가 남식에게 칼을 빼앗기는 상황이었다. 남식이 칼을 가졌을 때가 다른 어떤 때보다도 성공에 가장 근접했었다. 그것을 깨닫는 데까지 88번의 시행착오가 있었다. 빼앗긴 칼은, 윤회가 반복될 때마다 다시 원래 주인인 선해에게 돌아갔다. 그것 외에도 선해가 입은 상처나 부서진 물건들도 윤회가 반복되면 어김없이 다시 원래대로 돌아갔다. 두 번째 절에 간 선해조차도, 그때는 다시 처음 있던 절로 되돌아갔다.

또 하나의 패턴은 유경과 정민의 죽음이었다. 정민은 늘 망귀에게 물린 채로 절을 찾아왔는데, 선해가 그들을 도우려 할 때마다 상황은 더 안 좋게 꼬이고 말았다. 그 과정에서 내가 항상, 남식에게 너무 일찍 죽어 버렸기 때문이다. 내가 죽으면 그때부터 남식의 폭주를 막을 방법이 없어서, 그는 결국 모든 사람을 몰살해 버렸다. 선해는 그것을 잘 알기에 내가 죽을 때마다 절 밖으로 도망쳐서 살아남을 수 있었다. 반면에 홀로 남겨진 남식은 번번이 시험에서 탈락해 죽음을 맞았는데, 이는 파락의 불문율인 '불살(不殺)'을 어겼기 때문이다. 살생한 자는 '시험을 더럽힌 자'로 간주하여 끔찍한 형벌을 받게 된다.

그 패턴을 깨달은 선해는 그때부터 유경과 정민의 사정에는 소극적으로 반응할 수밖에 없었다. 그래도 상관없었던 이유는, 그들은 언젠가 자연스럽게 이곳을 떠날 사람들이었기 때문이다. 다른 이들과 달리 두 모자는 죄의 굴레에 갇힌 자들이 아니어서, 파락이 그들을 묶어 둘 이유가 없었다. 다만, 유경에게 남은 아들에 대한 미련과 연민이 그들을 일찍 떠나지 못하게 했을 뿐이었다. 선해는 앞선 사례들로 그들이 언젠가 이곳을 떠날 거라는 걸 알고 있었다고 했다.

하지만 이런 패턴들을 다 알아도, 가장 큰 변수는 언제나 남식이었다. 그를 통제하는 건 결코 쉬운 일이 아니었다. 남식은 우리 중에서 가장 위험하고 예측하기 어려운 인물이라 그에게 칼을 쥐여 주는 순간, 상황은 늘 걷잡을 수 없는 파국으로 치닫곤 했다.

그렇기에 나를 구원하는 일은 매번 큰 위험이 따르는 도박이었다.

결국, 관건은 남식을 어떻게 처리하느냐였는데, 그를 막을 수 있는 건 나뿐이었기에 선해는 늘 답답한 마음으로 나를 지켜보아야만 했다. 한데 아이러니하게도 가장 큰 변수였던 남식이, 결국엔 내 기억을 되찾는 데 중요한 역할을 해 주었다. 이는 선해도 예상하지 못한 일이었다.

이야기 끝에, 선해는 어느 순간부터 이 일에 완전히 몰입하게 됐다고 말했다. 그동안 살아오면서 이렇게까지 어떤 일에 몰두해 본 적이 없었다면서, 자기 자신이 대견하게 느껴졌다고 했다.

나는 그런 그녀의 모습을 보며 흐뭇한 미소를 지었다.

결국, 윤회 399번째 만에 그녀는 성공을 거두었다.

나는 또다시 죽음을 맞지만, 이제는 영원한 휴식을 취할 수 있게 됐다.

다시 살아나서 파락을 걷는 일은 앞으로 없을 것이다.

나는 진심으로 선해에게 깊은 감사를 전했다. 그녀는 몹시 쑥스러워했다.

떠나는 길에 나는 그녀에게 작은 보답이라도 해 주고 싶었다. 그래서 아까부터 마음속에 품고 있던 말을 그녀에게 전하기로 했다.

"선해야, 이제 그만 돌아가. 아직 늦지 않았어."

"그게 무슨 말이에요?"

"집으로 돌아가란 뜻이야."

선해의 표정이 갑자기 어두워졌다. 그녀도 알고 있었다. 자신이 아직 살아 있다는 것을. 그녀의 몸에서 희미하게 흘러나오는 빛을 이젠 나도 볼 수 있다. 그 빛에 둘러싸인 선해의 모습이 너무도 아름다웠다. 나는 그녀가 현실 세계로 돌아가기를 진심으로 바랐다. 도암의 말대로 이곳은 망자의 세계다. 산 자는 들어와선 안 되는 것이다. 이제 그녀도 나갈 때가 됐다.

"싫어요. 어차피 돌아가 봤자……."

"바보야, 너는 여기서도 살아남았잖아. 여기에 비하면 현실 따윈 식은 죽 먹기지. 날 믿어. 넌 잘 해낼 거야."

"그치만……. 무서워요."

"그럴 땐 우리가 함께했던 일들을 떠올려. 그러면 무섭지 않을 거다."

"시험에 떨어질지도 모른다고요."

"걱정 마. 넌 반드시 통과할 테니까. 이제 너한테는 아무런 미련도 남지 않았거든."

"네?"

"날 구원해 줬잖아. 이곳에서 네 임무를 훌륭히 완수했어. 그러니까 돌아가. 내가 미처 못 이룬 것까지, 가서 모두 이루렴. 그럼 내가 멀리서 칭찬해 줄게. 그리고, 널 사랑하는 사람들을 잊지 마."

"아저씨……."

"내 마지막 소원이야. 네가 떠나는 모습을 지켜보고 싶어. 어서. 난 이제 시간이 얼마 남지 않았어."

선해의 눈동자가 잠시 흔들렸다.

하지만 난 걱정하지 않는다. 그녀가 어떤 결정을 내릴지, 그녀의 눈을 보면 알 수 있다.

이윽고, 그녀가 입을 열었다.

"알았어요. 할게요. 하면 되잖아요."

"고마워."

선해는 마지막으로 내 손을 잡아 주었다. 애써 울지 않으려는 듯 일부러 나와 눈을 마주치지 않았다.

그녀는 일어서기 전에 잠시 상철을 바라보았다. 그가 좀 걱정스러운 모양이다.

"아저씨는요? 어떻게 하실 거예요?"

"나? 아……. 난 그냥 여기 남을래. 어차피 한 명밖에 못 나가잖아."

"한 명이 아니라 하나예요. 도암 스님이 말한 '하나'는 '깨달은 자'를 뜻하는 거예요. 그러니까 아저씨도 시험을 치를 수 있어요."

"그게 그런 뜻이었어? 음, 하지만 그러면 더더욱 안 되겠네. 난 분명 시험을 통과하지 못할 테니까. 차라리 여기 남아서 죗값을 치르는 게 낫겠어."

상철은 쓸쓸한 표정을 지었다.

그에게선 아무런 빛도 보이지 않았다. 아마 그 자신도 그걸 짐작하고 있는 듯했다.

"알겠어요. 아저씨도 성불하길 바랄게요."

"고맙다. 그리고…… 미안해."

상철은 축 처진 어깨를 한 채 그녀에게 고개 숙여 사과했다.

"이만 가 볼게요."

선해는 돌아서서 거대한 유충 앞으로 걸어갔다.

남식의 흔적은 이미 깨끗하게 지워져 있었다.

나도 이제 슬슬 떠날 준비를 해야 한다. 너무 늦지 않아서 다행이다.

선해는 유충 앞에 서서 긴장한 듯 잠시 숨을 골랐다. 그러곤 문득 나를 한 번 돌아보았다.

"어서 가."

나는 웃으며 그녀에게 말했다.

선해는 마지막 결심을 굳힌 듯, 유충의 등껍질 위로 살포시 손을 얹었다.

곧이어 그녀의 몸 주위로 희뿌연 빛이 서서히 번지기 시작했다.

그 빛이 점차 짙어지더니 어느새 그녀를 완전히 휘감았다.

선해는 빛을 향해 걸어갔다.

나는 그 모습을 지켜보다가 조용히 눈을 감았다.

나를 구원해 준 그녀와의 인연에 감사하며…….

이제 영원한 안식에 내 몸을 맡긴다.

에필로그

윤선해

  나는 XX시에 있는 한 추모 공원을 방문했다.

  내가 이곳을 찾은 이유는 단 하나, 한민규라는 사람을 만나기 위해서다.

  사실 나는 그가 누군지 모른다. 어디서 만난 적도 없고, 대화 한 번 나눈 적도 없다. 그런데도 나는 그를 만나러 이곳에 왔다.

  그건 내가 일 년 동안 식물인간 상태로 누워 있다가 깨어난 후에, 제일 먼저 떠오른 이름과 얼굴이었기 때문이다. 나와는 아무 상관도 없는 사람이, 왜 내 머릿속에 각인되었는지는 지금도 이해할 수 없다.

  병원에서 깨어났을 때는 이미 많은 것들이 달라져 있

었다. 그중에서도 제일 황당한 것은 내가 유튜브에도 나올 정도로 꽤 유명해져 있었다는 것이다. 그건 사고 직전에 내가 했던 행동 때문이었다.

나는 그날 오대석이라는 남자를 죽이러 갔다가 끔찍한 사고에 휘말리게 되었다. 차 한 대가 길을 건너던 어느 모자를 덮치려는 순간, 나는 그들을 구하려고 무작정 도로로 뛰어들었고, 결국 차에 치이는 큰 사고를 당하게 된 것이다. 안타깝게도 그들을 구하진 못했지만, 우연히 내가 뛰어든 모습이 다른 차 블랙박스에 찍히면서 나는 한순간에 영웅적인 행동을 한 여고생으로 세상에 알려지게 되었다.

그 덕분에 내가 병원에 입원해 있는 동안 수많은 후원금이 들어왔고, 다행히 내가 퇴원할 때까지 병원비 걱정은 하지 않아도 되었다.

나는 이 기묘한 우연이 왠지 운명인 것 같다고 생각했다. 말로 설명할 수 없지만, 어떤 신비한 힘이 나를 그곳으로 인도한 건 아닐까, 하는 허황한 생각이 자꾸만 들었다.

그리고 그 무렵에 갑자기 한민규라는 남자가 떠올랐다.

나는 인터넷을 뒤져서 그가 누구인지 찾아보았다. 사실 그를 찾는 건 그리 어렵지 않았다. 그의 이름과 얼굴 사진이 공개된 뉴스 기사가, 검색만 하면 바로 나왔기 때문이다.

기사에 따르면, 그는 아내와 함께 여행을 가던 중에 앞서가던 트럭에서 떨어진 판스프링에 맞아 사고를 당했다고 한다. 당시 가해자의 낮은 형량에 분노한 한민규의 부친이 아들 내외의 억울함을 호소하고자 일부러 아들의 이름과 사진을 공개했다고 기사에 쓰여 있었다.

아내와 다정하게 웃고 있는 그의 얼굴을 보자, 나도 모르게 가슴 한쪽이 아려 오면서 눈물이 났다. 어째서 눈물이 나는지도 모른 채 그저 하염없이 울었다.

그날, 나는 꼭 그를 만나러 가야겠다고 결심했고, 여러 사람의 도움을 받아서 그가 안치된 추모 공원의 위치를 알아냈다.

그리고 드디어 오늘, 나는 그 아저씨를 만난다.

꽃을 들고서 추모 공원 안으로 들어서자, 잔잔한 매미 울음소리가 제일 먼저 나를 반겼다.

어쩐지 벌써 가슴이 두근거린다.

첫인사를 어떻게 할지 고민하면서, 나는 봉안당 안으로 발걸음을 옮겼다.

MISSION COMPLETION CHECK

MISSION 1

p. 81~82

그해 여름에는 묏말골에 갑자기 매미 떼가 들끓었다. ~ 백중 망혼제를 지내는 동안에도 매미 울음이 계속 초혼 소리를 덮었다.

MISSION 2

p. 261~262　　　가져온 파트

나는 곧바로 그의 얼굴에 주먹을 날렸다. ~ 그 소리를 듣는 게 너무 힘들었다.

p. 114~116　　　반영한 파트

서 있는 수철 형의 허리춤에 나무로 만든 손잡이가 보였다. ~ 차라리 분노와 악에 찬 목소리가 현의 목소리보다 낫다고 생각하며 그만 정신을 잃었다.

MISSION 1

p. 199

절에서 나온 지도 한참 지났다. 도암의 말이 맞는다면, 이제는 슬슬 매미 울음소리가 들려야 한다.

p. 218

그것은 벽에 달라붙은 거대한 매미 유충이었다.

MISSION 2

p. 20~21　　　가져온 파트

기억나는 가장 오래된 일은, 엄마 등에 업혀 산속을 걷던 순간이다. ~ "연기 냄새가 나, 아가야. 분명히 마을이 있을 거야. 있어야 해."

p. 151~152　　　반영한 파트

안개 속에선 여전히 섬뜩한 비명이 울리고 있었다. ~ 승희는 불안한 목소리로 혼자 중얼거렸다.

작가 7문 7답

삼인상
구한나리

1. 지금의 공통 한 줄에서 어떤 매력을 느끼셨나요?

누군가가 사라졌다는 이야기는 많은 미스터리에서 출발점이 되죠. 사라진 존재가 가까운 사람일수록, 잘 알고 있다고 믿었던 존재가 그렇지 않았다는 걸 알게 되는 이야기로 연결되기도 하고요. 이 문장을 본 순간 상실감을 가진 사람이, 잃은 줄 알았던 존재가 나타났을 때 어떤 느낌을 받을지 상상할 수 있었어요. 이건 꿈일까, 아니면 누군가를 잃은 것이 꿈이고 아내가 앞에 있는 것이 현실인가, 어떤 쪽에 중심을 두느냐에 따라 여러 가지로 구상하는 재미가 있겠다고 생각했습니다. 처음 구상할 때는 현대를 배경으로 한 이야기로, 부부 사이에 뭔가 문제가 있었던 상황을 상정했었는데, 계속해서 다소 식상하다는 생각이 들어 폐기하고 새로 구상하며, 그 반대로 서로 사랑하는 사람이 불가피한 문제로 헤어지게 되는 편이 더 흥미롭게 느껴졌어요. 불가피한 문제가 무엇일까 구상하다 보니 자연스럽게 판타지 미스터리, 호러 이야기로 흘러갔네요. 이 이야기를 쓰기 위해서 이 공통 한 줄을 골랐나 보다, 지금은 그런 생각이 드네요.

2. 한 줄을 지금의 이야기로 기획하면서 스스로 가장 재미있다고 느끼셨던 부분은 무엇인가요?

신화에 관심이 많은데, 언젠가는 이야기로 풀어내고 싶다는 생각을 해 왔어요. 어렸을 때부터 집에서 제사와 차례를 지냈는데, 얼마 전까지 만날 수 있던 사람을 못 보게 되었다는 슬픔이 아직 남아 있는데, 그분을 위해 상을 차리는 게 신비롭다고 생각하기도 했고요. 떠나신 분들을 위해 상을 차리는 날이 있는데, 남은 사람이 없는 이들은 어떻게 되는 걸까도 헤아려 보곤 했어요. 제삿날도 명절도 아닐 때, 망자들은 어떻게 상을 받을까요. 먹는 것에 진심인 아이였던 듯싶습니다. 이번 글을 구상하면서 내내, 공동체 단위로 먼저 떠난 분들을 섬기는 분위기를 상상해 보았습니다. 예전에 좋아했던 노래 중에 "세상의 어떠한 서러운 죽음도 그냥 잊히진 않네."(<그 어릿광대의 세 아들들에 대하여>, 패닉, 이적 작사·작곡, 1996년)라는 구절이 있는데, 글을 쓰면서 자주 그 가사를 떠올렸어요. 오랫동안 잊고 있었는데 말이죠. 힘이 없고 약해서 숨어들고 도망치며 살아온 이들이 분노하는 이야기로, 이야기 자체가 저를 이끈 느낌이 들었습니다. 재미있다기보다는 조금, 신기한 경험이었어요.

3. 원고를 쓰면서 가장 고민하셨던 지점은 어떤 부분인가요?

아무래도 이야기의 배경이 현대가 아니고, 역사적 지점을 구체적으로 특정한 것도 아니어서 세계관을 독자에게 이해시킬 수 있을까? 고심했습니다. 낯선 세계에서, 두렵고 으스스한 분위기를 만들어 내는 데 고민했고, 그 부분을 가장 걱정했어요. 그리고 등장인물들이 지나치게 현대인으로 느껴지지 않았으면 싶었고요. 특히 조연인 '나루'와 '무영삭'을 만드는 데 신경을 많이 썼어요. 조연 가운데 구체적인 개성이 드러나는 인물이 많지는 않지만, 개성이 있었으면 좋겠다고 생각한 게 그 둘이었습니다. '나루'가 전형적인 완벽한 어른으로는 안 보였으면 했고, '무영삭'이 전형적인 악역, 주인공이 당연히 이길 수 있는 존재는 아니면서, 그렇다고 멋있고 큰 인물처럼 그려지는 것 역시 싫었고요. 두 사람은 비슷한 환경에서 비슷한 능력을 지니고 태어났다 할 수 있는데요. 자신의 신념에 따라 움직이지만 도중의 결정으로 인해 전혀 다른 삶을 살아가고 다른 결말을 맞아요. 주인공의 삶에 큰 영향을 미치는 사람들이죠. 그들의 신념과 맥락을, 이 세계에서 있을 수 있는 한 방식이라고 여겨지도록 그리려고 신경을 썼어요.

4. 원고 중 가장 만족하시는 장면은 어떤 대목인가요?

상달고사 장면이요. 며칠 전부터 마을 전체가 고사를 준비하는, 조심스러우면서도 들뜬 분위기라고 할까요. 이야기 첫 부분에서 금방 상달고사 장면으로 넘어가니까 아주 초반부인데, 쓴 건 이야기 전체에서 중반 정도였어요. 삼인상의 세계관을 보여 주는 장면이고, 이 세계가 현대와 다르다는 이질감이 있었으면 좋겠다 싶었어요. 현대에는 이런 마을 단위의 고사가 많이 사라졌기 때문에, 멋진 고사 장면을 쓰고 싶어서 자료도 무척 찾아보고 영상도 많이 봤죠. 그렇지만 그런 고사와는 또 다른 분위기를 만들어야 했거든요. 어딘가에 있을 듯하지만, 어디에도 있지 않은 분위기를 만들고 싶었는데, 결과적으로는 마음에 들게 마무리했어요.

5. 상대 장면 가져오기 미션에서 그 부분을 가져오신 이유는 무엇인가요?

신진오 작가님의 작품은 현대물이어서, 읽기 전부터 「삼인상」에 넣을 만한 적합한 장면이 있을까, 「삼인상」 안에 잘 녹여 낼 수 있을까 걱정을 많이 했어요. 「삼인상」에 자동차와 귀신은 넣을 수 없었고요(작가님이 제 글에서 가져올 부분을 찾느라 고생하시겠다 생각했습니다……). 그렇게 이야기를 읽어 나가다가 이 장면을 보는데 「삼인상」의 장면과 완전히 겹쳐지는 느낌이 들었어요. 두 주인공의 성격도 나이도 다른데, 그 장면에서는 신진오 작가님의 주인공이 제 이야기 속 주인공처럼 보이더라고요. 일단 체크를 해 두고 끝까지 읽었는데, 역시 이 장면만 그렇더군요. 가져오면서 당연히 약간 분위기도 바뀌고 맥락도 달라지긴 했지만요.

6. 상대 작가님의 작품을 읽어 보았을 때 어떤 생각을 가지셨나요?

첫 느낌은 "우와, 무섭다……!"였네요. 매미 소리가 계속 귓가에 맴도는 듯했고요. 스포일러가 될까 싶어 말할 수는 없지만, 이야기 중반부에, 이 비현실적인 이야기가 갑자기 확 현실로 당겨지는 장면이 있잖아요. 이 사람들이 2024년의 한국에서 살아가는 사람들이구나, 싶은 장면에서 소름이 쫙 끼쳤어요. "나쁜 놈인 줄은 알았지만, 너 진짜 나쁜 놈이네!"라고 외치고 싶어지잖아요. 등장인물들의 악행이 하나씩 드러나는데 그게 진짜, 너무 나쁜 놈들인 거죠. 그게 정말 강렬했어요. 주인공 부부가 어떤 사람들인지도 계속 밝혀지지 않아 불안불안해하며 읽기도 했는데, 다른 인물들까지 모두 합해지는 이야기가 또, 많이 슬펐어요. 현실과 이어져 있는 까닭에 느껴지는 공포와 슬픔이었어요. 공통 한 줄이 이렇게 다른 이야기로 만들어지는 게 놀라웠던 건 물론이고요.

7. 끝으로 작품을 읽으신 독자님들께 한 말씀 부탁드립니다.

제 글을 처음 보신 분들, 저는 이런 글을 쓰는 사람인데, 앞으로도 잘 부탁드려요. 제 글을 전에도 보셨거나 아는 분도 계시겠지만, 저는 많이 읽고 열심히 쓰고 열심히 지우는 사람이라 글을 많이 못 보여 드려서 늘 죄송합니다. 더 열심히 쓸게요. 무서운 이야기, 비밀을 풀어 가는 이야기를 좋아하는데 완성한 걸 보여 드리는 건 처음이라 두근거리면서도, 참 즐겁게 작업했어요. 읽으시는 분들에게도 즐거운 시간이었으면 좋겠습니다. 그럼, 다른 이야기로 또 만나요!

매미가 울 때
신진오

1. 지금의 공통 한 줄에서 어떤 매력을 느끼셨나요?

'잠을 자고 일어났더니 사라진 아내가 식사 준비를 하고 있다.'라는 한 줄의 문장에서 뭔가 안개에 싸인 미스터리한 이야기가 떠올랐습니다. 아내는 왜 사라졌으며, 그런 아내가 차려 준 밥상은 어떤 의미가 있는 걸까? 이것만으로도 충분히 재미있는 이야기가 나올 것 같은 느낌이 들더군요. 짧은 한 줄의 문장에서 여러 가지 상상을 덧붙일 수 있어서 작업하는 내내 흥미진진했습니다. 이런 게 소설의 묘미인 것 같네요.

2. 한 줄을 지금의 이야기로 기획하면서 스스로 가장 재미있다고 느끼셨던 부분은 무엇인가요?

이 작업에서 가장 재미있었던 부분은 이야기의 확장성이었던 것 같습니다. 한 줄의 문장에서 파생할 수 있는 이야기의 가짓수가 무궁무진했으니까요. 이것이 상상력을 자극했던 것 같아요. 그러다 보니 기획 단계에서부터 이야기가 어디로 튈지 예측하기 어려웠습니다. 이런 부분이 매력으로 와닿았습니다.

3. 원고를 쓰면서 가장 고민하셨던 지점은 어떤 부분인가요?

파락이라는 가상의 공간을 독자들에게 어떻게 소개해야 할까, 하는 부분이 이야기를 짜면서 가장 고민했던 대목이었습니다. 그 안에서 일어나는 사건과 규칙들이 독자를 설득할 수 있도록 구성되어야 했으니까요. 자칫 설명적으로 보일 수 있는 부분을, 독자의 몰입을 방해하지 않고 어떻게 하면 이야기 안에 잘 녹여 낼 수 있을까, 이런 고민을 많이 했던 것 같습니다.

4. 원고 중 가장 만족하시는 장면은 어떤 대목인가요?

몇몇 장면들이 떠오르는데요. 두 가지만 꼽자면, 하나는 사람들이 문을 찾아 떠나는 과정에서 파락의 공포를 보여 주는 장면이었습니다. 아무래도 제가 공포 소설가이다 보니 이런 장면 연출에 애착을 가질 수밖에 없는 것 같습니다. 이 장면에서 독자들이 긴장감을 느꼈으면 좋겠다고 생각했습니다.

다른 하나는 악인들이 벌을 받는 장면이었는데요. 이 부분이 이 작품을 쓰게 된 이유 중의 하나이기도 해서, 작가인 저도 쓰면서 쾌감을 느꼈습니다. 부디 독자분들도 저와 비슷한 감정을 느꼈기를 희망합니다.

5. 상대 장면 가져오기 미션에서 그 부분을 가져오신 이유는 무엇인가요?

장르가 서로 다르고, 시간적 배경도 달라서 솔직히 고민을 많이 했습니다. 어떤 부분을 가져와야 이야기에 잘 녹아들지, 그러면서도 상대 작가분의 작품 속 장면을 연상시킬 수 있을지, 동시에 두 가지 조건을 만족시켜야 했으니까요. 다행스럽게도 그런 부분을 찾았고, 독자들에게 찾는 재미를 줄 수 있어서 저도 만족하고 있습니다.

6. 상대 작가님의 작품을 읽어 보았을 때 어떤 생각을 가지셨나요?

상상력이 대단하다고 느꼈습니다. 중편 분량 안에서 이만한 세계관을 구축하는 게 결코 쉬운 일이 아닌데, 「삼인상」은 그걸 잘 해낸 것 같습니다. 작가님의 필력에 감탄했습니다. 소설을 읽으신 분들도 공감하리라 생각합니다.

7. 끝으로 작품을 읽으신 독자님들께 한 말씀 부탁드립니다.

매드클럽과 거울의 첫 협업이라는 점에서 이번 작업은 작가로서도 매우 흥분되는 일이었습니다. 독자님들께 다양한 재미를 줄 수 있기를 희망하며, 재미있게 읽으셨다면 저는 그걸로 만족합니다. 이런 작업에 참여할 수 있게 해 준 텍스티에게도, 한국 장르문학에 관심과 애정을 보내 주신 독자님들께도 깊은 감사를 드립니다.

같이 읽고 싶은 이야기
텍스티(TXTY)

텍스티는
모두가 같이 읽고 싶은 이야기를
만들고 제안합니다.

읽고 나면
주변에서 벌어지는 일에 관심이 생기고
다른 이들과 나누고 싶어지는 이야기를 만들겠습니다.

계속해서
이야기의 새로운 재미를 발견하고
이야기를 통한 공감이 널리 퍼지도록 애쓰겠습니다.

텍스티의 독자라면 누구나
이야기 곁에 있도록 돕겠습니다.

사라진 아내가 차려 준 밥상
매드앤미러 02

초판 발행	2024년 7월 8일
지은이	구한나리 신진오
기획	㈜투유드림 매드클럽 거울
IP 총괄	조민욱
IP 책임	박혜림
IP 제작	김하명 조민욱
IP 브랜딩	홍은혜 유수정 텍수LEE
IP 비즈니스	조민욱 김하명
경영지원	박영현 박인영 김미성
교정·교열	송재진
디자인	그리너리케이브
북-음	최희영
인쇄	금비피앤피
배본	문화유통북스
발행인	유택근
발행처	㈜투유드림
출판등록	제2021-000064호
주소	(02810) 서울특별시 성북구 종암로13길 16-10
대표전화	02-3789-8907
이메일	txty42text@gmail.com
인스타그램	@txty_is_text
홈페이지	https://www.toyoudream.com
ISBN	979-11-93190-14-2(03810)
정가	14,000원